Isaak Leib Perez
Der Prozeß mit dem Wind

Jiddische Geschichten und Skizzen

Insel Verlag

Auswahl, Übertragung und Nachwort
von Armin Eidherr

Erste Auflage 1987

Druck: Thiele & Schwarz, Kassel
Printed in Germany

Inhalt

Das Erbe

Anstatt einer Vorrede

Man teilte dem Gärtner mit, daß die schönste, weißeste Lilie, welche er gepflanzt und gezogen hat, die schönste seines Gartens, sein Stolz und seine Freude, über Nacht verschwunden sei —
Ein Wind fegte hindurch und entwurzelte sie, riß sie mit sich, trug sie davon und verlor sie bei der wilden Jagd gewiß irgendwo am Weg —
Das schmerzte ihn, den Gärtner.
Seine liebste Blume war es — sein Stolz, sein Trost; das Herz tat ihm weh.

*

Am Ufer des Meeres liegt ein Schiffer und schläft . . . Im milden Abend legte er sich nieder . . . Sein Schiffchen an der Kette wiegte sich sanft, und stille, süße Träume wiegten des Schiffers herzzerreißende Sehnsucht ein.
Darüber wird die Nacht hereinbrechen . . . Der Tag wird zu erblühen beginnen . . . Auf den Wellenrücken erwacht der Glanz, Abglanz des Morgenrots im Osten —. Er wird das Schiffchen befreien! Und von Nacht und Finsternis erlöst, wird er mit munterer Kraft hineinhüpfen, rudern — die Schatten- und Schlafreste von den Wellenrücken vertreiben — Perlen werden aufschwimmen und sein Schiffchen umspielen.
Hei! Hei! In der Weite, in der Breite — über Wellen, über Glanz. Weit! Weit! Zu neuen Ufern, zu neuen Welten! —
Und jemand geht vorüber, berührt ihn an der Schulter: — Schiffer – dir träumt; und der Wind hat das Seine schon getan; die Kette riß er ab! Die zornig aufbrausende Woge packte dein Schiff und trug es davon — und der Himmel,

der Himmel zürnt, und das Meer ist ganz aus der Fassung gebracht — mach dich vom Ufer fort —
Der Schiffer erwacht.
Und sein Herzeleid erwacht und seine ewige Sehnsucht . . .

*

Die Sonne geht unter, und der Schäfer im Walde findet seine Schafe nicht vollzählig. Eines fehlt, eines hat sich verirrt . . . Eines — das weißeste, das jüngste und das beste.
Mit den lieblichsten Namen ruft er es, mit unruhiger, sehnsuchtsschwerer Stimme. Vierfach wirft ihm der Wald seine Stimme zurück — das Schäfchen antwortet nicht. Kein Laut von ihm . . .
Und immer tiefer und tiefer sinkt die Sonne, dichter und dichter breiten sich die Schatten hin, im Nebel verwickeln sich die Bäume . . .
Geschwind treibt er die Herde nach Hause, sperrt sie in den Stall, nimmt eine Laterne, zündet sie an und läuft mit pochendem Herzen wieder in den Wald zurück, sucht sein geliebtes Schäfchen, das weißeste, das beste, das jüngste —
Er kommt in den Wald; das schwache Flämmchen flackert unruhig; und plötzlich erwacht der Wind, prescht heran und löscht das einzige Lichtchen aus —
Versunken in Finsternis und Schrecken, bleibt der Schäfer im Walde.

*

Und zum Glaubenden kam man und tat ihm kund:
— Ein Blitz schlug ein in deine Heiligkeit . . . Dein GOtt, an welchem deine Seele hing, nach welchem sich dein Herz sehnte, deine einzige Hoffnung und Rettung — dein GOtt stürzte herab und zersprang und zerstäubte . . . und

ein Wind erhob sich und wirbelte Seinen Staub hoch, zerwehte und zersäte ihn.
Das Herz des Glaubenden zersprang.

*

Und ich bin die Reinkarnation von all diesen . . .
Ich erbte den Schmerz des Gärtners, des Schiffers, des Schäfers, des Glaubenden — das alles zersprengt mir die Brust.

Gedanken über Literatur

In einer literarischen Gesellschaft, die bei einem Unternehmer zusammengetroffen war (und zwar seiner schönen Frau und des ausgezeichneten Kaffees wegen), stellte jemand die Frage: »Warum kommt man überhaupt zum Schreiben?« Der Gastgeber, der am Kartentischchen saß und gerade wieder einmal verspielt hatte, rief, indem er seinen schweren Schädel mit den ständig geröteten Augen herumrenkte, gereizt ins Zimmer: »Wer nicht zu *leben* versteht, *schreibt!*«

»Aber«, hob die Gastgeberin an, die literarischen Gäste mit ihren schönen und ständig feucht-schmachtenden Augen um Verzeihung wegen der Äußerung ihres Mannes bittend, »aber —«

Sie sprach aber nicht weiter. Ein alter Schriftsteller, der neben ihr saß, ergriff ihre feingeformte, bloße Hand: »Madam, die Literatur ist wirklich nur ein Surrogat fürs Leben, ein imitiertes Leben – so wie der Sport ein Surrogat für Arbeit ist . . .«

»Gewiß«, pflichtete ein junger Dichter bei, der die andere Seite neben der Madam einnahm (– derselbe, der ihr vor gar nicht langer Zeit erst ein Bändchen mit einigen sehnsuchtsdurchwebten Gedichten auf Velin-Papier dediziert hatte) — »gewiß«, wiederholte er, und seine Stimme hatte leicht zu zittern begonnen, »wenn die, welche ich anbete, welche ich vergöttere, wenn die . . .«, und nach einer kurzen Pause, in der seine Augen vieldeutig-deutlich sprachen – mit der Rechten im Haarschopf und der Linken am Herzen –, fuhr er, den Kopf senkend, damit die in seinen Augen aufzuckenden Blitze nicht entfleuchen könnten, fort: » . . . hm, . . . dann würde ich mein Hoheslied *leben*, leben!, nicht singen —«

Der alte Dichter wird unruhig, will etwas Herbes und

Beißendes anmerken; doch der Ingenieur, der am Spieltischchen gerade die Karten gemischt hatte und austeilen wollte, hielt inne und sagte grinsend: »*Ich* kann meine Ideen realisieren: Paläste, Eisenbahnbrücken —«
»Oder gewisse Einkunftshäuser!« murmelt der Gastgeber giftig. »Teile besser aus.« Der Ingenieur verteilt die Karten – ungeschickt und aufgeregt.
Madam senkt ihren Blick noch mehr; schaut bald aber wieder auf und hört dem weiteren Gespräch der Literaten über das aufgeworfene Problem zu. Mit halbgeöffneten Lippen, gerötetem Gesicht und vor Neugierde aufflammenden Augen saugt sie jedes Wort auf.
Vom Kartentischchen: »Passen! Passen!« Dann — Lizitation und bald das stille Überlegen . . .
Ein sozial gefärbter Literat mit ausgesprochenen Sympathien für die unteren Schichten und die eleganten Frauen der höheren kommandierte inzwischen herum.
»Gebt mir die Gewalt, die Macht!« ruft er, im Zimmer herumlaufend, von Madams Augen verfolgt. »Gebt mir die Gelegenheit, zu zerstören und aufzubauen . . .«
Und plötzlich:
»'ntschuldigung!«
Er war nämlich der Madam auf die Schleppe gestiegen. Und nachdem sie ihm mit einem warmen Blick verzeiht, während sie mit einem Fuß die Schleppe geschickt hinter sich wirft:
»Denn *schaffen* ist das Losungswort! Die Welt ist der Lehm und ich der Bildhau- . . .«
Und schon wieder —: »'ntschuldigung!«
Diesmal stieß er gegen die Teetasse, welche das Dienstmädchen hereintrug. Ein Aufschrei des Mädchens; das Klirren zersplitternden Glases; längeres melodisches Klingen der gefallenen Tasse; das Mädchen wirft sich nieder, um das zu Boden Gefallene aufzuheben; der junge Dichter mit der *chevelure* eilt zu Hilfe und beugt sich

nieder — ein Bums! von zwei jungen, starken Stirnen; Blitze in Madams Augen . . .
Schon setzt sich der junge Dichter in eine andere Ecke; das Mädchen hat das Geschirr zusammengesammelt und ist hinausgegangen, um eine neue Tasse zu holen; inzwischen deklamiert ein »Jung-Moderner«:
»Gebt mir einen Kristallpalast mitten im Meer . . . Pfauenfedern, Perlenschnür' und kristallenes Geschirr — und lasset mich schwimmen, schwimmen auf 'nem Perlmutterkahn; dann zerbrech' ich meine Feder . . .«
Ein Altphilologe entgegnet dem Sozialgefärbten:
»Eng ist's um mich, das Leben ist ein Gefängnis . . . Um in die Zukunft zu fliegen, wurden mir von GOtt keine Flügel gegeben; erfinden, Geschichtlein schreiben kann ich nicht . . . also gehe ich zurück. Die Historie ist ein gutes Waschweib; sie wusch die alten Zeiten rein . . . von allen Schand- und Blutflecken; und in den reingewaschenen Zeiten leben und dichten – das ist mein einziger Trost . . .«
Frischer Tee ist schon gebracht worden, und der Gastgeber sagt mit einem lauten Seufzer:
»Man schreibt, weil man essen will . . .«
Die Madam, enerviert von dem lauten Seufzer, stöhnt.
»Falsch!« Der alte Schriftsteller springt auf. »Man *veröffentlicht,* damit man Brot hat — aber zuvor wird *gedichtet,* zuvor kommen die schöpferischen Ideen; o die allzu frühen, allzu mächt'gen, allzu hohen . . . (mit einem giftigen Blick zum Ingenieur:) Man muß sie sogleich erkennen, augenblicklich zur Vollendung führen . . . und . . . und . . .«
Er begann zu stottern; die Madam drückt ihm zärtlich die Hand . . .
Der junge Dichter mit der *chevelure* senkt die Augen, um die zornigen Blicke zu verbergen. —

*

Eng ist's am Ort, an den uns das Leben gepflanzt hat oder an dem es uns wie einen Reiter an einer kurzen Longe herumführt. Und allzu kurz ist unsere Lebenszeit ... Was ist schon *eine* Linie oder *ein* einzelner Punkt auf dem ungeheuren, auf dem unausdeutbaren Weltbild? Wie saugt nicht die Ewigkeit die Jahre unseres Lebens in sich? Hinter uns — die ungeheure Vergangenheit, die nichts von uns wußte; vor uns — die unendliche Zukunft, die sich nicht an uns erinnern wird.

Der Fromme träumt vom ewigen Leben: eine kurze Zeit in der Hölle – und dann, nachdem man in der Hölle die Reinigung über sich hat ergehen lassen, die unendlichen Paradieseswonnen. Er träumt von der Auferstehung der Toten, wenn er sich nicht auf ewig von der sündigen Erde lossagen will ... Einer wiederum möchte sein Leben verlängern, indem er sich einen Namen macht oder, will er noch höher hinaus, ein Denkmal verdient; so errichtet sich der ägyptische König Pyramiden, erklärt der Chinese seine Gräber als heilig, hinterlassen Reiche große Vermögen, stellen sich Mächtige Grabsteine aus Granit mit goldenen Inschriften auf — und reichen ein bißchen über ihre Zeit hinaus.

Die Menschen reisen in der Welt herum; Länder, Städte und Völker ziehen als Panorama vorüber – und man reicht ein wenig über seinen Ort hinaus ...

Und mit dem bloßen Leben, neben der Kürze und Enge, mit dem Inhalt des Lebens ist der Mensch auch nicht zufrieden. Nicht nur in die Breite und Länge, sondern auch in die Höhe und Tiefe will er streben. Und oft will er ein anderes, möchte es auswechseln, vertauschen ...

Das aber wird kaum jemandem in der Realität gelingen ... Die erdrückende Mehrheit muß da schon zum Buch, zur Literatur kommen. Der historische Roman gibt die Vergangenheit; die Fabel — die schönere, strahlendere Zu-

kunft; der Roman — das heutige Leben schöner, erhabener, tiefer . . .
Und mit der Hilfe der Literatur gelingt dem Menschen die Befreiung aus seinem Gefängnis: der Schuster kann ein ritterliches oder aristokratisches Prunkleben führen . . . Der Schwache schreitet neben Alexander dem Großen her und erobert die Welt. Oder er sitzt mit Napoleon auf Sankt Helena und erlebt nochmals Waterloo; der Ärmste wird reich wie Rothschild und überhäuft seine Dulcinea mit Gold, und der Stillste durchlebt die stärksten Leidenschaftsausbrüche. Vielfältig und regenbogenfarbig wird das Leben. Ohne euch von eurem Platz zu erheben, besteigt ihr die höchsten Berge, wandelt durch die lieblichsten Täler, schwimmt im zerflossenen Smaragd der schönsten Seen. In dem engsten, finstersten Kellerstübchen erblühen Gärten, erheben sich Arkaden, Paläste, Pyramiden, Sphinxe . . . Mit dem Buch in der Hand spaziert ihr durchs nebeldurchfeuchtete London und hört das Pfeifen gigantischer Maschinen; ihr seht die blendende, elegante Ausgelassenheit des neuen Babel – Paris; ihr tanzt auf einem japanischen Baumfest, von weißen, duftenden Kirschblüten beregnet . . . Im zweiten Kapitel habt ihr Gletscher, Schneeberge, Konstantinopel mit den goldenen Moscheen, und vielleicht könnt ihr Aspasia bewundern, sehen, wie Kleopatra durch den Schlangenbiß stirbt oder wie Moses die zwei Gesetzestafeln zertrümmert oder die griechischen Götter den Olymp besuchen? Oder wollt ihr Mohammed predigen hören oder Buddha?
Alles gibt euch die Literatur – die Kunst!
Oft kann ein Mensch das eigene Leben nicht verstehen.
In seinem tiefsten Herzen liegen Samen der flammendsten Rosen; er kann sie nicht erwecken. Seine Gurgel schnüren ihm Tränen zusammen — Perlen; sein Auge ist trocken, denn er kann sie nicht herausweinen – so werden sie starr

und kullern ins Herz zurück wie Steine. Und in den dunklen Herzwinkelchen wollen Gefühle wie Blumen sprießen; doch da kein Lichtstrahl dahin gelangen kann, welken sie und breiten sich als namenloser Schmerz aus.
Doch wenn der Dichter kommt – netzt er die Rosen im Herz mit Tau, und sie flammen auf und strahlen aus den Augen des Menschen und duften . . . Sein Zauberwort öffnet die Schleusen, und ein silberner Tränenstrom beginnt zu fließen; leicht wird das Herz, von den Steinen befreit; klar strahlen die Augen, und glücklich wird der Mensch, der sich seinen Schmerz herausgeweint hat; die verschwommenen Nebel des Herzensgefühles kann er nun formen, und sie erwachen zum Leben. — Tief, schön, erhöht und voll wird das Leben – wie sonnengesegnete Trauben.
Der Held der Geschichte vermag sein Leben durch seine Willenskraft zu verändern. Der Wurmmensch liegt zufrieden in der Erdgrube, in der er entsteht und vergeht. Der Mehrheit aber kann der Dichter das stiften, was ihr von der Natur versagt wurde.
Kunst *ist* ein Surrogat fürs Leben; nur ist sie zumeist viel tiefer, erhabener und wahrer als das Leben . . .
Deswegen liest man.

*

Obwohl ihr vom Schriftsteller das Leben, die Zeit und den Ort, also das, was ihr selbst nicht habt, verlangt, soll er es, so wünscht ihr, jedoch nicht so wiedergeben, wie es sich in der Realität darbietet. Ansonsten würdet ihr euch wohl, was den Ort anbelangt, mit der Geographie begnügen, die alle Erdteile und Länder beschreibt; die euch in Zahlen Höhe und Umfang der Berge, Tiefe und Fließrichtung der Gewässer mitteilt; die euch alles, was in einer bestimmten Gegend wächst und lebt, genau beschreibt. So etwas wirkt aber auf euern Verstand, nicht auf euer Auge. Ihr hört es,

doch seht es nicht; versteht es, könnt es euch aber nicht vorstellen. Ihr verlangt, »es solle euch vor den Augen stehen«. Richtig; warum aber genügt euch die Photographie nicht? – Weil die Photographie *mechanisch* ist. Ihr wollt die Dinge nicht so sehen, wie sie die tote Linse des Apparates sieht. Ihr wollt sie mit dem Auge des Künstlers sehen, angestrahlt von seiner Seele, belebt mit seinem Geist. Und daher genügt euch nicht der Historiker, wenn ihr die Vergangenheit erleben wollt, sondern nur der historische Roman. Und wenn euch nach der Zukunft verlangt, nicht wie den Parteigänger oder den Politiker, wenn ihr die Zukunft s e h e n wollt, wird euren Durst eine dichterische Fabel (eine Erzählung) löschen – und nicht der Utopist wie z. B. Bellamy.
Und doch rief man noch vor gar nicht langer Zeit fordernd: Realismus! Das Leserpublikum drängte den Dichter, er solle das Leben schildern, *wie es ist*; die Realität – ungeschminkt und unverändert. Und auf Geheiß des Großen Gebieters – des Publikums – begann die Literatur zu photographieren. Man kroch auf die Dächer und fixierte die Gasse, observierte die Vorübergehenden, schnappte Bewegungen und Worte auf und notierte sie; stand hinter Türen, das Ohr ans Schlüsselloch gepreßt, um zu erfahren, was sich in einem Zimmer so tut. Die Arbeit war schon mechanisiert worden und sollte von der *Kunst – wie kunnt's auch anders sein?!* – gefälligst nachgeahmt werden. Das aber war ein all*gemeines* Mißverständnis. Um dichten zu können — meinten die Literatur-*Vertreiber*, als diese Dichtart in Mode kam —, brauche man keinen geschulten Geist; keine Fähigkeit, Ursache und Wirkung mit Notwendigkeit entwickeln zu können; je mehr Willkür – desto besser. Und Menschen begannen zu malen, die noch nicht einmal zeichnen konnten; das Resultat war ein Erguß und Mischmasch von Farben und Konturen – ohne Linien und Punkte; sehr oft umgab man

das alles noch mit einem mysteriösen Nebel, damit erst gar nicht gesucht werden sollte, was nicht vorhanden war . . . Und dann brüllte der Leser, der sehen und erleben wollte, wofür es aber nichts gab: Realismus! Und er meinte: Lernt zeichnen. Das Heutige, Vergangene und Zukünftige sollt ihr mit sicherer Hand zeichnen, damit alles feste Konturen bekommt.

Aber man will mit dem Auge des Künstlers sehen; und das Künstlerauge sieht die Wirklichkeit nicht so, wie sie sich darbietet, sondern viel wirklicher, weil er ihre innere Bedeutung, ihre Beziehung mit und ihre Abhängigkeit von der Weltseele sehen kann, also von dem, was er – gemäß seiner künstlerischen Weltanschauung – hinter den Kulissen als Wirkungskraft erkennt.

Daher gehen beim wirklichen Künstler das Sehen und Beschreiben nicht zusammen. Wie die verschiedenfarbigen Glasteilchen eines Kaleidoskops liegen tief im Herzen des Dichters – jenseits der Bewußtseinsschwelle – verschiedene Eindrücke, Erfahrungstrümmer; und bei jeder Herzensbewegung entstehen neue Figuren, die danach erst beschrieben werden. Wie Eisenspäne liegen dort vom Gehirn vergessene Eindrücke; und die künstlerische Weltanschauung ist der Magnet, der diese Eindrücke um sich zu einer bestimmten Figur ordnet.

Neues kann aber nur dann aufsprießen, wenn der alte Samen, aus dem es entstehen muß, verfault und abstirbt; daher ist das Neuentsprossene nicht neubeschaffen, sondern das Lebendigwerden des Gestorbenen in einer neuen Form.

Die Wirklichkeit ist das Material der Kunst. Jeder Moment, jeder Eindruck im besonderen — das sind die verschiedenfarbigen Glasteilchen; das dichterische Herz — das Kaleidoskop; die Struktur schafft die Weltanschauung, und die Schönheit sind die Strahlen aus der Seele des Dichters. Stellen wir uns ein schönes Schloß vor: seine

Ziegel sind das Mechanische, die Struktur ist das Technische, der Plan – insofern er nicht bloß kopiert ist – die Dichtung.
Dichten muß originell sein, eine persönliche Schöpfung. Poesie ist Persönlichkeit.

Der Pächter

KAPITEL I

Von einem Pächter, der ein Geizhals war,
und den Gebeten einer Frau.

Im Lande Polen, hinter Zojsmir an der Weichsel, lebte ein Jude, ein Pächter.

Der Pächter stand in hohem Ansehen beim Grafen, und der Graf war ein großer Magnat, weshalb er, der Pächter, zu großem Reichtum kam.

Er besaß Gehöfte mit Wäldern und Feldern, und Schaf- und Rinderherden, und Häuser, und Brauereien, und Wasser- und Windmühlen, und zahlreiche Barschaften, außerdem Debitoren unter den Leuten . . .

Tja, wenn Sein Lieber Name Glück schickt, ist das gewiß gut.

Der Mann war aber eine grobe Seele und ein großer Geizhals, Wohltätigkeit war ihm fremd: keine Almosen, keine Wunder-Wirker-Meir-Büchsen, kein Weizengeld für die Armen, gar nichts, — und kein armer Durchreisender kommt ihm über die Schwelle!

Ein Weib hatte er: die war justament eine sittsame und geachtete Frau; ihr pflegte er furchtbares Leid anzutun – wegen eines Groschens für Almosen; sie tat's ohne sein Wissen; darum peinigte er sie . . .

Brave Kinder hatte er — offensichtlich waren sie nach der Mutter geraten —: die Knaben schickte er nicht zur Schule in die Stadt; es wäre ihm um die Pferde schade gewesen . . . Bei sich hielt er sich keinen besonderen Lehrer: bloß einen äußerst billigen Lehrersgehilfen, der ihnen kaum etwas Hebräisch beibringen konnte.

Das brachte der Frau nur noch mehr Leid.

Ganze Tage lang würgt sie an den Tränen in ihrem Halse

herum. Nachts saugen sich leise die Kissen mit Tränen voll. Und erst zu den Trauertagen, wenn man in die Stadt fuhr, weinte sie sich im Frauenabteil der Synagoge so recht das Herz aus; nichts ließ sie unversucht.
Und ein einziges Gebet war auf ihren Lippen und in ihrem schmerzerfüllten Herzen:
»Möge sich Sein Lieber Name ihres Mannes erbarmen und sein Herz zum Guten wenden. Möge dieser der Begierde nach Reichtum und der diesseitigen Welt des Fressens und Saufens nicht so zugetan sein ... Er möge auch die Seele nicht vergessen. Diese – da sei GOtt davor! – möge, wenn die Zeit kommen wird, nicht an die Hölle verlorengehen ...«
Und so betete sie:
»Sieh zu, Herr-der-Welt, Guter GOtt, Herzlicher GOtt, daß er beizeiten noch Buße tue ...«
»Möge er aus breiter und voller Hand Almosen geben, möge er ein Gastfreund armer Durchreisender werden, möge er die Kinder auf den Weg GOttes leiten und für die Tora, die Ehe und die Guten Taten erziehen ...«
Was vermag das zerbrochene Herz einer Jüdin mehr?

KAPITEL 2

Ein armer Hausierer lacht, und der Pächter geht baden.

Einmal am Freitag bei Tage.
Ein wunderbarer Sommer war's, ein Tag — ein goldener! Der Pächter sitzt mit der ganzen Familie unter freiem Himmel im Gärtchen vor dem Hause beim Frühstück.
Eine riesengroße Eiche mit wirrem Geäst stand im Gärtchen; im Schatten der Eiche deckte man den Tisch — mit lauter Leckerem: Fisch, Fleisch und Kompott. Und ein Strudel – beim Grafen hatte man's gezeigt. Und ein

Fläschchen alten Mets auf dem Tisch; ganz wie es einem reichen Mann entspricht.
Er sitzt obenan, der Pächter, schöpft Wonne aus dem Essen, läßt den alten Met in sich reinlaufen und ergötzt sich am schnöden Diesseits – da schmatzt er mit den fetten Lippen. —
Plötzlich kommt zwischen den Bäumen hervor ein armer Hausierer in den Garten, den Packen geschultert . . .
Was schleppt denn ein Hausierer so mit sich? Bänder und Bändchen, putzige Kämmchen, Nadeln und Haarnadeln und Spielzeug für Kinder . . . und dergleichen Kleinigkeiten . . .
Wie er die Familie am Tische sieht, bleibt er leise stehen, läßt den Packen von den Schultern herunter, reckt sich und streckt sich ein wenig — ein alter grauer Jude – und ein geschwächter, ojemine . . .
Drauf bittet er, der arme Hausierer:
»Kauft was, Leute, damit ich was verdien' bis Sabbat . . .«
Die Frau möchte zu ihm hingehen, doch der Pächter wirft einen bösen Blick auf sie, also bleibt sie sitzen – o-je . . .
»Seht«, sagt der Hausierer, »die Sonn' steht schon so hoch, und doch hab' ich für 'n Sabbat noch keinen Deut und keinen Wink.«
»Hinweg!« drängt ihn der Pächter, während er einen Schluck nimmt . . .
»Schenkt mir wenigstens«, ruft der Hausierer aus, »'nen Bissen, an dem ich was zu beißen hab'. Damit die Seele nicht davonfliegt . . . – Wenigstens 'nen Tropfen Wasser; die Hitze brennt so runter . . .«
Die Frau schluckt die salzigen Tränen hinunter und schweigt. Die Kinder können das Leid und Weh der Mutter und des Hausierers Not nicht mitansehen, und sie stehen auf und entfernen sich vom Tisch – weiter in den Garten hinein; und mit ungeheurer Wut springt der Pächter auf:

»Bettelpack und Habenichtse – die sind mir feind, hörst du?! Ich rufe den Lakaien, der bricht dir ein Bein!«
Der Hausierer hebt wieder den Packen auf die Schultern, ächzt auf und, im Gehen innehaltend, fragt er:
»Und vor GOtt, Pächter, habt Ihr gar keine Furcht?«
»Nein!«
Und er plustert sich auf, der Ignorant: Was könne GOtt ihm schon tun?
Schickte Er 'n Feuer vom Himmel herunter und vertilgte die Häuser, Brauereien und Mühlen samt den Speichern mit dem Getreide — durch den Rauch, dann würden ihm noch immer die Gehöfte und Wald und Feld bleiben ...
Und mehr und mehr steigt ihm der alte Met in den Kopf. Und er prahlt weiter:
Und ließe Er auch jahrelang auf dem Feld nichts wachsen, würde ihm noch immer übergenug bleiben: die Barschaften in der Kasse, die Wechsel in der Tasche ...
Und sollte Er Diebe schicken, welche die Kasse aufbrechen und alles wegnehmen sollten ... dann würde er von den Debitoren die Schulden einfordern ... Sein Herr sei der Richter und werde ihm aufs Wort glauben ...
Die arme Frau bricht in lautes Weinen aus, als sie diese Worte hört, und entfernt sich auch vom Tisch ... Da lacht der Hausierer plötzlich auf und begibt sich auf seinen Weg und verschwindet zwischen den Bäumen. Und dem Pächter wird in allen Gliedern ziemlich heiß.
Er holt sich ein Handtuch aus dem Haus und geht zur Weichsel baden ...

KAPITEL 3
Ein Vogel lacht, und der Pächter bleibt ein Nackter.

Also badet und kühlt er sich und schöpft Wonne aus dem kalten Wasser, und er schwimmt — seine Knochen waren wie die eines jungen Mannes! — mit der Strömung, gegen die Strömung und um das Eiland herum und herum, welches sich mitten in der Weichsel hinter Zojsmir befindet, und macht allerlei Kunststücke: auf dem Rücken und: Wassertreten und: »Toter Mann« —

Plötzlich hört er vom Eiland her, zwischen den niederen Bäumen hervor, die dort wachsen, eine Vogelstimme, die ihn anzieht: solch einen Gesang eines Vogels hat er noch nie gehört . . .

Er hat ja Begierde nach allem; drum muß er den Singvogel haben, in der Stube in einem Käfig halten; so einen Singvogel hat der Graf nicht!

Er springt auf das Eiland hinauf — und sieht den Vogel . . .

Der saß auf dem Zweigchen eines niederen Bäumchens, und, abgesehen von der süßen Stimme, war der Vogel auch eine wahre Augenweide – ein goldener Vogel, und ganz ruhig sitzt er da, der Vogel, und singt sich sein Lied, als sähe er nicht seinen Feind.

Er, der Pächter, schleicht sich ans Bäumchen heran, springt mit ausgestreckter Hand hinzu und erfaßt — Luft mit seiner Faust. Der Vogel ist in aller Ruhe auf einen anderen Zweig gehüpft, auf das Bäumchen gegenüber . . .

Er, der Pächter, pirscht sich auf Zehenspitzen heran, springt wieder hinzu, und der Vogel hüpft wieder in aller Ruhe weg und hockt schon auf einem anderen Bäumchen. Wieder schleicht sich jener heran, und der Vogel hüpft, während jener springt, ein drittes Mal fort und hockt schon wieder — und singt! Jener schleicht ihm immer wieder und wieder nach . . . und der hüpft von Zweig zu Zweig, von Bäumchen zu Bäumchen . . . Jener springt und der Vogel hüpft . . . so lange und so weiter, bis den Pächter der Zorn packt und er folgendermaßen dem Vogel zuruft: »Warte, warte! Dich krieg ich schon; mich wird doch kein Vogel schlappmachen lassen; jetzt will ich auch gar nicht mehr deinen Gesang, du bist mir schon feind! Erwürgen werde ich dich, Vögelein, und meinem Hund vorwerfen.«

Plötzlich lacht der Vogel wie ein Mensch auf und schießt in die Höhe empor — und verschwindet unterm Himmel.

Verblüfft bleibt der Pächter stehen. Es scheint ihm, als wäre das dieselbe Stimme, mit welcher der arme Hausierer gelacht hat. Melancholisch steigt er wieder ins Wasser und schwimmt – bereits ohne Kraft und ohne seine Kunststücke zu machen – über die Weichsel zu der Stelle zurück, wo er sich ausgezogen hat – und findet seine Sachen nicht! . . .

KAPITEL 4

Der Pächter nimmt bei seinem eigenen Haus Almosen und enteilt zum Grafen.

Wie der Pächter bemerkte, daß die Sachen nicht mehr da waren, begann er, wie das der Brauch einer groben Seele ist, aus vollem Halse zu fluchen.

Er verwünscht den Dieb, der ihn in einer solchen Lage zurückgelassen hat.

Dann läuft er am Ufer der Weichsel hin und her und schreit – und ruft —, aber ihm antwortet bloß ein zerrissener und dumpfer Widerhall aus dem nahen schüttern Wäldchen.

Die Sonne sinkt unaufhaltsam; kein lebendes Wesen auf

Wiese und Feld — längst ist die Arbeit schon eingestellt worden —
Ein Floß kommt auf der Weichsel dahergeschwommen; von dort wird er keine Hilfe erwarten können. Aber er kann ja nicht als Nackter durch die Vorstadt spazieren! Wegen seines schlimmen Wunders würden alle Leute zusammenströmen und meinen: Der muß übergeschnappt sein, der Pächter ...
Inzwischen verspürt er Hunger: nach dem Baden und Schwimmen ... und schon so lange nichts mehr zwischen den Zähnen gehabt.
Und dann noch Kälte: ein kühler Abend ist hereingebrochen; es klappern die Zähne im hungrigen Maul ...
Es fällt ihm ein, daß Hunger und Kälte zwei *bettlerische* Angelegenheiten sind; da er hungrig wird, erfaßt ihn sogar Wut über sich selbst: Wie kann ein Mensch sich nur so von einem blöden Vogel an der Nase herumführen lassen!? – In stummem Zorn wirft er sich zu Boden. —
Und die gesunkene Sonne guckt mit flammendem Rand aus der Weichsel, als wolle sie ihn ausspionieren.
Die jüdischen Häuser auf dem Rücken des Hügels beginnen sich inzwischen zu erhellen – aus den Fensterchen strahlt es sabbatlich, freudig.
In der Vorstadt leuchten allmählich die kleinen bäuerlichen Fenster auf, und fröhlich tanzen die Flämmchen; Flämmchen sind auch auf den Flößen, die auf der Weichsel treiben, zu sehen.
Er folgert, daß all dieses ihm zum Trotze geschieht ...
Und als ob das zuwenig wäre, fluten noch von allen Seiten Klänge durch die Stille: von der Stadt her — »Empfang des Sabbats«; von der Vorstadt her — der Gesang von bäuerlichen jungen Leuten auf der Gasse; auf einem Floß spielt jemand Mandoline; eine Flöte begleitet ...
Und *er* muß da in unsagbarem Jammer liegen ...
Das bringt ihn noch mehr auf.

Er liegt am Boden und beißt sich vor Zorn die Nägel ab – so lange und so weiter, bis es überall still und dunkel geworden ist. Er steht auf und läuft auf Nebenwegen über die Wiesen nach Hause; immer wieder feuchte Stellen ...

Ohne Atem und kaum mehr zu den Lebenden zu zählen gelangt er zum Haus, das bereits in Finsternis gehüllt ist: Tür und Tor verriegelt. Die Fenster — geschlossen und die Laden von innen zugemacht ...

Da packt ihn erst recht der Zorn:

— Schnarchen schon, ohne auf den Hausherrn gewartet zu haben!

Mit denen allen wird er schon abrechnen! – hauptsächlich mit seiner Alten ... Und den Lakaien wird er wie einen Hund davonjagen.

So rennt er zum Tor und beginnt, mit den Fäusten drauf einzuschlagen: –! –! –!

Da läuft der Lakai mit lautem Geschrei von der Küche auf den Hof hinaus:

»He, du, Scheißbettler! Das ist ja kein Armenhaus! Der Hausherr könnt's hören, der läßt dir ein Bein brechen!«

Dem Pächter fällt's wie Blei aufs Herz – diese Worte hat er zum armen Hausierer gesagt: Er werde ihm ein Bein brechen lassen!

Inzwischen ist der Lakai heran- und durch einen Spalt des Tors herausgekommen. Wie er da einen Nackten sieht, muß er sich vor Lachen festhalten:

»Ein nackter Wah-ha-ha-ha-nsinniger, ha-ha-ha!«

Dem Pächter lachen sie die Ohren voll: der Lakai, der Hausierer und der Vogel zusammen. Er läuft weg zum Fenster seines Schlafzimmers.

»Gitta«, klopft er an, »Gittalein, öffne nur ...«

Er hört, wie im Zimmer die Stimme eines Mannes, die seiner eigenen Stimme *ziemlich* ähnlich ist, mit großer Verwunderung fragt:

»Gitta, wer wagt es, bei Nacht nach dir zu rufen und dich sogar zu duzen!?! . . .«
»Das weiß ich nicht, mein Mann«, hört er Gittas Antwort, »mach Laden und Fenster auf und wirf 'nen Blick raus — vielleicht hat dir Sein Lieber Name, der dich so verändert hat, die Möglichkeit einer Guten Tat zukommen lassen . . .«
»Verändert? Wen? Wieso ausgetauscht?« müht sich des Pächters Hirn vergeblich. Inzwischen wird von innen der Laden geöffnet, dann das Fenster — und jemand schaut heraus: — ? —
Der Pächter dreht beinahe durch: sein Gesicht, sein Hemd (rot bestickt — dem des Grafen nachgemacht! —) und seine Schlafmütze mit dem silbernen Blütenmuster —
Und er hört, wie jener sagt:
»Komm ja nicht heran, Gittalein, irgend so ein nackter Wahnsinniger . . . Eine Geste des Mitleids! Reich' mir was für ihn her, seine Schmach zu bedecken: aber nur altes Zeugs, Gitta, er wird sich in seinem Wahnsinn sowieso wieder alles herunterreißen . . . – Gib ein Hemd her, Gitta, und ein Paar Pluderhosen . . . und einen Hut — sogar der Kopf ist unbedeckt! — Und ein Sabbat-Weißbrot, Gittalein — zweifelsohne ist er ausgehungert, o-wei-o-wei!«
Wie versteinert bleibt der Pächter stehen. Und kurz darauf sieht er mit weitaufgerissenen Augen, wie ihm »jener« all die Sachen herauswirft! Und alsbald wird das Fenster von innen geschlossen und die Laden zugemacht . . .
»Ein Unglück kam auf mich nieder!« ringt der Pächter die Hände. »Irgendein Schwindler ist gekommen, der sich verkleidet und mein Hab und Gut an sich gerissen hat . . .«
Er läuft zum Laden des Kinderzimmers, klopft an und ruft:
»Jakoberl, Moses, Schejna! Euer Vater klopft! Macht auf! Ein Unglück kam auf ihn nieder! . . .«

Anscheinend schliefen die Kinder noch nicht.
Jakoberl antwortet aus seinem Bett:
»Macht keine Witze, Mann ... Mein Vater war erst in diesem Augenblick noch da ... hat mir die Kissen zurechtgemacht ...«
Moses prahlt:
»Mit mir das ›Höre Israel!‹ gelesen ...«
Schejna bestätigt es mit helltönendem Stimmchen:
»Ja, ja! Und uns alle drei zum ersten Mal geküßt ... eine gute Nacht gewünscht ...«
»Mit mir wird er nun jeden Abend das ›Höre Israel!‹ lesen«, prahlt Moses weiter.
Und Jakoberl streut noch mehr Salz auf die Wunden!
»War heute schon in der Stadt, der Vater! 'nen Lehrer für uns bestellt; der wird nach Sabbatende kommen, gleich nach dem Gebet zum Sabbatausgang wird er kommen, ja, ja!«
Nach kurzem Überlegen fügt Schejna noch hinzu:
»Hört, werter Herr! Man braucht uns nicht zum Narren zu halten ... Aber wenn Euch was fehlt, dann habt keine Angst und klopft an Vatis Fenster ... Denn die Mutter sagt, daß GOtt – Er sei gelobt! – ihr Gebet erhört und den Vater verändert hat; jetzt haben wir einen guten, lieben Vater!«
»Schlimm, da ist ein schrecklicher Schwindel geschehen!« flammt es auf in des Pächters Hirn. »Das Weib und die Kinder getäuscht; man muß – obwohl's schon Mitternacht ist – zum Grafen laufen! Der wird ihn in Ketten vertreiben!«

KAPITEL 5

Der Pächter kriegt Hiebe und schläft im Graben neben dem Wege ein.

Er kann jedoch unmöglich nackt hinlaufen; und in seinen Gedärmen herrscht Aufruhr; so läuft er zum ersten Fenster zurück, packt das Festtagsgebäck, macht zwei, drei Bissen und zieht sich die Kleidungsstücke über, während er voller Zorn denkt:

»Aha! Diese Sachen hat meine Alte – ohne mein Wissen! – für Schnorrer bereitgehalten! Mit des Grafen Hilfe wird dafür gezahlt werden — plus Prozente!«

Und er läuft.

Er läuft übers Gäßchen und haut sich in der Eile an einem Baume an — haargenau an dem Baum, hinter welchem der arme Hausierer gestanden ist.

»Zum Henker mit ihm!« schreit er auf, als stünde jener noch immer dort; und schweißbedeckt läuft er hinweg.

Bis zum Grafen ist's ein schönes Stück. Im Sommer sind die Nächte nicht lang, und so beginnt der Morgen schon zu grauen, als er zum Hof gelangt. Durch die eisernen Staketen hindurch sieht er, daß der Palast erleuchtet ist; es geht drunter und drüber im Palast. Im großen, geräumigen Hof steht des Grafen Kutsche, die eingespannten Pferde wiehern und stampfen mit den Hufen auf das Pflaster. — Der Graf tritt heraus, setzt sich in die Kutsche; – man öffnet das Tor . . . Ein Peitschenknall: die Kutsche setzt sich in Bewegung — neben der Kutsche reiten vier der Kosaken des Grafen her – mit Wachskerzen in den Händen, und der Rest der Kutsche hinterdrein . . .

Man fährt durchs Tor.

Mein Pächter überlegt nicht lange, wirft sich der Länge nach vor die Pferde — der Kutscher hatte kaum Zeit, die Pferde anzuhalten.

»Was ist?« fragt der Graf aus der Kutsche.

Ein Kosake läuft zum Pächter hin und senkt die Kerze zu ihm hinunter, schaut und antwortet in Richtung Kutsche: »Irgend so ein armer Jud'!«
Da springt der Pächter in die Höhe:
»Teurer Graf – bewahre! – kein armer Jude ... *Ich*, dein Pächter ... mit einem nöt'gen Urteil ... Formidabel! Ein Dieb, ein Schwindler –«
»Wer das auch sein mag«, unterbricht ihn der Graf (erzürnt!), »ich fahre jetzt zum Parlament —«
Und als der Pächter noch immer nicht abgehen will:
»Gehe Er doch zum Rabbi! Treibt ihn vom Weg fort!«
Bei einem Juden geizen die Kosaken nicht mit der Nagaika; da rollt sich der Pächter unter den Hieben vom Weg in den Graben ...
Die Kutsche entschwand.
Es wurde still. Und der durchgebleute, gepeinigte Pächter schläft im Graben neben dem Wege ein ...

KAPITEL 6
Vom Graben zum Rabbi — vom Rabbi ins Armenasyl.

Nicht lange schlief der Pächter im Graben ...
Der Morgen hatte sich noch kaum so richtig gerötet. Und von den Fenstern des Palastes, den Gebäuden um den Palast herum und den Weiden auf beiden Seiten der Landstraße stiegen die Vögel empor, ganze Scharen auf einmal, und hoben sich mit großem Toben und Lärmen empor, empor zum hellen Himmel ...
Das weckte ihn. Er begriff nicht, was er da zu suchen hat, warum ihm alle Knochen weh tun, wie er dazu kommt, im Graben zu liegen und zu schlafen, welche Kleider er denn trägt, welch einen bösen Traum er träumt.
Just fliegt ein Vögelchen tief vorbei, dreht eine Runde um

seinen Kopf und guckt ihm mit den lustig lachenden Äugelchen mitten ins Gesicht; da erinnert er sich plötzlich mit einem Male an alles und faßt sich an den Kopf . . .
Bestohlen und beschwindelt hat man ihn, und der Graf, dieser Schuft, ist nach Warschau zum Parlament gefahren! Wie eine Waise ließ er ihn zurück . . .
Es fällt ihm ein, daß er inzwischen die Schulden bei den Leuten zurückfordern müsse.
Er läuft zur Vorstadt – klopft beim erstbesten bäuerlichen Schuldner an —
»He, Wasil, ich brauch' grad' Geld, gib mir die Schulden zurück oder eine Anzahlung auf die Schulden —«
Wasil schaut durchs Fensterchen und fragt:
»Wer bist du, Jud'? Wölche Schuldn hob ich bei dir?«
»Erkennst du mich nicht? Ich bin doch der Pächter!«
Da brüllt Wasil vor Lachen auf und kommt mit der ganzen Familie vor die Türe heraus.
»Wie«, fragt er, »g'fällt euch denn der Depperte da? – Scher dich fort. Ich hetz die Hünd auf dich . . .«
Der Pächter läuft zum zweiten Schuldner und trifft ihn schon an der Türe an.
Mit dem Rechen geht er zum Heu. Der Bauer sieht ihn, rennt zum Fenster hin, trommelt mit den Fingern auf die Scheibe zur Stube und ruft:
»He, Kinder! Kommt raus, dann könnt ihr einen durchg'drehtn Judn sehn . . .«
Und so in der ganzen Vorstadt . . . Wegen seines schlimmen Wunders strömt alles zusammen; Stöcke und Steine wirft man ihm nach; die Hunde zerfetzen ihm die Rockzipfel.
Kaum noch zu den Lebenden zu zählen, kam er aus der Vorstadt heraus und in die Stadt hinein. Er läuft zu den jüdischen Schuldnern . . .
Und schon besitzt er nicht mehr die Frechheit zu sagen, er sei der Pächter. Er sagt, der Pächter habe ihn um Geld

geschickt! Er gibt Beweise, tut's kund, wahre Beweise könne er geben . . . Wie eine Ehebrecherin treibt man ihn von Tür zu Tür: »Ein Jude — wohl plemplem, kommt am Sabbat um Geld!«

Wie er erkennt, daß er ganz und gar verloren ist, setzt er sich mitten auf dem Platz auf einen Stein und weint in aller Stille in seinem Herzen – mit trockenen Augen —

Das Volk geht an ihm vorüber zum Beten; einer weist den andren auf ihn hin:

»O-wei-o-wei, ein verrückter Jude . . . wer weiß, woher . . .«

Jungen bleiben stehen . . . die warten nur darauf, bis die Eltern in die Synagoge hineingehen werden, um sich dann an den Verrückten heranzumachen . . . Schon sammeln sie Steinchen in ihre Taschen.

Er springt auf und läuft noch rechtzeitig davon – berghinab dem Wasser zu: im Wasserspiegel sieht er sich, und er erkennt sich nicht! GOtt, wie er nur aussieht: zerrauftes Haar, zerknittert und zerknautscht das Gesicht, eingefallene brennende Augen . . . und etwas grauer ist er über Nacht geworden! Ein Grauen erfaßt ihn: so ist er nun dem armen Hausierer recht ähnlich geworden, den er erst gestern vertrieben hat . . .

Er rennt wie verrückt am Ufer der Weichsel den ganzen Sabbat lang hin und her, bis die Sonne untergegangen ist — plötzlich kommt es ihm, daß der Graf befohlen hat, zum *Rabbi* zu gehen. Er wird dem Grafen gehorchen, weil er sich keinen anderen Rat weiß — so läuft er durch Hintergassen wieder in die Stadt hinein zum Rabbi, der gerade, nach dem Sabbat-Ausgangs-Gebet, in der Stube herumgeht . . .

Mit Geschrei platzt er herein:

»Rebbe, Ihr müßt mich retten!«

Der Rabbi wünscht ihm erst einmal »Frieden« und fragt, wer er sei.

Der Pächter bleibt stehen:
»Rebbe, ich bin doch ... der Pächter bin ich doch ...«, stammelt er mit bereits nicht mehr sicherer Stimme. Er zweifelt nämlich schon selbst daran, ob er wirklich der Pächter sei.
Der alte Rabbi betrachtet ihn für längere Zeit mit großem Mitleid; dann spricht er folgendes:
»Ich kenne«, sagt er, »den Pächter sehr gut ... Setzt Euch inzwischen, mein Herr ...«
Er setzt sich, der Pächter, dem Rabbi gegenüber.
»Versteht Ihr mich«, sagt der Rabbi, ohne den mitleidsvollen Blick vom Pächter abzuwenden, »er war am Freitag nach dem Frühstück bei mir, der Pächter...«
Das hört der (wie Salz auf geschlagene Wunden); und der Rabbi erzählt:
»Er hat sich, hört Ihr, stark verändert, der Pächter; wie ausgewechselt ist er ...«
»Was soll das heißen?« ruft der Pächter und will aufspringen.
Der Rabbi legt ihm eine Hand auf die Schulter und hält ihn zurück – und erzählt weiter:
»Er war, simpel ausgedrückt, ohne jegliche Arroganz ... redete viel ... menschlich ... jüdisch ... – Und dann ließ er noch eine hübsche Menge Geldes für die Armen zurück ... und für Kleidung für die bedürftigen Kinder der Religionsschule ... Hört Ihr? Er sagte sogar zu, Holz aus seinem Wald für die Ausbesserung der Synagoge zu spenden ... Und er bat darum, daß ich ihm nach Sabbatausgang einen guten Lehrer für die Kinder hinausschicken möge.«
Der Pächter erinnert sich an die Worte seiner Kinder, und ein Spasmus schnürt ihm den Hals zu: er ist bereits unfähig, ein einziges Wort herauszubringen.
Der alte Rabbi nimmt die beiden Spitzen seines mächtigen Bartes zusammen in die Hand, und er sieht ihn eine lange Zeit mit barmherzigen Augen an; endlich sagt er:

»Tja, der Pächter seid Ihr nicht . . . Wie auch immer, Ihr leidet unter einer fixen Idee . . . Wenn es eine Strafe Seines Lieben Namens ist, muß man sie in Liebe hinnehmen . . . Und daher rate ich Euch, mein teurer Mann, Euch ins Armenasyl zu begeben . . . Dort hält sich ein ganzer Verein armer Leute auf; übernachtet mit ihnen im Armenasyl — und morgens früh werdet Ihr wie alle armen Leute Armengeld erhalten, und mit ihnen gemeinsam werdet Ihr durch die Welt ziehen . . . Zu dieser ›Profession‹ werdet Ihr gerade taugen . . .«

»Rabbinerin«, ruft der Rabbi, sich erhebend, zum anderen Zimmer hinüber, »gib dem Mann etwas Warmes zu trinken . . . Und während er das Glas leeren wird, sage dem Synagogendiener, er möge ihn ins Armenasyl führen und um GOttes willen zusehen, daß er über Nacht ein kleines Lager bekommt. Er wird dort übernachten, der Mann . . . und soll gut schlafen können . . . Ich muß jetzt wegen eines Lehrers für den Pächter gehen . . .«

Und danach, als der Synagogendiener zu ihm kam, um ihn ins Armenasyl zu bringen, fügte sich der Pächter bereits still und ließ sich führen . . .

KAPITEL 7

In Gesellschaft von Habenichtsen — eine Hochzeit; ins eigene Bett hinein.

Der Pächter fügte sich.

Er verstand schon, daß ihn Sein Lieber Name so für seine Rede strafte . . .

Er entfernte wirklich nicht das Vermögen von ihm, nur — ihn vom Vermögen . . .

— Verloren!

Schon jahrelang zieht er mit den Habenichtsen durch das Land, von Dorf zu Dorf, von Haus zu Haus, von Tür zu

Tür ... mit einem Beutelchen für »Groschen« und »Scherflein« und einem Bettelsack für Brotstücke und Festtagsgebäck um den Hals.
Am Anfang verdrängte er die guten Zeiten mit Gewalt aus sich ... Dann wurden seine Erinnerungen derangiert ...
Hie und da pflegte er noch in irgendeinem Armenhaus aufzuwachen und aufzuschreien:
»Diener! Einspannen! 's geht zum Grafen!«
Oder:
»Gittalein, heut' back 'nen Strudel!«
Oder er springt vom Lager:
»Sokol! (So hieß sein Hund einmal) Jemand treibt sich ums Haus herum!«
Damit handelte er sich Schimpfe seiner Gefährten ein:
»Halt's Maul, Verrückter!«
Einen Verrückten nannte man ihn ...
Mit der Zeit verschwanden auch die Träume von den guten Jahren ...
Noch ein Jahr und noch ein Jahr – und die alten Zeiten erschienen ihm selbst wie ein Traum ...
Und er hörte auf, an diesen Traum wie auch immer zu glauben ...
Wer weiß, wer er ist, von wem er stammt, woher er kommt ...
Im Laufe der Zeit vergaß er seinen Namen; seit er mit dem nächtlichen Schreien aufgehört hat, rief man ihn »Stiller Verrückter« – das ist sein Name ... Wann hätte man auch Gelegenheit, den Namen von so einem zu hören?
Als wieder einige Jahre um waren, verbreitete sich in der Gegend, wo sich die Bruderschaft der Habenichtse herumtrieb, ein Gerücht, daß in irgendeiner weitentfernten Stadt eine reiche Hochzeit stattfinden sollte — mit einem großen Gastmahl für die Armen.

Die Bruderschaft der Habenichtse macht sich auf zur Hochzeit; der »Stille Verrückte« zieht mit dem Verein zusammen mit.
Es war eine ganz schöne Entfernung bis zur Stadt . . . Und in jeder Gemeinde verweilt man ein wenig, nächtigt im Armenhaus, nimmt Armengeld und etwas für die Wegzehrung . . .
So kommt man etwas spät.
Es war kaum Zeit, ins Bad zu laufen, sich zu waschen, Bärte zu kämmen und die Kleider zu reinigen. Das Gastmahl für die Armen ist bereitet, die Tische in einem Saal sind gedeckt, mit allem Guten — zwei Fässer Bier waren geöffnet, ein Faß Met, außerdem Flaschen mit Branntwein . . .
Man setzt sich um die Tische.
Der Brautvater und die Brautmutter und dazwischen die Braut — obenan; das Gastmahl spendierte die Familie der Braut . . .
Der »Stille Verrückte« sitzt und wirft einen Blick auf den Tisch: bekannte Teller, bekannte Messer und Gabeln und Löffel . . . Er sieht genauer hin: seine Embleme: »!«
Er hört, wie die Brautmutter sagt:
»Eßt, Leute, und trinkt auf die Gesundheit, und segnet mir die liebe Braut, und wünscht ihrer anderen Hälfte ein gutes Jahr!«
Er erkennt die Stimme: Gittas Stimme.
Er hebt die Augen: Seine Tochter Schejna ist die Braut —
Der Brautvater hebt den Becher in die Höhe und ruft:
»Prosit, Juden, prosit!«
Es ist seine eigene, einstige Stimme . . .
Er erschrickt; unwohl wird ihm; er fällt auf die Lehne des Bänkchens zurück —
Der Brautvater sagt zu zwei von den Aufwärtern, die um den Tisch herumlaufen:
»Bringt den Mann, dem da schlecht geworden ist – es

komme nicht über euch! –, in das Zimmer, wo der Ofen brennt, zieht ihn aus und legt ihn ins Bett . . . Und ich werde nachkommen, um zu sehen, ob man nicht – behüte GOtt! – einen Experten braucht — einen Feldscher oder einen Arzt . . .« Die Aufwärter machen ein etwas schiefes Gesicht — weil es der Brautvater aber befiehlt, gehorcht man . . .

Eine Minute später liegt unser Pächter schon in seinem Zimmer, in seinem Bett, auf seinen Kissen, unter seiner Tuchent – und schaut wie betäubt in das Feuer des Ofens . . . War es ein wüster, böser Traum? . . .

Die Aufwärter gehen, der Brautvater tritt herein und fragt:

»Nun, fehlt Euch etwas, lieber Gast?«

»Nein . . .«, und er schließt die Augen.

Kurz darauf öffnet er sie wieder:

»Ich möcht Euch etwas bitten, Hausherr! Ihr sollt es mir aber nicht übelnehmen . . .«

»GOtt bewahre!« antwortet der Brautvater mit seltsamem Lächeln. »Sagt nur geradeheraus, was Ihr wollt . . . Die größte Freude für einen Menschen besteht darin, wenn er einem anderen etwas zuliebe tun kann . . .«

Der Bettler ächzt auf und spricht:

»Sagt mir, ich bitte Euch: Wer und was ist Euer Bräutigam hier?«

Der Brautvater antwortet mit demselben Lächeln und gar nicht erstaunt über die Frage:

»Eines Rabbis Sohn, selbst ein großer Gelehrter, mit tadellosem Naturell — und allen Vorzügen . . .«

Der Bettler streckt sich im Bett aus:

»Könnt ich schon sterben!« sagt er und beginnt am ganzen Leib zu zittern.

»Nein, lieber Gast«, spricht der Brautvater lachend, »man darf kein jüdisches Fest stören! Man hat noch nicht zu sterben . . . Euch ist nur kalt: seht, was ich mache . . .«

Und er reißt das Gewand des Gastes vom Bänkchen und wirft es ins Feuer . . .
Das fettige Gewand entzündet sich im Feuer.
»Ihr«, sagt der »Brautvater«, »werdet meine Kleider, das heißt Eure Kleider anziehen — schon genug gelitten . . .«
Und augenblicklich wirft er die Kleider von sich und verschwindet . . .

DAS 8. UND LETZTE KAPITEL
Ende gut — alles gut.

Mit einem Male ging dem armen Pächter ein Licht in den Augen auf . . .
Er verstand, daß er bereits gebüßt hatte und die Strafe nun beendet war . . .
In seinem Herzen lobt er GOtt mit großer Freude . . .
Und plötzlich kehren ihm seine Kräfte wieder, und er springt aus dem Bett, wirft sich die zurückgelassenen Kleider über und läuft hinaus — als Brautvater zu den armen Gästen . . .
Da sagt Gitta mit einem lieblichen Lächeln:
»Nun, mein Mann, warum nicht früher schon?«
Und Schejna fällt ihm um den Hals:
»Vatilein! Ei, was für ein Guter du bist, Vatilein!«
Den kranken Armen hatten alle bereits völlig vergessen.

Der Mond erzählt

— Müde des Schauens auf weißen Marmor und Auers weiße Gasbeleuchtung, wandte ich mich davon ab und warf einen Blick auf eine Seitengasse.

Aus einem schiefen Häuschen geht ein bloßfüßiger Junge heraus – schlecht ist er gekleidet! (die Fetzen fallen ihm fast vom Leibe) – und gegenüber, aus einem anderen Haus – fast schon eine Ruine! –, kommt auch so ein Junge hervor.

Kaum waren sie zusammengekommen, wußte ich schon nicht mehr, welcher der beiden zu welchem Haus gehörte. Beide ausgemergelt, mit fiebrig glänzenden Augen, beide zittern vor Kälte – vielleicht auch vor Hunger . . .

Ich höre sie reden:

»Fertig?«

»Und du?«

»Auch!«

»Hast was gegessen?«

»Nein . . . Der Vater hat nichts gebracht.«

»Meiner – krank; die Mama weint . . .«

»Gehn wir?«

»Lieber laufen . . . 's ist kalt . . .«

»Nu!«

Sie laufen pfeilschnell in die Stadt hinein.

Ich schau' ihnen nach.

Vor einem der schönsten Häuser bleiben sie stehen.

»Siehst du, das Haus meines Onkels!« meint einer stolz.

Der andere zeigt auf ein Haus gegenüber:

»Das gehört m e i n e m Onkel!«

»Zu meinem Onkel hat man aber 'n Araberpferd gebracht – sechzehntausend hat's gekostet!«

»Meiner hat 'ne Karosse mit vier Pferden – die sind wie Löwen!«

»Meinem gehören an die tausend Dörfer!«
»Meinem — an die hundert Städte!«
»Trottel! Bei meinem Onkel sind die Möbel aus Gold!«
»Rindvieh! Bei meinem Onkel — lauter Brillanten!«
»Aber meine Tante mit ihren Parfums –! Die Nase reißt's einem auf!«
»Na, na! Meine Tante geht jeden Tag ins Theater . . .«
»Und daß mein Onkel jede Nacht Karten spielt – ha??!«
Sie stritten lange herum und gerieten sich beinahe in die Haare.
Einer gab dann doch zuerst nach.
»Kalt«, sagt er zitternd.
Der andere gibt auch nach:
»Ich bin sehr hungrig«, sagt er, »'s zernagt mich! Läut' an bei deinem Onkel . . .«
»Nein«, antwortet jener erschrocken. »Der hat ja dem Portier ang'schafft, daß er mir Hände und Füße brechen soll.«
»Mein Onkel — dasselbe!« erwidert der andere.
Beide lassen traurig die Köpfe hängen.
»Geh'n wir?«
»Lieber laufen . . .«
Und unterwegs:
»Morgen in der Nacht noch einmal . . .«
»Ja . . . davonlaufen . . . Ich werd' ein Zeichen geben . . . Ich werde krähen wie ein Hahn . . .«
»Ich werde dir mit 'nem Miauen einer Katze antworten.«
»Gut . . .«
Ich verlor sie aus den Augen.

Der Taschenspieler

Es kam einmal ein Taschenspieler in ein wolhynisches Städtl; und obschon es in der sorgenerfüllten Vor-Passah-Zeit geschah, wo ein Jude mehr Sorgen hat als Haare am Kopf, machte doch sein Ankommen einen großen Eindruck: Was war das nicht für ein rätselhafter Mensch! In zerrissenem Gewand; mit einem Zylinder – sicher: zerknautscht wie nur was! – auf dem Kopf: ein Judengesicht — und der Geist GOttes schwebte über der Nase . . . und – ein abrasierter Bart! Keinen Paß hatte er bei sich, und niemand sah ihn je etwas essen; nichts Koscheres und nichts Unerlaubtes: Versuche nur herauszufinden, wer er ist! Fragt man ihn: Woher?, sagt er: »Aus Paris«; wohin?: »Nach London«; wie kommen Sie denn hierher?, sagt er: »Hab' wohl den rechten Weg verloren!« So ein Gesicht! und geht zu Fuß herum! Er läßt sich auch bei keinem Gebetskreis blicken – selbst nicht am Großen Sabbat vor dem Passahfest! Und wenn man an ihn herantritt und ihn von allen Seiten begaffen will, verschwindet er so plötzlich, als ob ihn die Erde verschlungen habe; auf der anderen Seite des Marktplatzes taucht er dann wieder auf.

Inzwischen hatte er sich einen Gesellschaftsraum gemietet und begann seine Kunststücke vorzuführen.

Aber welche Kunststücke! Vor aller Augen schlang er glühende Kohlen wie Krapfen in sich hinein und zog dann aus seinem Munde allerlei Bänder heraus: rote, grüne, . . . in welcher Farbe man sie sich nur wünschte; und eine Länge hatten sie! – wie die Diaspora. Aus dem Stiefelschaft schleuderte er sechzehn Truthahnpaare; aber welche Truthähne! – bärengroß und ganz lebendig, und sie laufen auf der Bühne hin und her. Danach hebt er einen Fuß und schabt sich Golddukaten von der Sohle; eine ganze Schüssel Golddukaten. Alles klatscht: »Bravo!«; er

pfeift – und weiße Sabbatstriezel sausen durch die Luft daher – wie Vögel – und beginnen unter der Decke einen Reigen zu tanzen oder den wilden ›Hochzeits-Zwist-Tanz‹; er pfeift ein zweites Mal – und der ganze Zauber verschwindet augenblicklich: Schwuppdiwupp – fort die Striezel, fort die Bänder, fort die Truthähne – gar nichts mehr!
Nun, bekanntlich kann ja auch die »Andere Partei« einiges, was sich sehen lassen darf: die Hochheiligen Schriftgelehrten aus dem Ägypterland vollführten ja sicherlich *noch großartigere* Kunststücke; bliebe aber doch die Frage, warum denn dieser nur so ein armer Hund ist. Der Mensch schabt sich Dukaten von der Sohle – und kann sich das Hotel nicht leisten. Mit einem Pfiff fabriziert er mehr Sabbatstriezel als der fleißigste Bäckermeister, zieht Truthähne aus dem Stiefelschaft, und ein Gesicht hat er – ein so dörrpflaumig-verhutzeltes, daß selbst solche, die noch weitaus schöner sind, ein schleuniges Begräbnis ratsam erscheinen lassen –, und der Hunger brennt wie eine Fackel in seinen Augen. Man witzelt herum: 's muß das achte Weltwunder sein . . .
Bevor wir uns aber die Zeit bis zum Beginn des Passahfestes mit dem Reden über Weltwunder vertreiben, wollen wir lieber den Taschenspieler verlassen und uns Hajm-Jonas und seiner Ehefrau Rebecca-Bejla zuwenden. Hajm-Jonas war einst Holzhändler; einmal kaufte er einen Wald zu einem vernünftigen Preis; der Wald wurde geschlossen, und ihm blieb nur das Hemd am Leibe. So wurde er Buchhalter bei einem Holzhändler, verlor jedoch bald seine Stelle; nun ist er also schon ein paar Monate lang ohne Einkommen. Einen Winter überlebt man – so sei es bei den Feinden Zions –, doch nach dem Winter kommt Passah! Und vom Lüster bis zum letzten Kissen ist schon alles versetzt. Da sagt Rebecca-Bejla: »Geh rüber zur ›Gemeinde‹ und nimm das ›Weizengeld‹ für die Armen

an.« Sagt Hajm-Jonas, er habe Vertrauen, daß GOtt helfen werde; er wolle doch keine Schande über sich kommen lassen. So geht Rebecca-Bejla und sucht noch einmal in allen Winkeln; schließlich findet sie einen alten, abgenutzten Silberlöffel – wahrlich ein Wunder, welches ein Wink GOttes sein muß! – vor Jahren ist dieser Löffel verlorengegangen. Hajm-Jonas nimmt den Löffel, geht, verkauft ihn und kommt mit ein paar Groschen »Weizengeld« für die Armen wieder. Arme Leute, meint er, muß man achten. Doch die Zeit vergeht: nur mehr wenige Wochen bis Passah — er hat Vertrauen! GOtt, sagt er, verläßt einen nicht! Nun, Rebecca-Bejla schweigt; denn eine Frau muß dem Manne gehorchen. Es vergeht aber noch ein Tag und noch ein Tag, und Rebecca-Bejla kann keinen Schlaf finden, vergräbt nur ihr Gesicht in der Heumatratze und weint still; Hajm-Jonas darf es nicht hören; bis Passah wird kein Knochen mehr dasein, den man abnagen kann. Und schrecklichere Tage hat sie als Nächte — nächtens kann ein Mensch wenigstens sein Herz durch das Weinen erleichtern; tagsüber aber muß man sich in die Wangen kneifen, damit sie ihre Farbe behalten. Die Nachbarinnen schauen ihr mit neugierigem Gegaffe nach, daß man meinen könnte, die Augen fielen ihnen gleich heraus; sie stechen sie mit ihren Mitleidsblicken wie mit Nadeln . . .
Andere fragen:
»Wann backen Sie denn die Passahbrote? Wie geht's mit den Piroggen?« Die ihr näherstehen, sagen:
»Was gibt's? Was ist los mit Ihnen, Rebecca-Bejla? Fehlt Ihnen was, so können wir Ihnen das borgen« – und dergleichen mehr . . .
Hajm-Jonas will aber keine »milden Gaben« von Sterblichen, und Rebecca-Bejla würde nie wider ihres Mannes Willen handeln – daher muß sie immer alle möglichen Ausreden erfinden, wobei sich jedesmal ihr Gesicht feuerrot verfärbt . . .

Die Nachbarn erkennen, daß es nicht so zugeht, wie es sollte, nehmen sich ihrer an und laufen mit ihr zum Rabbi. »Was gibt's?« Der Rabbi, o-wei-owei, hört sich alles an, ächzt auf und versinkt in Gedanken; ... zu guter Letzt antwortet er, Hajm-Jonas sei doch ein torakundiger Mann, und wenn er Vertrauen hat, so hat er's eben! ...

Rebecca-Bejla bekam nicht einmal eine Sabbatkerze ...

Und schon ist Passah!

Als Hajm-Jonas vom Lehrhaus heimkehrt, bemerkt er, wie alle Fenster um den Marktplatz herum von Festtagsfreude erstrahlen; und nur seine Wohnung nimmt sich darunter wie ein Trauernder inmitten einer lustigen Sippschaft aus, wie ein Blinder zwischen Sehenden. Dennoch läßt er sich nicht in seinem Vertrauen erschüttern: »Wenn es GOtt recht sein wird, wird bei uns noch Passah sein!« denkt er. Er tritt ein und sagt fröhlich: »'nen guten Festtag«, und betont's noch einmal: »'nen guten Festtag wünsch ich dir, Rebecca-Bejla!« Und Rebecca-Bejlas tränenerstickte Stimme antwortet ihm vom finsteren Winkel her: »Guten Festtag, ... ein gutes Jahr!« – und ihre Augen glühen aus dem Dunkel des Winkelchens wie zwei glühende Kohlen. Da tritt er an sie heran und sagt: »Rebecca-Bejla«, ja, so sagt er, »heute ist Festtag, der Auszug aus Ägypten, begreifst du?! Da darf man nicht trauern! Und ist denn ein Anlaß zur Trauer? Wenn es dem Herrn-der-Welt nicht danach ist, daß wir hier *unser* Passahfest haben sollen, müssen wir uns damit abfinden und zu einem anderen Passah-Abend-Fest gehen. Also wollen wir das tun! Überall wird man uns einladen ... Türen und Tore stehen offen ... Die Juden sagen: ›Kol dichfin, jejssaj wej-jejchl‹, was übersetzt heißt: Wer immer auch hungern muß, soll eintreten und essen. Komm, hänge dir das Tuch um, wir gehen zum erstbesten Juden ...«

Und Rebecca-Bejla, die sich immer dem Willen ihres Mannes fügt, nimmt alle Kräfte zusammen, ihrem gurgelzuschnürenden Weinen Einhalt zu gebieten, hängt sich das zerrissene Tuch um und will schon gehen, als gerade in diesem Augenblick die Türe aufspringt und irgend jemand hereintritt und sagt:

»Einen guten Festtag wünsch' ich!«

Sie wünschen ein gutes Jahr, können aber nicht sehen, wer da hereingekommen ist.

Der, welcher hereingekommen ist, sagt: »Ich möchte zum Passah-Abend-Fest euer Gast sein . . .«

Hajm-Jonas antwortet: ». . . bei uns findet kein Abendfest statt . . .«

Jener erwidert, er habe alles Nötige dafür mitgebracht!

»Hier im Finstern?« Rebecca-Bejla kann sich nicht mehr länger zurückhalten und schluchzt auf.

»Oho, behüte!« versetzt der arme Gast. »Es werde Licht!« Er macht eine seltsame Geste: Hokuspokus! und zwei silberne Leuchter mit brennenden Talgkerzen erscheinen, mitten im Raume schwebend; und es wird hell. Hajm-Jonas und Rebecca-Bejla erkennen – den Taschenspieler; und sie starren ihn an und bringen vor Überraschung und Schrecken kein einziges Wort über die Lippen. Sie fassen sich bei den Händen und stehen starr mit aufgerissenen Augen und offenen Mündern. Der Taschenspieler aber wendet sich inzwischen dem Tische zu, der verschämt in eine Ecke gerückt worden ist, und sagt zu ihm: »Na, Bürschchen, deck dich und komm her!« Kaum, daß er das ausspricht, fällt ein schneeweißes Tischtuch von der Zimmerdecke auf den Tisch herab, bedeckt ihn, und sogleich fängt der bedeckte Tisch an, sich zu bewegen, ja zu gehen – auf die Mitte des Raumes zu, wo er genau unter den Lichtern stehenbleibt; und die silbernen Leuchter senken sich hernieder auf den Tisch. »Jetzt«, sagt der Taschenspieler, »fehlen noch die Polsterstühle – also sollen Polsterstühle werden!« Da kommen aus drei Zimmerecken drei Schemel hervor, bewegen sich zum Tische hin und bleiben je an einer seiner drei Seiten stehen. Er, der Taschenspieler, befiehlt, sie sollen größer werden – schon nehmen sie an Größe zu, und aus ihnen werden Polsterstühle. Er ruft aus: »Werdet weicher!« – sie bedecken sich mit rotem Samt, und zur gleichen Zeit fallen von der Zimmerdecke weiße, schneeweiße Kissen auf sie herab und legen sich auf des Taschenspielers Geheiß so auf die Polsterstühle, daß diese nun völlig dem Passah-Abend-Festgebrauch Genüge tun. Auf ein weiteres Geheiß schwebt eine Schüssel mit mancherlei Speisen daher und läßt sich auf dem Tische nieder; ebenso erscheinen rote Weingläser nebst Weinflaschen, Passahbroten und was sonst noch alles zu einem koscheren und fröhlichen Abendfest dazugehört, sogar das Buch vom Auszug aus Ägypten – mit Goldschnitt . . . »Habt ihr Wasser, um euch die Hände zu waschen?« fragt der Taschenspieler, »ich kann auch das besorgen.«

Erst jetzt unterbrachen sie ihr verschrecktes Gaffen; und Rebecca-Bejla flüstert Hajm-Jonas ins Ohr: »Ist das denn alles erlaubt? Was?« Doch Hajm-Jonas weiß nicht, was er ihr antworten soll. Da rät sie ihm: »Geh, mein Mann, und frag den Rabbi.« Er erwidert, er könne sie doch nicht allein mit diesem Taschenspieler da zurücklassen; dann solle doch *sie* gehen; sie jedoch wendet ein, daß der Rabbi einer simplen Jüdin doch nie und nimmer glauben werde, vielmehr werde er meinen, sie habe den Verstand verloren. So gehen sie beide zum Rabbi und lassen den Taschenspieler alleine zurück. —

Der Rabbi meinte, daß das, was durch Zauberei zustande komme, keine Realität besitze, denn Zauberei sei nur eine Sinnestäuschung. Er rät ihnen, wieder heimzugehen: Wenn sich herausstellt, daß sich das Passahbrot brechen und der Wein in die Gläser gießen läßt und man die Kissen der Polsterstühle anfassen kann und so fort, dann ist alles

in Ordnung . . . dann ist es vom Himmel, und sie dürfen es genießen.
So entschied der Rabbi. – Sie gehen mit Herzklopfen nach Hause . . . Sie betreten die Wohnung: Verschwunden ist der Taschenspieler – doch alles andere steht noch genau da, wie sie es verlassen haben. – Die Kissen lassen sich anfassen, der Wein läßt sich einschenken und das Passahbrot brechen . . . Da begriffen sie erst, daß der Prophet Elias zu ihnen gekommen war; und so hatten auch sie noch einen fröhlichen Festtag!

Der Schatz

In der Hochsommerzeit im winzigkleinen Stübchen zusammen mit dem Weibe und den acht Kinderchen zu schlafen ist wahrlich kein großes Vergnügen – zumindest am Freitag abend nicht. So erwacht auch Schmerl, der Holzfäller, tatsächlich nach Mitternacht – ganz erhitzt und ohne Atem, taucht schnell die Finger ins Wasser, wirft sich das Mäntelchen über und enteilt barfüßig der dürftigen Hölle. Er kommt auf die Gasse – Stille, alle Läden geschlossen, und über dem schlafenden Städtl wölbt sich ein hoher, stiller, sternenübersäter Himmel. Da kommt es ihm, daß er jetzt ganz alleine mit GOtt, gelobt sei Er!, ist; er spricht, während er zum Himmel emporblickt: »Nun, Herr-der-Welt, jetzt ist's Zeit, daß Du mich anhörst und mit einem Schatz von Deinen Schätzen segnest.« Wie er das ausspricht, sieht er, daß vor ihm ein Flämmchen zum Städtl hinaus läuft. Er versteht, was das zu bedeuten hat, und will schon drauflos laufen, als ihm einfällt, daß ja Sabbat ist und man nicht laufen darf — also geht er hinzu. Aber so gemächlich er geht, so gemächlich beginnt auch das Flämmchen zu gehen — und der Abstand zwischen ihm und dem Flämmchen wird weder länger noch kürzer. Er geht. – Manchmal ruft etwas in seinem Herzen: Schmerl, sei kein Narr, nimm dein Mäntelchen ab, mach einen hübschen Hüpfer und wirf es über das Flämmchen! — Er begreift aber, daß so der Böse Trieb in ihm spricht. Er zieht das Mäntelchen aus, ist wurfbereit, aber: dem Bösen Trieb zum Trotz macht er nur noch kleinere Schritte und freut sich, als er sieht, wie das Flämmchen auch gemächlicher vorwärts rückt, seit er kleinere Schritte macht. So schreitet er dem Flämmchen gemächlich nach – und geht – und geht, bis er gemächlich aus dem Städtl herauskommt. Der Weg schlängelt und windet sich durch

Wiesen und Felder, und der Abstand zwischen ihm und dem Flämmchen wird ganz und gar nicht länger noch kürzer; und wenn er auch das Mäntelchen würfe, so würde er doch das Flämmchen nie und nimmer erwischen. Inzwischen schallen und hallen ihm die Gedanken im Kopf herum: Wenn er den Schatz erhaschte, würde er in seinem Alter nicht mehr Holzfäller sein müssen; ihm fehlt nämlich schon zur Arbeit die Kraft, die er einst hatte. – Er würde seiner Frau gerne einen Platz im Frauenbethaus kaufen; sie soll nie mehr entsetzliche Sabbate und Festtage haben, nur weil man sie sich nirgends niedersetzen läßt. Zu Neujahrs-Anfang und am Versöhnungstag versagen ihr – o der Bedauernswerten! – gar die Beine — die Kinder stahlen ihr die Kräfte! – Und er würde ihr ein neues Kleid machen lassen, ein paar Perlenketten kaufen . . . Die Kinder würde er in bessere Elementarschulen geben; für das älteste Mädchen würde er sich schon wegen einer Heiratspartie umschauen . . . So aber – leider! – trägt sie der Mutter die Körbe mit dem Obst nach und hat niemals Zeit, sich ordentlich zu frisieren. Dabei hat sie die allerlängsten Zöpfe – und Augen – wie eine Gemse! . . .
»Wahrlich, es würde 'ne GOttwürdige Tat sein, wenn ich den Schatz erhaschte . . .«
»Schon wieder der Böse Trieb!« denkt er. »Wenn's nicht beschert wird, wird's halt nicht! . . .« Unter der Woche würde er schon wissen, was er zu tun hätte . . . Und wenn sein Jankel da wäre, so würde der nicht schweigen . . . Ach, die heutigen Kinder — wer weiß schon, was die alle so am Sabbat treiben . . . Der Jüngere ist ja auch nicht besser: Den Lehrmeister hält er zum Narren . . . Will der mal 'nen Hieb austeilen, reißen die ihm den Bart aus . . . Aber wer hat denn auch Zeit, auf sie achtzugeben? — Den ganzen Tag Hacke und Säge! . . .
Er seufzt auf und geht immer weiter und weiter; von Zeit zu Zeit wirft er einen Blick zum Himmel hin: »Herr-der-

Welt, wen willst Du denn da versuchen? Schmerl, den Holzfäller? Wenn Du geben willst, dann gib!« Da scheint es ihm, als beginne der Schatz, ein wenig gemächlicher vorwärts zu rücken; doch im selben Augenblick hört er einen Hund bellen; er erkennt das Bellen: Es kommt von »Wyssoke« her, dem ersten Dorf hinter der Stadt, und er sieht schon, wie sich in der frischen Luft des Morgengrauens weiße Flecken wiegen: das sind die Wyssoker Bauernhütten. Und sogleich fällt ihm ein, daß er ja schon fast an der Grenze des Gebietes ist, das er am Sabbat nicht überschreiten darf — er denkt und murmelt aufs Geratewohl vor sich hin: »Du wirst mich bestimmt nicht vom Weg herunterlocken! Das ist kein GOtteswerk; GOtt hält den Menschen nicht zum Narren — des Schalkes schnöde Späße sind's!« Und er wird ein bißchen böse auf den Widersacher, dreht sich dem Städtl zu und geht hastig zurück . . . Er denkt sich: »Ich werde zu Hause nichts verraten; erstens wird mir ja niemand glauben . . . und wenn ja, wird man mich auslachen! Und wessen soll ich mich rühmen? Der Weltenschöpfer weiß es – das genügt. Und sie könnte vielleicht noch zornig werden – weiß ich's? Die Kinder sicher auch — nackt und barfüßig, o-wei-o-wei! Warum sollte ich ihnen Anlaß geben, gegen das Gebot ›Ihr sollt Euren Vater ehren!‹ zu sündigen . . .« Nein, nichts wird ihm über die Lippen kommen . . . Er wird nicht einmal den Herrn-der-Welt darin erwähnen. Hat er damit etwas Gutes getan, wird jener sich selbst erinnern.

Und plötzlich fühlte er eine seltsame, lichte Ruhe in sich; eine stille Freude ergießt sich ihm in alle Glieder. »Mit dem Geld ist's ja doch nichts als schluck-oder-spuck! Reichtum kann nur vom rechten Weg herabführen.« Und in ihm will *es* GOtt dafür danken, daß Er ihn nicht in Versuchung führte. Wenigstens will *es* ein Lied aus ihm singen. »Unser Vater ist der König . . .«, fällt ihm aus den Kinderjahren ein, doch schämt er sich vor sich selbst und bricht ab. Er versucht, sich an eine Weise des Synagogenvorsängers zu erinnern, an etwas »*Sinai*sches«, — plötzlich aber sieht er, daß dasselbe Flämmchen, das er hinter sich gelassen hatte, wieder vor ihm erscheint; und es bewegt sich vor ihm ganz gemächlich dem Städtl zu, . . . dem Städtl zu . . . Und der Abstand zwischen ihm und dem Flämmchen wird weder länger noch kürzer; das Flämmchen spaziert gleichmäßig, und er spaziert – auch so für sich hin: zu Ehren des Sabbats. Er freut sich im stillen und blickt hinterher. Blasser wird schon der Himmel, die ersten Sterne verlöschen, es rötet sich sachte der Osten, über fließt's wie ein schmales, rötliches Flüßchen – breiter und breiter —, und das Flämmchen dringt bereits ins Städtl ein, geht in Schmerls Gasse. Da ist seine Hütte; die Türe seiner Hütte, sieht er, steht offen; er vergaß, offenbar, sie zu schließen . . . Und da: Das Flämmchen geht hinein, geht zu ihm in die Hütte hinein! Er geht nach – er sieht, wie es, das Flämmchen, unter das Bett schlüpft. Alle im Raum schlafen — er nähert sich leise, beugt sich hinab und sieht, wie das Flämmchen unter dem Bett auf einer Stelle wie ein Kreisel kreiselt. Da nimmt er das Mäntelchen, wirft es unter das Bett und deckt das Flämmchen zu — niemand hört es; und da stiehlt sich schon durch den Spalt des Fensterladens ein goldener Morgenstrahl in die Hütte.

Er setzt sich aufs Bett und legt das Gelübde ab, über Sabbat niemandem ein Wort davon zu sagen, nicht einmal ein halbes Wort – sonst würde es ja noch, behüte GOtt!, zur Verletzung des Sabbats kommen! . . . Sie wird sich nicht zurückhalten können, und sie, die Söhne, erst recht nicht; die würden ja gleich nachzählen und wissen wollen, wieviel ihnen ins Haus flatterte! Und das Geheimnis würde nicht lange in der Hütte bleiben; und in der Synagoge, im Lehrhaus und in allen Gassen würde wegen seines Reichtums ein Tumult entstehen ... wegen seines Glücks ... Weder würde jemand das Gebet verrichten noch sich waschen, noch den Segen sprechen, wie es zu sein hat — und er würde noch seine Familie und die halbe Stadt in Sünde versenken; also: nein! – keinen Pieps gemacht! ... Und er streckt sich im Bett aus und schläft ein ...

Und deswegen, weil er sich erst nach dem Segensspruch zum Sabbatausgang unter das Bett beugte und das Mäntelchen aufhob, lag darunter wirklich ein Sack mit abertausend Münzen, beinahe ohne Maß — es war ein großes Bett! —, und er wurde der reichste der Reichen.

Und er lebte den Rest seiner Jahre in Freude.

Nur sein Weib pflegte ihm dauernd diese Freude vorzuwerfen: »Herr-der-Welt, da hat dieser Mensch ein Herz wie ein Stein, bringt einen ganzen Sommertag lang kein Wort heraus, kein einziges Wort vor seinem Weib ... und *ich*«, erinnert sie sich, »weinte damals so heftig, als ich das ›GOtt Abrahams‹ betete, ach ja, ich weinte damals so viel! ... Kein einziger Groschen war im Haus ...«

Er aber tröstet sie mit einem Lächeln:

»Wer weiß, vielleicht war es wirklich das Verdienst deines ›GOtt Abrahams‹, daß alles so gut verlief ...«

Sieben gute Jahre

Dies ist eine Geschichte, die sich in Turbin zutrug.
Es war einmal ein Lastträger in Turbin, der hieß Tobias und war ein stockarmer Mann. Einmal steht er donnerstags wie immer am Marktplatz – die Rockzipfel hat er unter einen um die Lenden geschlungenen Strick hochgeschürzt – und hält Ausschau danach, ob jemand daherkomme, der seiner Hilfe bedürfe, denn bis zum Sabbat soll er doch noch etwas verdienen. Aber um und um sind alle Läden leer. Keiner kommt und keiner geht; niemand ist zu sehen, der Waren kauft und etwas für ihn zu tragen hat. Da hebt der Arme die Augen zum Himmel – mit der Bitte, er möge – GOtt behüte! – keinen verderbten Sabbat haben, und sein Weib Serl und die Kinderchen mögen – GOtt bewahre! – am Sabbat nicht hungern müssen.
Wie er nun so betet, spürt er auf einmal, daß ihn jemand am Rockzipfel zupft. Er guckt sich um und sieht vor sich einen Holländer, der wie ein Jäger im Walde angezogen ist – mit einer Feder am Hütel und grüner Verzierung am Spenzer; und der Holländer spricht in reinem Holländisch, das wir hier aber in unsere Muttersprache übersetzen, mit folgenden Worten zu ihm:
»Höre, Tobias, dir wurden sieben Gute Jahre gewährt, sieben Jahre des Glücks, des Erfolges und des Reichtums an Geld. Es hängt aber von dir ab, wann du diese Guten Jahre haben willst. Willst du es — dann wird dir dein Glück noch am heutigen Tage erscheinen, und noch ehe die Sonne, die dir überm Kopf steht, untergehen wird, wirst du ganz Turbin und Umgebung aufkaufen können; aber nach sieben Jahren wirst du wieder der arme Mann, der du gewesen bist, sein; und willst du es — dann wird die gute, gesegnete Zeit erst am Ende deiner Jahre kommen, und du wirst von dieser Welt als der größte Reiche scheiden.«

Es war, wie es sich herausstellte, der Prophet Elias, der sich, wie das so seine Art ist, als Holländer verkleidet hatte. Tobias aber meinte, daß es – und es sei abertausendmal wohl unterschieden – ein bloßer Zauberkünstler wäre, weshalb er ihm antwortete:
»Mein lieber Holländer, laß mich doch in Ruhe, denn ich bin – mögest du es niemals werden! – ein allerärmster Schlucker und habe nichts für den Sabbat. Und ich habe schon gar nichts, womit ich dich für deine Ratschläge und Bemühungen bezahlen könnte.«
Weil aber der Holländer nicht lockerließ und ihm die Worte einmal, zweimal und dreimal wiederholte, drang es schließlich in Tobias' Kopf; er antwortete ihm:
»Weißt du was, lieber Holländer, wenn du's ernst mit mir meinst und kein Spötter-der-Armen bist und mich konkret fragst, muß ich dir sagen, daß ich es gewohntermaßen so halte, mich in jeder Angelegenheit, die mir begegnet, mit meinem Weib Serl zu beratschlagen, ohne die ich dir keine klare Antwort geben kann.«
Da sagt ihm der Holländer, daß es eine sehr gute Idee sei, sich mit der Frau zu beratschlagen, und rät ihm, er solle sie fragen gehen, und er, das heißt der Holländer, werde hier stehenbleiben und auf die Antwort warten.
Tobias schaut sich noch einmal nach allen Seiten um — da aber keine Aussicht auf Einnahmen ist, denkt er sich, hier habe er nichts zu verlieren, also werde er heimgehen, um zu fragen. Er läßt die Rockzipfel herunter und geht aus der Stadt, hinter welcher er (fast schon auf dem Feld) in einer Lehmhütte wohnte, um sich mit seinem Weib Serl zu besprechen.
Als Serl ihn durch die offene Türe (es war Sommer) erblickte, lief sie ihm voller Freude entgegen; sie meinte, er bringe ihr einen Vorschuß für den Sabbat; er aber sprach zu ihr:
»Nein, Serl, Sein Lieber Name bescherte mir noch keinen Verdienst, statt dessen aber kam ein Holländer zu mir . . .«

Und also erzählte er ihr alles, was der Holländer so gesagt hat, daß ihm sieben Gute Jahre beschert seien und es von ihm abhänge, wann die Guten Jahre kommen sollten – jetzt oder vor dem Dahinscheiden. Er fragt sie um ihren Rat: Wann?
Serl überlegt nicht lange und antwortet ihm:
»Geh, mein lieber Mann, und sage dem Holländer, daß du die sieben Guten Jahre sofort haben willst!«
»Wieso, Serl?« fragt Tobias verwundert, »nach sieben Jahren werden wir doch wieder arme Leute, und einem Verarmten geht's doch übler als einem gewöhnlichen Armen.«
»Mach dir, mein lieber guter Freund, um diese Welt keine Sorgen. Einstweilen nimm, was man dir gibt, und sage: Der Ewige sei Tag für Tag gesegnet! Im besondren, weil man für die Kinder Schulgeld braucht. Man hat sie mir heimgeschickt; da schau, wie sie im Sand spielen.«
Das war genug; Tobias solle zum Holländer zurücklaufen – mit der klaren Antwort, daß er die sieben Guten Jahre sofort wolle.
Da sagt der Holländer zu ihm:
»Überlege doch einmal, Tobias; heute bist du ein Mensch mit Kraft und kannst verdienen – mal mehr, mal weniger . . . Aber was wird später sein, wenn du älter und ein Verarmter sein wirst; und besonders viel Kraft zur Arbeit wirst du auch nicht haben —«
Tobias antwortet:
»Höre, Holländer, mein Weib Serl will's gleich. Erstens, sagt sie, der Ewige sei Tag für Tag gesegnet und man solle sich für später nicht sorgen, und zweitens hat man uns die Kinder von der Schule heimgeschickt . . .«
»Wenn das so ist«, sagt ihm der Holländer, »gehe nach Hause, und noch bevor du die Hütte betreten wirst, wirst du ein reicher Mann sein.«
Er will ihn noch fragen, was nach den sieben Jahren sein

werde, doch der Holländer ist mittlerweile schon verschwunden.
Er, Tobias, geht nach Hause. Tobias wohnte, wir sagten es schon, hinter der Stadt – fast auf dem freien Feld. Als er sich der Hütte nähert, sieht er, wie die Kinder hinter der Hütte im Sand spielen; er geht hinzu und sieht, daß sie aus einem Grübchen keinen Sand herausscharren, sondern reines Gold, wirklich *pures Aurum* ... Es versteht sich, daß man mehr nicht bedurfte; schon begannen die sieben Jahre, die sieben glücklichen Jahre ...

*

Die Zeit aber saust pfeilschnell dahin, und sieben Jahre gehen schnell vorüber; nach den sieben Jahren kommt der Holländer zu Tobias, um ihm zu verkünden, daß die sieben Jahre vorüber seien und heute abend das Gold in der Erde verschwinden werde: das Gold in der Hütte und sogar das Gold, das sie bei anderen Leuten versteckt haben ...
Er trifft Tobias, wie der mitten auf dem Marktplatz steht – wie vor sieben Jahren: mit denselben zu den Lenden hochgeschürzten Rockzipfeln und nach einem Verdienst Ausschau haltend; er sagt zu ihm: »Höre, Tobias, die sieben Jahre sind vorüber!«
Ihm antwortet Tobias: »Geh, sag das meinem Weib Serl, denn der Reichtum war die ganzen sieben Jahre über in ihren Händen.«
Sie gehen beide aus der Stadt und kommen dahinter zum selben Lehmhüttchen auf dem Feld und treffen Serl vor der Türe. Und auch sie ist wie einst arm gekleidet, aber ihr Gesicht lächelt.
Der Holländer sagt ihr mit denselben Worten, daß die sieben Guten Jahre dahin seien.
Sie antwortet ihm, daß sie noch gar nicht begonnen hätten, ihre Guten Jahre zu haben, daß sie das Gold niemals für

sich selbst verwendet hätten, weil nur das, was ein Mensch mit seinen zehn Fingern verdient, sein ist, und so ein Reichtum, der ohne Schweiß und ungesucht komme, sei nur etwas Anvertrautes, das Sein Lieber Name um anderer Leute wegen in den Händen von Menschen lasse . . . Sie habe nur für das Schulgeld vom Gold genommen; das sei GOttes Lehre, man möge für sie mit seinem Gold zahlen, mehr nicht! Und wenn Sein Lieber Name von heute an einen besseren Treuhänder für sein Gold habe, solle er es – d'accord! – wieder nehmen und einem anderen anvertrauen!

Der Prophet Elias hörte es sich an und verschwand. Er unterbreitete es dem Himmlischen Gerichtshof, und der Himmlische Gerichtshof urteilte, daß kein besserer Treuhänder vorhanden sei – und die sieben Jahre hörten nicht auf, solange Tobias und sein Weib Serl lebten.

O Elend, Elend

Theater-Feuilleton

Kennt ihr die Laubhütte, in der wir unsere teuersten und heiligsten Gäste — unsere Manen — aufnehmen? Kennt ihr den Platz am Hof, auf dem die Laubhütte steht? Das Material, aus dem sie gemacht ist?
Auf den Mist, zwischen Brettern und Türen von windschiefen Häusern laden wir die Engel, Ahnen und *Gerechten* zu Gaste – das ist die Spur der einstmals freien Laubhütte auf freien Weingärten und Feldern!

*

Kennt ihr die Häuser, in denen wir unser Herz vor Not ausschütten? Wo wir vor und nach Pogromen weinen? Wohin wir bleich und schwankend nach einem Fasttag kommen, um das »Wir hoffen« zu lesen, oder an einem Festtag tanzend das »Dieser Tag gebe uns Kraft« zu singen?
Kennt ihr den kotigen Fußboden das ganze Jahr lang und den beißenden Staub vom letzten Versöhnungstag? Kennt ihr die schwarzen Wände, die Spinnweben in den Ecken, die zerkratzten, fleckigen und mit Unschlitt begossenen Tische und Bänke? Erinnert ihr euch an die Aufschrift: »Beim Anbruch des 12. Monats vermehrt sich die Freude« aus Unschlitt und Rahm? Erinnert ihr euch an das einsam flackernde Wunder-Wirker-Meir-Lichtlein, an die verrostete Almosenbüchse im Winkelchen, an den verstaubten Toraschrein mit dem fettigen Vorhang?

*

Kennt ihr den jüdischen Friedhof?
Ich spreche nicht von der Hauptallee am Warschauer Zen-

tralfriedhof, wie ich zuvor nicht von der deutschen Synagoge sprach — den jüdischen Friedhof meine ich – die Weide für Ziegen und Rinder . . .
Kennt ihr die »heiligen« Grabsteine? Die eingegrabenen, gebeugten? Die mit Gras und allerlei Kräutern bewachsenen Epitaphschlüsse; die eingefallenen, halbversunkenen »Immerwährenden Erinnerungen«, das halbverfaulte, halbzerstäubte »Ewige Angedenken«?
Die Luft zerfrißt, der Regen wäscht ab, die Erde zieht in sich hinein; und der nicht eingemauerte jüdische Grabstein, mit den zwei segnenden Priesterhänden, mit dem Almosenbüchslein und der eingeworfenen Münze oder der kleinen Bücherstütze — der jüdische Grabstein sinkt und sinkt —

*

Und kennt ihr die jüdische Elementarschule?
Dieses naß-finstere Gefängnis, in welches wir unsere Kinder stecken?
Und kennt ihr das jüdische Theater?
Ein alter »Aufklärer« pflegt vor dem jüdischen »Gebetskreis«, vor der Laubhütte, vor der Elementarschule, vor dem Friedhof auszuspucken . . .
»Schweineställchen, nichts als ein Ställchen!« sagt der moderne Kritiker vom jüdischen Theater . . .
Und doch – schuld ist das Elend . . .

*

Das jüdische Theater kann da keine Ausnahme sein.
Das Theater muß eine Anstalt zur Erziehung der Großen sein, und es kann nicht besser und schöner sein als die Elementarschule, wo das Kind erzogen wird . . .
Gemacht ist es aus alten Brettern – wie unsere Laubhütte; es ist so sauber wie unsere »Zimmerchen« und steht so sicher und fest wie unsere Grabsteine . . .

Wenn ein Polizist pfeift, fällt es zusammen.

*

Wer unterstützt das Theater?

Chassidim und Bürger nicht — Reiche und Anpasser nicht — der Proletarier kann es nicht fördern. Er kommt kaum für sich selbst auf! — In das Theater kommen: Schuldner, Verwandte des *entrepreneurs* und der Akteure, gestrige und morgige Statisten — Rezensenten, Mitarbeiter und Setzer von zwei, drei jüdischen Blättern und noch einige zufällige Gäste . . .

Das jüdische Theater hat *niemanden*, auf den es sich stützen kann. Und wenn ein Theater sein Publikum nicht hat, muß es von der Gasse wie in eine Marktbude hineinlokken, muß es Arche Noah sein – mit allem Leben, ein Faktotum – für Tanz und Sang, Springen, Brüll- und Heulszenen . . .

Die eine hat ein dramatisches Talent und muß singen. Jene kann gut lachen und muß – wenn es Gordin oder Hurwitz so will – weinen. Jene ist eine lebendige Quelle des Humors und hat ein silbernes Glöckchen im Halse und muß das herzzerreißende Sündenbekenntnis einer Sterbenden singen. Da gibt's einen Humoristen; gebt ihm eine Komödie – keine reine Komödie ist vorhanden, wie keine reine Farce vorhanden ist —, alles muß vermischt und zerknautscht sein: Solch ein »Ragout« wie im Fleischladen; ein Topf auf dem Feuer; und was man in den Topf wirft, wird verkocht: eigenes, Gestohlenes, Frisches, Altes, sogar noch Übergelassenes . . .

Und eine Soubrette mit einem lumpig-lustigen Körper vom Spitzkopf bis zu den Fingernagelspitzen; mit Füßen, die nicht ruhig halten können, sondern immer herumtänzeln müssen; mit Augen, aus denen sündig gefärbte Funken wie aus einer Schmiede sprühen, muß sich plötzlich hinstellen und eine feurig-ernste Rede gegen Blutvergießen um der Menschlichkeit willen und gegen das Jagen und Plagen des jüdischen Volkes halten: »Alle Menschen«, sagt sie, »sind Menschen — . . . Nieder mit der Inquisition!«

*

Und Faktotums müssen die Stücke sein; fast an jedem Abend durchkollern sie wie im Kaleidoskop Großinquisitoren, Löwen in Waschbärpelzen, alte Könige mit jungen Soubretten am Arm, dumme Augusts und Bar Kochbas, Kobolde, Kaminfeger und was ihr sonst noch wollt! . . .

Und erst die Kostüme und die Ausstattung!

Berliner Salons ohne Wände, Hurknuß auf einem Potscheiower Lehnstuhl. Mr. Sutro wird einmal auf dem Veloziped hereinfahren — elektrische Beleuchtung hat er schon! Und Mirele Afrass, die Aristokratin aus der Provinz, Sarah Schejndel, eine fromme Rabbinersfrau, die dem lieben Publikum zuliebe einen Reigen mit Männern tanzt, und ein deutscher mittelalterlicher Herzog und ein Großinquisitor aus Spanien und Achaschwerosch, der König von Indien bis Äthiopien – die alle sitzen vor einem alten, großen Tischtuch . . . Tja, dieselben Leute, die in einem Akt die Dienerschaft spielen, setzen sich in einem späteren Akt in denselben Kostümen als oberstes jüdisches Tribunal im königlichen Palast an den Tisch . . . (– und selbst das ist nicht leicht auszuführen . . . Meistens wird nämlich irgendwo im Freien gespielt — auf den Füßen stehend!)

»Kommt, Bürger, ins Theater! Dann werden wir es entwickeln können«, sagt der jüdische Akteur.

»Macht nicht so ein Theater, dann werden wir kommen«, sagt der jüdische Bürger.

Und inzwischen verkümmern Talente; unser Geschmack verdirbt bei diesem dahergelaufenen, zufälligen Publikum von Tag zu Tag mehr . . .

O Elend, Elend!
Und das Elend macht Konkurrenz.
Wir haben hier in Muranow schon die dritte Truppe; es wird neue Passepartouts geben . . .

Er und sie

Ein Gärtchen. Im Hintergrund ein Sommerhäuschen. Der Mond schwebt hinter einer Wolke hervor; ein blasser, silbriger Schein legt sich über die Szene.

ER Die Blumen spürten dich auf und grüßen dich mit ihrem Wohlgeruch . . .

SIE *ironisch:* Oh . . .

ER Und der Mond . . . hinter flaumigen Wolken schwimmt er hervor – er schwimmt dir entgegen . . .

SIE Der Mond ist ein Narr – sagte schon Heine . . .

ER Und doch hat jeder Narr auch eine Portion Verstand und weiß, was gut und schön ist. Wie seine Strahlen dein zartes Gesicht umzittern, deine feinen Lippen umlächeln . . .

SIE Du wurdest zum Dichter!

ER Jeder wird es, der bei dir ist. – Aber das ist nichts Erdichtetes – ich liebe dich . . .

SIE *mit einer Handbewegung zum Haus hin:* Geh, erzähle das meiner Mutter; sie wird sich darüber freuen. Ganze Nächte schläft sie nicht und bekommt graue Haare wegen mir . . . Stehst noch herum?

ER Mir fiel grad eine kleine Geschichte ein!

SIE Wenn sie hierherpaßt, erzähle . . .

ER Es war im Paradiese –

SIE Eine alte Geschichte –

ER » – und bleibt immer neu«, sagt Heine . . . – und es war, noch ehe man Adam und Eva – das erste Menschenpaar – aus dem Paradiese vertrieb und die Cherubim mit den scharfen Schwertern vor das Tor stellte . . .

SIE Hatten sie schon vom Apfel gegessen und erkannt, was gut und böse ist?

ER Sie hatten –

SIE – und noch nicht vertrieben?

ER *lächelnd:* Es läuft gerade der Prozeß – und Adam, dem nichts Böses schwant, spaziert ruhig durch die Alleen des Paradieses und erspäht einen schönen Apfel auf einem Baum –

SIE Schon wieder ein Apfel!

ER Und auch ein schöner; eine wahre Wonne für die Augen, wie es die Bibel ausdrücken würde; zart gerötet – wie der frische Morgen . . .

SIE Gefällt er ihm?

ER Gewiß. Das Wasser läuft ihm im Munde zusammen, und in der Herzgegend spürt er so etwas wie ein Zwikken —

SIE Riß er ihn ab?

ER Im Paradies reißt man nicht. Er bat! Er blieb beim Baum stehen, grüßte artig und bat: Baum, guter Baum, schenke mir deinen Apfel, ich möchte ihn essen!

SIE Und der Baum verweigerte das.

ER Nein! Er stellte nur eine Bedingung: »Adam, guter Adam«, antwortete der Baum, »du kannst den Apfel haben, aber nur mit mir zusammen. Du kannst ihn essen, aber auch mich dazu, mich im ganzen . . . den Apfel, die Blätter, die Zweige, den Stamm, sogar die Wurzeln unter der Erde – mit all dem Staub darauf!«

SIE Ha, ha, ha!

ER Adam lachte auch. Aber der Baum meinte es ernst. »Du bist nicht verpflichtet«, erklärte er ihm, »mich auf einmal aufzuessen; du hast Zeit dazu – dein ganzes Leben lang. Jeden Tag mußt du von mir essen, jede Stunde, jede Minute, jede Sekunde – ohne Unterlaß –«

SIE Und er?

ER Er wußte ja schon, was gut und was schlecht ist!

Pause

SIE Mir fiel auch gerade ein Geschichtlein ein . . .

ER Wenn es hierherpaßt, erzähle . . .

SIE Es war nicht im Paradies, sondern an einem ähnlichen Platz im Urwald! Und es geschah nicht Adam, dem ersten Menschen, sondern einem, der Adam ähnlich war – einem wilden Menschen. Geschmückt war er; um den Hals – Zähne von verschiedenen Lebewesen anstatt Perlen; und am Kopf – eine Krone aus verschiedenen Federn ... In der Hand trug er Pfeil und Bogen. Einmal schaut er empor und erblickt einen Vogel, der über ihm kreist, einen Vogel, einen fremdartigen mit goldener Feder – eine wahre Wonne für die Augen, ein goldener Morgenstrahl ... Und die Feder gefiel ihm, er hätte sie für seine Federkrone brauchen können.

ER Schoß er ihn herunter?

SIE Der Vogel flog zu hoch und zu schnell, als daß ihn sein Pfeil getroffen hätte ...

ER Stellte er ihm eine Vogelfalle?

SIE Nein, er bat: »Vogel, Vogel, ich brauche deine Feder ... Halte inne – und ich werde dich schießen. Ich werde deinen Körper nicht benützen, nur deine Feder, deine strahlendglänzende Feder –«

ER Nun?

SIE Bevor er noch zu Ende gesprochen hatte, war der Vogel schon weg – *geht rasch ab.*

ER Das ist das Problem ...

Auf dem Platz

PERSONEN

JOSSEL — MALKA

Sie sitzen auf einer Bank am Platz.

JOSSEL *da Malka ganz gedankenverloren ist und schweigt:* Hast du denn Geheimnisse vor mir?

MALKA *erwacht aufatmend:* Schrecklich . . .

JOSSEL Was, Malka?

MALKA 'n fremder, wildfremder Mann.

JOSSEL *etwas sarkastisch:* 'n Kaufmann – 'n gemachter Mensch!

MALKA *ungeduldig:* 's is mir doch egal. *Wie zuvor:* Und so plötzlich . . . So 'ne Art Sprung in den Abgrund?

JOSSEL Na, du hast's doch gewollt —

MALKA *zieht die Schultern hoch:* Gewollt?

JOSSEL Hast *ja* gesagt . . .

MALKA Dann sag mal nein! — 'ne alte Jungfer werden . . .? 's ist so schwierig, so schwierig . . .

JOSSEL *So* schwierig auch wieder nicht! Ich war gestern im Theater . . .

MALKA Du willst mich ablenken.

JOSSEL Nein! Es gehört zur Sache. Versuch es dir vorzustellen: In irgendeinem Zimmer sitzt 'n Fräulein. Nö, eigentlich sitzt sie nicht: sie steht, liegt, tanzt durchs Zimmer; sie erleuchtet die Fenster, guckt hinaus, setzt sich wieder, singt etwas, brummt vor sich hin —; plötzlich geht die Tür auf — 's hat sich herausgestellt: durch Irrtum! – 'ne andere Tür hätte geöffnet werden sollen – im selben Stock. *Er* kommt herein, ohne angeklopft zu haben – bei jener Türe braucht er augenscheinlich nicht anzuklopfen — auf der Schwelle wünscht er »Guten Tag«; sie reißt's Mündl auf – überrascht;

dann fängt sie laut zu lachen an – hat offensichtlich kapiert — »'n gutes Jahr«, trillert sie. Da bemerkt er seinen Irrtum und will sich von der Schwelle zurückziehen; 's täte ihm aber leid ... drum zögert er 'nen Moment und schaut ihr in die Augen; die Augen lachen ihn an; er schließt die Türe hinter sich, schiebt sich immer näher und näher an sie heran; er geht auf den Zehenspitzen; sie wird 'ne Spur blasser, erschrickt 'n bißchen, dann errötet sie etwas verschämt, zwinkert mit den Augen, hebt 'ne Hand, öffnet's Mündl, wie um ihn zurückzuweisen oder 'n Lächeln ums Mäulchen und die Anmutsgrübchen zu vertreiben. Nein, sie fängt nicht damit an, ihn abzuweisen ... Sie weicht ein wenig verschmitzt zurück, fragt – gewiß –, was er denn will; aber man sieht nur, wie sich die Lippen bewegen, die Stimme hört man nicht ... Und er will – scheint es – sie hören und schiebt sich näher heran ... Sie weicht weiter nach hinten zurück, stößt an 'nem Fauteuil an, fällt – ziemlich geschickt – in ihn hinein ... Schon ist er bei ihr und platzt heraus: »Pardon!« – 'n wenig zu laut, lauter, als es die Nähe und das Zimmer verlangen; sie lacht plötzlich schallend auf. Er bittet um Verzeihung, 's wär 'n Irrtum gewesen; dann faßt und küßt er ihr die Hand; sie lacht 'n wenig seltsam, reißt aber die Hand nicht los. Er sagt, ihm wär 'n Irrtum unterlaufen, er hätte die Türe verwechselt; aber GOtt sei gelobt ... er danke Seinem Lieben Namen für den Irrtum. Gewiß — er hält die Hand noch immer; noch immer lacht sie —

— Ende des Aktes —

MALKA *gekränkt und vorwurfsvoll:* Jossel!

JOSSEL Behüt' GOtt! 's ist nichts Schlimmes passiert ... Die Eltern kamen daher und ließen Traubaldachin und Musikanten holen. Auch der Rabbi kam, sang ein Liedchen; um d a s geht es nicht ...

MALKA *automatisch:* Um d a s geht es nicht!

JOSSEL Nein! — sondern darum, wie gut das Fräulein spielte; – 'n fremder Mann . . . 'n ganz fremder Mann, 'n wildfremder . . .

MALKA Auf den Brettern!

JOSSEL Ist das Leben anders? E i n e Szene! Nur hat sie Proben gemacht . . . alles einstudiert . . . und durchgespielt . . . Willst du's probieren, Malka? Morgen kommt er schon . . .

MALKA *sehr verbittert:* – zur Hochzeit — 'n vielbeschäftigter Mensch . . . Er will gleich beim Synagogenhof vorfahren . . .

JOSSEL Na, bis morgen wirst du's können! Für den brauchst du nicht so lange proben wie jene . . . mehr Intelligenz . . . du wirst es fein machen . . .

MALKA *stürmisch:* Was?

JOSSEL Die Rolle spielen — in der Komödie!

MALKA *entgegnet:* Ko — mö — die!

JOSSEL Ist's mehr? Willst du wirklich Hochzeit machen?

MALKA *springt auf:* Soll ich sitzenbleiben!

Pause

JOSSEL *ungeduldig:* Eigentlich ist alles egal; auch ein Drama wird gespielt; sogar eine Tragödie! Probier's, Malka.

MALKA Es tut so weh, Jossel . . .

JOSSEL Das Leben selbst tut weh; mach dir nichts daraus; ich will es durchspielen! Komödianten, auf! Schauspieler verstellen sich . . . Nur nicht ungeduldig, nicht in die Lippen gebissen, keine finsteren Blicke . . . dir gab man klare, mach sie nicht finster . . . Närrisches Mädchen, 's ist 'ne Komödie; nun, sieh – jetzt falle ich vor dir auf die Knie . . . Du bist doch Malka, die Königin, Malka, die gar große Königin . . . Eine so große Königin läßt sich nicht so leicht erobern . . . Spiele ich gut? Was, nein? Fließt mir Honig vom Munde? Was — nicht? Ich erhöhe dich, ich knie vor dir wie vor einer Königin, und wenn du willst, mache ich dich zur Heiligen, küsse ich dir den Saum deines Kleides.

MALKA *bewegt:* Josef!

JOSSEL Fein! »Josef« ist schöner! Das paßt zur Rolle; du triffst den Ton! Gib mir die Hand — *er ergreift sie und betrachtet die Finger* — etwas zerstochen – von der Nadel ... Küssen lohnt sich — *küßt die Finger* – So machte auch er es ... Erst auf die flache Hand, dann die Finger. Jeden einzelnen küßte er ... So! ... nur daß jene grobe Hände und dicke Finger hatte — noch einmal! – *Er hebt den Kopf empor:* Spiele ich gut, Malka? — Du hilfst mir ja gar nicht. Jene hat geholfen und mitgespielt ... ist lockerer gewesen; so hält man die Hand nicht, wenn sie jemand küßt ... sie muß zittern ... etwas zittern, als ob man sie vorgeblich zurückziehen wolle ...

MALKA Jossel!

JOSSEL Mach nur das Spiel nicht zuschanden ... nicht so tragisch ... nicht dramatisch ... Lege mir besser deine weiche Hand auf den Kopf ... Hast's ja sonst gern getan ...

MALKA *bitter:* Einst ... als Kind ...

JOSSEL *legt sich ihre Hand auf den Kopf:* Ja, da spielten wir auch in Freundschaft mal das Knöchelspiel; 'nem Buben und dir zuliebe spielt' ich das Knöchelspiel ... in irgendeinem Winkelchen ... Aber so darf doch keine Hand auf dem Kopf liegen — in einer Komödie ... oder in 'ner Farce ... Nicht wie eine tote Hand darf sie daliegen ... Zerraufe mir 'n wenig die Haare – *Er macht es ihr vor:* So! –

Sie lächelt schwach und zerzaust ihm die Haare selbst.

Du kannst's, du kannst's! Und von deiner Hand fließt etwas in meinen Kopf hinein ... da wird's ganz leicht drinnen: das Kneifen und Knoten läßt etwas nach ... Mir scheint, dein Herz klopft laut – oder ist's meines?

MALKA Es klopft ...

JOSSEL *sich erhebend:* Oh, ich spiele gut; auf der Bühne würde ich leben, nicht spielen. Das Blut pulsiert mir schon in meinen Adern ... die Schläfen klopfen mir wie wild ... o fühle sie nur an ... fühl nur mein Herz ... und wer vertrieb die Schatten dir von deinen Augen, Malka!? Sieh, wie sie strahlen ... und nun erzittert schon die Hand – so wie bei jener – nein!, vergleichen will ich nicht ... Nur, jene trug die Haare offen ... danach – es war ja eine Farce – verlor sie ihren Zopf – unter dem Traubaldachin ... Du hast eigene und längere ... *Er löst ihr die Haare.*

MALKA Jossel, doch nicht auf dem Platz!

JOSSEL *sie zurechtweisend:* Wenn gespielt wird, wird gespielt! — Ich setz' mich neben dich — er tat's auch so ... war auch ein wenig Dichter ... hatte 'ne Tasche voller Manuskripte ... massenweise Poststempel auf den Kuverts – von sämtlichen Verlagen zurückgeschickt ... Hat ihr auch 'n Gedicht vorgetragen – aber das will ich nicht tun — meine sind zu liederlich ... Jener hatte solche geschwollenen, aufgeblasenen Sterne ... Sonnen ... Sommervögelchen und noch allerlei Vögelchen, und Blumen, und vor allem Rosen — alles drehte sich vor ihren Augen ... Da geht er — *Jossel tut, was er beschreibt:* ergreift ihr Köpfchen, legt sich's auf 'ne Schulter ... küßt sie ... sehr sachte; zuerst die Haare ... dann das Ohrläppchen, dann die Wängelchen und dann — die Lippen, die Korallenlippen, und konnte sich nicht mehr losreißen ... zog sie an sich, als drückten sie Zangen aneinander ...

MALKA *die sich aus seinem Arm losgerissen hat, mit Blitzen in den Augen:* Ich will keine Komödie, Jossel!

JOSSEL *der sich erhoben hat:* So muß es eine Tragödie sein!

MALKA So sei es!

JOSSEL Du willst? — Der Himmel spaltet sich, Malka!
— E i n Wort!

MALKA Ich will!

Vorhang

Vor der Türe

Eine dunkle Nacht, ein stilles abgelegenes Gäßchen. Sie, auf einer Bank unter einem finstern Fenster, blickt starr vor sich hin. Er kommt hinzu, schaut sich um, ob nicht jemand kommt.

ER *berührt sie sacht an der Schulter.*

SIE *während sie sich erbleicht nach ihm umdreht:* – Du?

ER *mit einem Blick zum finstern Fenster:* Allein?

SIE Der Vater – im Grab; die Mutter – im Gefängnis. – allein!

ER Was denn wieder? —

SIE Nahm irgendwo ein Huhn . . . darauf versteht sie sich. Nur Glück nahm sie nicht mit.

ER Ich wollte dir doch was geben —

SIE *streng:* Ich will von dir nichts nehmen — *hart:* Geh nach Hause!

ER *bittet:* Schick mich nicht fort . . .

SIE *nach einer Pause:* Ich sah deine Mutter.

ER *erschrocken:* Machte sie Andeutungen? Sagte sie dir was?

SIE Ist sehr gütig, deine Frau Mama; 's tue ihr ja so leid, daß die Alte sitzt . . . und gerade j e t z t . . .

ER Was j e t z t?

SIE Wenn doch so viel einzukaufen ist für deine – Hochzeit . . . »So wie sie einkauft, wird das niemand können . . . gut und billig, und pünktlich . . .«

ER *vorwurfsvoll:* Miriam!

SIE Sie möchte, daß ich meine Mutter vertrete . . . und wundert sich, warum ich mir nichts e h r l i c h verdienen will!

ER *wie zuvor, nur verzweifelter:* Miriam!

SIE So heiße ich . . . — *nach einer Pause:* Sie lud mich

zum Festmahl der Armen ein . . . Sie will mir einen besonderen Platz zuweisen . . .

ER *will ihre Hand ergreifen; sie hält sie hinter sich:* Laß mich . . . Gib mir deine Hand . . . Ich will dich mit der Mutter versöhnen . . . Sie kennt dich nicht, versteht dich nicht!

SIE Hör auf! – *Er gehorcht.* – Ich bin die Tochter einer Diebin. Sie hat recht.

ER Deine Mutter ist dein Unglück.

SIE Schweig! — Sie tat alles, was sie konnte . . . Der Hunger war nur stärker . . . So nahm sie einmal was . . . Und die Waise, weil sie allein zurückblieb, gewann in den Augen der Leute an Anmut . . .

ER Erinnere dich nicht!

SIE Geh nach Hause, wenn du möcht'st, daß ich's vergessen soll! . . . *Du* erinnerst! . . .

ER Nein . . . Ich meine es ehrlich! Ich hab' dich lieb, so lieb . . .

SIE Und deinem Vater bist du feind? – Denn dein großer Vater mit dem langen weißen Bart und den langen strengen Augenbrauen – der wird sterben, hörst du?! Niederstürzen wird er wie ein gefällter Baum, wenn man rufen wird: »Der Schwiegervater der Diebin!« . . . Und deine Mutter – sie tat mir nichts Böses – würde für das Armenhaus kein Eingemachtes mehr zubereiten können! . . . Die kühle Erde würde sie aufnehmen! Ich soll mich neben sie zum Trenngitter in die Synagoge stellen . . . — und deine Braut –

ER Ich habe keine Braut! Ich will nicht! Es hängt nur von dir ab. Sag ein Wort!

SIE Ich will nichts sagen! Weshalb soll sie ihre klaren Augen verweinen? Warum sollen ihre niedlichen Wangen verblühen? Für was? — Warum so ein reizendes Porzellanding nehmen — die Blasse mit den großen, verträumten Augen — und zerschlagen? Weißt du, was sie ganze Nächte lang macht? Ich weiß es! War auch mal so rein und ehrlich! . . . Sie sehnt sich . . . Ganze Nächte lang spinnt sie . . .

ER Spinnt?

SIE Spinnt . . . Strahlen des Mondes und Strahlen der Seele . . . die spinnt sie zusammen . . . Und weißt du zu was? – Zu einem silbernen Nebel um ihren Bräutigam . . . Sie sieht dich in einem silbernen Nebel . . . Sie hört deine Stimme durch einen silbernen Nebel . . . Das kannst du nicht verstehen . . . Zerreiße nicht den Nebel, sonst wirst du ihre Seele zerreißen!

ER Ich verstehe dich nicht . . .; aber laß das jetzt sein . . . 's ist nicht meine Sache . . . Ich will dich, dich, dich!

SIE Weswegen? Was wirst du von mir haben, das du und andere nicht schon früher hatten: . . .! Geh!

ER *geht.*

SIE Das letzte Brett — fortgeschwommen.

Vorhang

Die drei Näherinnen

Die Augen rot, die Lippen blau,
Die Wangen blutlos, taubengrau,
Die Stirne blaß, bedeckt mit Schweiß,
Der Atem abgehackt und heiß.
Da sitzen drei Mädchen und nähn.

Die Nadel blank, das Linnen Schnee,
Und eine denkt: Ich näh' und näh',
Ich näh' bei Tag, ich näh' bei Nacht,
Hab' mir kein Brautkleid noch gemacht!
Was soll's also dann, daß ich näh'?

Hab' lang kein Bett, kein Brot gesehn,
Zum Wunderwirker sollt' ich flehn,
Daß er sich wenigstens bemüht
Um einen Witwer, alt, verblüht,
Mit 'nem Kinderhaufen dazu.

Die zweite denkt: Ich näh' wie irr –
Nur graue Zöpfe näh' ich mir!
Der Kopf – er brennt, die Schläfe hackt,
Und die Maschine klopft den Takt:
Ta-*Ta*tata-*Ta*tata-*Ta.*

Gut versteh' ich seinen Wink:
Ohne Hochzeit, ohne Ring,
Ein Jahr Liebe, Schnickeschnack –
Daran fände er Geschmack . . .
Danach aber – was wird danach?

Es spuckt die dritte Blut und sinnt:
Ich näh' mich krank, ich näh' mich blind;

Bei jedem Stich schmerzt's in mir mehr . . .,
Und diese Woch' hält Hochzeit er!
Ich wünsche ihm sicher nichts Schlecht's!

Einmal endet all dies Leid –
Die Stadt bezahlt mein Totenkleid,
Dazu ein kleines Fleckchen Erd',
Wo ungestört ich schlafen werd'.
Dann werde ich ruhn, ruhn und ruhn.

Früh am Morgen

Einakter

PERSONEN

MANASSES *über 70, fußkrank, einen Fuß schleppt er nach. Spricht mit sich selbst wie ein Mensch, der schon lange einsam ist.*

HAJM *sein Sohn, Altwarenhändler, einige Jahre über 40.*

SARAH *Hajms Weib, im selben Alter, Obsthändlerin.*

REBECCA *deren Tochter, ein gescheites Mädchen, etwa 18 bis 19 Jahre alt.*

LEAH *ihre jüngere Schwester, 15 bis 16 Jahre alt, bleichsüchtig, geistig nicht entwickelt. Eine blasse Schönheit mit starrem Blick.*

JANKELE *ein Kind in der Wiege.*

EIN KRÄMER *im Fenster.*

Szene: Eine armselige Stube. Im Hintergrund zwei Betten. Am Kopfende eines Bettes eine Kinderwiege. Zwischen den Betten, unter einem stellenweise zersprungenen Spiegel, ein Stuhl mit einem Wasserbecken, einem Handtuch auf der Lehne und einem Kübel darunter. Rechts, von vorne nach hinten, eine Türe, ein offener Kamin, ein Kohlenkistchen, ein Ruhelager auf einer Kiste mit herangerückten Stühlen. Links ein Fenster, des weiteren, mit dem Kopfende daran, ein Bett, das gegen das Zimmer hin von einer alten spanischen Wand verdeckt wird. Neben dem Bett ein kleines Tischchen, darauf eine kleine Petroleumlampe; des weiteren ein Schränkchen. In der Mitte der Stube, unter einem schon ganz grün gewordenen Messing-Kronleuchter, ein Tisch; darauf ein Sack für Gebetsmantel und Gebetsriemen, eine Hökerhucke u. dgl. In dem einen Winkel Säcke, leere Körbe; in der Mitte ein Baumstamm und Grünzeug, im anderen Winkel Altwaren.

SARAH UND LEAH *schlafen in dem Bett, vor welchem die Wiege steht. Sarahs Hand, die noch vor kurzem die Wiege geschaukelt hat, hängt herab; die Wiege bewegt sich noch ein wenig.*

HAJM *liegt im anderen Bett; er schläft unruhig, stöhnend.*

REBECCA *liegt auf dem Kistenruhelager; das Haar herabgelassen, aufgeflochten.*

MANASSES *schon angekleidet; sitzt auf dem Bett vor dem Tischchen; sehr leise und mit trauriger Melodie rezitiert er aus einem Gebetbuch.*

Der Morgen beginnt zu grauen.

MANASSES *als er das Grauen des Tages bemerkt, küßt er das Gebetbüchel, schließt es, steht sehr langsam auf, wobei er die verspannte Schulter dehnt, und schaut, sich an der Lehne des Bettes festhaltend, mit müden Augen zum Fenster hinaus:* Gabst mir noch einmal das Vertrauen ... ich danke Dir und Deinem Lieben Namen! – *Mit einem blassen Lächeln:* Mußt mich hier wohl nötig haben, was? — Noch ein wenig vom Mitternachtsgebet des alten Manasses, noch ein Psalmenkapitel – *kurze Pause* — es fehlt Dir an Juden, was? – *Mit unverständigem, bloß untertänigem Blick zum Himmel:* Ha! wenn Du's befiehlst! – *Sehr sachte und mit großer Mühe schleppt er die spanische Wand in Richtung Kamin, hält damit in der Mitte der Stube ein und betrachtet Sarah.* – Das Haar herabgelassen ... nur mehr Haut und Knochen ... und Adern ... und's Wiegelchen schaukelt noch ... Sie schläft nicht genug, sie ißt nichts ... *Mit einem Blick zum Fenster:* Und Du befiehlst, ich solle ihr den letzten Bissen vom Mund wegschnappen ... nun ... gewiß weißt Du's besser ... *Er macht sich an der Wand zu schaffen, läßt aber gleich wieder davon ab.* – Jetzt rührt er sich, der Räuber! – *Er eilt zur Wiege, schaukelt sie.* ... la ... la ... *geht lächelnd zur Wand zurück* – Bäckchen wie die Äpfelchen! Und es bewegt die Lippelein, das Fresserlein! – Ihm träumt von der Brust ... Kein Böser Blick ... kein Böser Blick ... *Mit einem Blick zum Fenster:* Willst vielleicht gar, daß ich an ihm noch Freude haben solle? Hebräisch lernen? ... aber mit Vergnügen — *traurig:* Nur ins Lehrhaus werd' ich ihn nicht mehr begleiten können ... *seufzt:* 's machen die Füße nicht mit ... *Er rückt die spanische Wand etwas hastiger zum Kamin.*

REBECCA *bewegt sich unruhig im Schlaf.*

MANASSES *bemerkt es, läßt plötzlich die Wand los:* Wie sie sich herumwirft! Meine Verstorbene, der Friede sei mit ihr; aus den Augen ... *Seufzend:* Heißes Blut, kochendes Blut ... und Träume ... GOtt weiß, was für ein Geträume ... *Pause* – Den ganzen Tag lang macht sie nicht einen Schritt ... bei Nacht — Träume ... *Aus der Erinnerung:* Schejndel, warum wirfst du dich so herum? – *Er imitiert die Stimme einer Frau, die im Schlaf spricht:* »Ich? — Ich — was fällt dir ein?« – *Nach kurzer Pause; wieder mit seiner Stimme:* – und vorgeblich wieder eingeschlafen ... und wirft die Bettdecke halb von sich herunter ... Kalt ist's in der Stube ... Ihr ist heiß ... Heißes Blut ... *Pause ... Dann ruft er:* Rebecca! – *aber die Stimme gehorcht ihm nicht.* – Bis zum Fußboden – das flammende Haar ... ein roter Fluß; so muß auch ihre Seele sein ... Wie die meine, der Friede sei mit ihr; aus den Augen, aus den Augen! – *Ruft etwas lauter:* Rebecca! – *Nähert sich, berührt Rebecca an der Hand:* Rebeccalein!

REBECCA *wacht auf, etwas unruhig:* Du, Großvater, was?

MANASSES Hüpf in mein Bett herüber ...

REBECCA *gähnend:* Warum bist du schon so früh aufgestanden, Großvater?

MANASSES Hast du's schon vergessen!? Sie gehen früh fort ... Dein Vater hat doch irgendein günstiges Geschäft gemacht, und da er nicht zahlen kann, muß er sich

Geld beschaffen ... und die Mutter muß für Madame Pimsenholz einkaufen gehen ... für das Verlobungsmahl.

REBECCA *gähnt:* Aha – Manje wird eine Braut – *Wirft sich die Bettdecke über und hüpft in Manasses' Bett.*

MANASSES Welche Hitze! Meine, der Friede sei mit ihr; aus den Augen, aus den Augen! – *Nähert sich ihr; richtet ihr die Polster unter dem Kopf.*

REBECCA *fast ganz ruhig:* Großvater, heißt der Bräutigam Goldstein?

MANASSES Goldstein — der Sohn des Getreidehändlers — *Pause.* Schlafe, Rebeccalein, ich werde Tee machen — *Er rückt die spanische Wand so zum Kamin, daß er ihn vom Hintergrund abteilt, nimmt aus einer Kiste einige Kienspäne, schneidet sie sehr dünn, legt sie kunstvoll in den Kamin, schüttet winzige Kohlen darüber, macht Feuer, stellt einen Teekessel mit Wasser dazu und kocht Tee.*

REBECCA *leise:* Großvater, wie heißt der Bräutigam? – Mit dem Vornamen meine ich. – *Sie verstummt, weil Manasses nicht hört.*

SARAH *hebt den Kopf, bemüht sich, ins andere Bett hinüberzukriechen:* Er schläft noch, GOtt sei Dank ... *Verbittert:* Wenn ein Mensch einen ruhigen Kopf hat ... meinetwegen ...

HAJM *öffnet die Augen, sagt leise das »Ich bekenne ...«*

SARAH *wartet, bis er den Segensspruch beendet:* Und woher willst du Geld nehmen, mein kluger Mann?!

HAJM Ich werde zum Lagerhausbesitzer gehen ...

SARAH – auf daß er dir die Seele heraussaugt?

HAJM Ich werde vielleicht versuchen ...

SARAH Schnapsidee ... für wieviel Prozent denn? – *Pause* – Schwiegervater, entschuldigt, rückt die Wand zu mir her ...

MANASSES *tut es.*

SARAH Schwiegervater, kennt Ihr den Schwäher der Pimsenholz?

MANASSES Den Goldstein? – *Seufzend:* Als meine Füße noch in Ordnung waren, verdiente ich mir meine Rubel bei ihm. *Er geht zum Kamin zurück.*

SARAH *während sie sich hinter der Wand wäscht:* Zweitausend gibt er als Mitgift ... Pimsenholz gibt gewiß auch ...

MANASSES Gewiß ... von der Brautfamilie kommt mehr ...

SARAH *kommt hervor:* Und was ist denn Goldstein? Wie lange ist's her, seit er geholfen hat? ... Und Pimsenholz? ... Von dem lohnt es sich schon gar nicht zu reden ... Aber wenn man die Hand in kaltes Wasser gibt, hilft GOtt! – *Mit einem Blick zu Hajms Bett:* Und das ... – ich soll nicht mit Worten sündigen ...

MANASSES Alles hängt von Seinem Lieben Namen ab ...

REBECCA Mutter, wie heißt der junge Goldstein?

SARAH *schaut zu ihr hin, von der Frage verblüfft.*

JANKELE *bewegt sich in der Wiege.*

SARAH *vergißt Rebecca, eilt zur Wiege; hastig, während sie ihn säugt:* Lei, lei, mein Räuber ... mein Schätzchen. Ich soll es schon wert sein, einmal deinen Segensspruch über die Milch zu hören! – *Sie erinnert sich – zu Rebecca:* Was hast du gleich gefragt, Rebecca? — Sie schläft schon ...

HAJM *kommt hinter der spanischen Wand hervor, angezogen, zu Sarah:* Hast du nicht etwas Geld?

MANASSES *schenkt zwei Gläser Tee ein.*

SARAH *steht von der Wiege auf, dehnt die Schultern und nimmt aus der Hand des Alten ein Glas Tee:* Woher denn?

HAJM *unter einigen Beschwerden:* Konntest du nichts von der Pimsenholz im voraus nehmen?

SARAH *hastig, den Tee schlürfend:* Gebe GOtt, sie möge später gleich bezahlen ... sie wird es ein halbes Jahr hinausschieben. – *Pause.* – Was für ein günstiges Geschäft hast du denn in Aussicht, laß es mich nur hören?

HAJM Einen Friedensmantel — fast noch neu —; drei Paar Pluderhosen; ein samtenes Röckchen — aschgrau, recht flott; eine Fiedel — allein das Köfferl dazu ist ein Huhn wert . . . stell dir vor! —; etliche Bündel Unterwäsche — und Kreide, eine Kleiderbürste —; eine neue silberne Klinke; ein weißes Pelzmäntelchen. — *Mitleidig:* Jemand mußte bei der Edelfrau vorbeikommen . . . Sie hatte Tränen in den Augen . . . *Die Stube durchquerend, nähert er sich Rebecca.*

REBECCA *unruhig:* Vater, wie sieht der junge Goldstein aus?

HAJM *empört:* Was so 'nem Mädchen durch den Sinn geht . . . Zieh dich lieber an . . . Sprich den Segensspruch und geh zur Näherin . . .

SARAH *mit den Körben beschäftigt, die sie zusammenbindet:* Sie wird heute nicht gehen . . . Ich werde sie später an Ort und Stelle brauchen . . . Laß sie noch liegen. — Und wieviel hast du vereinbart?

HAJM *während er die Hökerhucke nimmt, in die er ein Stück Brot und eine Zwiebel, die er aus dem Schränkchen nimmt, hineinlegt:* Ich sagte dir's doch – sechs Rubel und dreiundzwanzig Groschen . . .

SARAH Vielleicht wirklich ein günstiger Kauf —

HAJM Zugunsten Leahs —

SARAH UND MANASSES *sehen ihn verwundert an.*

HAJM *motivierend:* Ich feilsche da also mit der alten Edelfrau . . . Sie läßt nichts nach . . . Plötzlich schießt mir ein Gedanke ein: Herr-der-Welt, laß mich was verdienen – wegen Leah . . .

SARAH *klatscht mit den Händen:* Herr-der-Welt, ich vergaß ja ganz zu fragen . . . Schwiegervater, war der Gemeindearzt da?

MANASSES Er war . . . *Seufzend:* und befahl, viel zu schlafen, viel zu essen, etwas Wein . . . *Pause.*

HAJM *der etwas unruhig abgewartet hat:* Wie mir also

dieser Gedanke kommt, wird sie, die alte Edelfrau, weich wie Butter — sie läßt erst Zehn-Groschen-Stücke, dann gleich guldenweise nach . . . plötzlich macht sie 'ne Drehung zur Wand und streckt mir nach hinten die Hand hin: Gib schon, Jude, gib! . . . — Ihre Hand zitterte, ich gab ihr eine Anzahlung . . . *Er hängt sich die Hucke über die Schultern; mit unruhiger Schmeichelei:* Ich glaube wirklich, daß Leahlein Teilhaberin bei diesem Kauf sein sollte.

SARAH *sieht ihn mit Verdacht an.*

HAJM Und sie soll wirklich eine wahre Teilhaberin sein . . . Sie hat doch ihre paar Groschen . . .

SARAH *springt, wie gebissen, auf:* Ah! Darauf wolltest du hinaus? Die paar Groschen des armen Kindes, die es sich durch Botengänge zusammensammelt? Du willst mit der Gesundheit des armen Kindes, mit der Seele des armen Kindes handeln . . .

HAJM *macht eine wegwerfende Bewegung mit der Hand und eilt hinaus.*

REBECCA *die eingeschlafen ist, wacht unruhig auf; sagt zu Manasses, was ihr als erstes in den Sinn kommt:* Großvater, warum schreit denn die Mutter so?

MANASSES *ruft Hajm nach:* Geh schon, geh . . . Suche dir auf der Gasse einen Teilhaber . . . Verschlinge nicht die Welt . . .

REBECCA Mutter, trägt der junge Goldstein eine goldene Brille?

SARAH Was der alles in den Sinn kommt! Schlafe! Ich werde später nach dir rufen. *Geht mit den Körben ab.*

Pause

REBECCA Wo wohnt Goldstein?

MANASSES *mechanisch:* In unserer Gasse, in dem großen Haus.

REBECCA Trägt er eine goldene Brille?

MANASSES Wahrscheinlich . . . Als ich bei seinem Vater zu

arbeiten begann, war er ein kurzsichtiger Junge ... Heute trägt er gewiß eine Brille, und – sicherlich – eine goldene ...

REBECCA Er wohnt in dem großen Haus? In dem roten?

MANASSES Das ist sein Haus ... Warum fragst du?

REBECCA Großvater, schau her. – *Sie nimmt vom Busen mit zitternden Händen eine Photographie heraus:* Das fand ich gestern auf der Straße ...

MANASSES *nimmt und betrachtet sie:* Das ist er ja, der junge Goldstein ... *Unruhig:* ... auf der Straße gefunden?

REBECCA *antwortet nicht, dreht sich zur Wand; nach einer Weile hört man ihr unterdrücktes Weinen.*

MANASSES Herr-der-Welt – was soll das? Was ist los mit dir? Rebecca, Rebeccalein? — Sie antwortet nicht ... Wie sie zittert ... Ist dir nicht gut? 's schnürt dir das Herz zusammen ... Rebeccalein, Rebeccalein ... Soll ich dir Tee geben? Herr-der-Welt, wie sie zittert, wie blaß sie ist ... Ich gehe, jemanden hereinzurufen ... einen Feldscher ... wen auch immer ... *Er ruft:* Leah, Leah —

LEAH *wacht auf:* Was 'n, Großvater?

MANASSES Rebecca ist zusammengebrochen ... Geh zu ihr, ich gehe, wen zu rufen. – *Er geht hinaus.*

LEAH *wirft die Bettdecke zurück und geht zu Rebecca hinüber. Auf dem Weg dorthin vergißt sie sich und beginnt leise etwas vor sich hin zu singen; ihr entfällt die Melodie, sie bleibt stehen und versucht, sich an etwas zu erinnern. Sie legt die Hände ans Herz, fühlt etwas Hartes an ihrem Busen, ist erstaunt, tastet mit der Hand herum, sucht und zieht schließlich einen silbernen Rubel hervor, lächelt dabei: »'n Spieglein!«, erinnert sich an etwas — tritt näher ans Bett heran:* Rebecca, siehst? – *Zeigt ihr den Rubel.* – Rebecca — Rebecca, bist g'storben? Öffne die Aug'n, Rebecca, sonst wird man dich begrabn lass'n, Rebecca ...

REBECCA Man hat mich schon . . . begraben . . .

LEAH *wehrt vor Schreck ab:* Lüge! Daheim bist du . . . im Bett! . . . Man begräbt doch in der Erd' . . . und weit, weit von hier. – *Sie beruhigt sich und verliert sich in ihren Gedanken; der Rubel fällt ihr wieder ein:* Siehst? Und weißt, wer 'n mir gegebn hat? 'n junger Mann . . . irg'nd 'n fremder junger Mann . . . mit 'nem glänzend'n Zylinder . . . Im Gasthaus steht er . . . hörst, Rebecca, 'ch geh vorbei, da sieht der mich vom Fenster . . . winkt mir zu, ich geh rein . . . er gibt mir 'n Rubel und 'nen Kuß . . . Komm morgen, sagt er, dann werd' ich dir zwei geben . . . Er wird, sagt er, mit mir auf 'nem Schiff fahrn und mir, sagt er, jedn Tag 'nen Rubel gebn . . . weit, weit . . . wird man fahrn . . . Er hat g'fragt, ob ich nicht 'ne Schwester hab' . . . Sag' ich: Ja . . . – . . ., ob sie schön ist . . . *Pause. Sie vergißt alles um sich. Plötzlich:* Was meint er damit, Rebecca! Was will er, Rebecca? – *Zerrt an ihr:* — Rebecca! —

EIN KRÄMER *von der Gasse; während er neugierig und frech durch das Fenster blickt, ruft er schallend:* Handel, Handel, Handel . . .

Vorhang

Es brennt

Einakter

PERSONEN

SCHEMARJAH	*über 70*
HANNAH-ROSA	*seine Frau, 22 Jahre alt*
DAVID	*Schemarjahs Stiefsohn*
EIN JUDE	*im Fenster*

Szene: Ein bürgerliches Zimmer. Im Hintergrund eine Türe, die zur Küche führt. Im Vordergrund rechts, über einer Kommode, ein Fenster auf die Gasse hinaus; ein Schrank. In einer Nische hochaufgetürmte Getreidesäcke; links, bei der Haustüre, eine Chaiselongue hinter einer spanischen Wand, zum Vordergrund hin offen; zwei hochaufgebettete Betten; in der Mitte, unter einem Kronleuchter, ein Tisch mit Stühlen.
Zeit: Zu Pfingstbeginn.

DAVID *liegt auf der Chaiselongue.*

SCHEMARJAH *beendet das Tischgebet.*

HANNAH-ROSA *wie Schemarjah. – Sie blickt unruhig zur spanischen Wand, dann zu Schemarjah; räumt sehr leise die Teller vom Tisch und geht auf Zehenspitzen zur Küche.*

SCHEMARJAH »Der HErr gebe Kraft Seinem Volke; der HErr segne Sein Volk mit Frieden!«

EIN JUDE *schaut von draußen zum Fenster herein; wirft einen ironischen Blick zur spanischen Wand hin; daraufhin suchen seine Augen Hannah-Rosa in der Küche – er grinst; schließlich spricht er Schemarjah laut an:* 'nen guten Festtag, Herr Schemarjah . . .

SCHEMARJAH *wendet sich ihm zu, nervös:* Guten Festtag, gutes Jahr . . .

DER JUDE *mit einem Blick zur spanischen Wand:* Einen lieben Gast haben Sie! Ist er denn noch gar nicht zum Gebet gegangen?

SCHEMARJAH Der liegt bloß im Dunklen herum . . . Sogar beim Festmahl war er nicht. – *Zorndurchbebt:* Hei-ei-eimgekommen . . . als Mitbesitzer des Hauses!

HANNAH-ROSA *die in der Küche das Geschirr abgewaschen hat, sich vorwurfsvoll herausbeugend:* Schemarjah!

DER JUDE Nu, der Mitbesitzer ist er . . . Sie haben's also, so scheint's, mit seiner Mutter – Friede ihrer Asche! –, Ihrer dritten Frau . . . *gemeinsam* gekauft? – *Pause.* – Gehn Sie eigentlich zur Pfingstfeier?

SCHEMARJAH Natürlich; was gibt es da zu fragen?

DER JUDE 'ch mein' nur; weil's Zeit wird. – *Pause.* – Ich geh' jetzt. *Ab.*

SCHEMARJAH *ihm nachlaufend:* Brich dir die Haxen! – *Bleibt schwerkeuchend stehen, raucht sich eine Zigarre an und ruft:* Hannah-Rosa! – *Lauter:* Hannah-Röslein!

HANNAH-ROSA *kommt herein:* Was denn? *Sie bleibt nicht weit von ihm stehen; wischt sich nervös die Hände in die Schürze.*

SCHEMARJAH Wie findest du denn meinen Stiefsohn, der beinahe dein Ma . . .

HANNAH-ROSA Schemarjah! Er hört doch jedes Wort.

SCHEMARJAH: Was? Stimmt's nicht?! Hat sich wohl nie bei dir angebiedert? – Bei GOtt! sobald Feiertagsende ist, zahl' ich ihm seinen Anteil aus – und dann fort mit ihm!

HANNAH-ROSA Und was willst du eigentlich *von mir*?

SCHEMARJAH Von dir?

HANNAH-ROSA Hast doch nach mir gerufen.

SCHEMARJAH Ja, und wenn ich gerufen habe, kann sich das gnä' Fräulein kaum aufraffen, näherzukommen. Ei, und wenn dich ein junger Mann riefe?

HANNAH-ROSA *an ihn herantretend:* Mir wird das Wasser kalt.

SCHEMARJAH: Und mir das Herz! – *Pause.* – Ich geh zur Pfingstfeier!

HANNAH-ROSA *erschrocken:* Geh nicht! – *Faßt sich:* Schwarze, schwere Wolken . . . es wird regnen . . .

SCHEMARJAH *der Hannah-Rosa eine längere Weile mit eisigem Verdacht musterte:* Das schadet nicht! Ich bin nicht aus Zucker – und schmecke dir nicht wie Zukker . . . *Nach einer kurzen Pause, zornig:* Ich will nicht zum Gespött der Leute werden . . . Niemand darf etwas erfahren. – Hörst du?

HANNAH-ROSA *nur mit Mühe das Weinen unterdrückend:* Quäle mich nicht, Schemarjah, ich bin so schwach . . .

SCHEMARJAH Nun . . . nun? – Frau Gräfin von und zu Schwachhausen, ich verlange, daß du dich morgen für die Synagoge ankleidest. Hörst du? Verleide mir nicht wie zu Passah den Festtag! Ich werde dir den Schmuck herausgeben, dann komm nur mit einer Ausrede: Ich wollte dich nicht aufwecken! – Nimm dir das Kleid heraus . . . das neue.

HANNAH-ROSA Noch etwas?

SCHEMARJAH Wie ein Mensch sollst du in die Synagoge treten! Daß du dich mit Schemarjah, dem Getreidehändler, sehen lassen kannst. Genug Schande und Schmach zu Passah gehabt! — Mit dem alten Kleid in der Synagoge!, in das die armen Verwandten sie gesteckt hatten! – Und Passah wurde zum Trauertag! Wahrscheinlich vergnügtest du dich noch mit wem andern . . .

HANNAH-ROSA Ich? —

SCHEMARJAH Weiß ich's? – Und hattest ja auch genug Freude, als du eigene Passahbrote aßest . . .!

HANNAH-ROSA *ironisch:* Eigene . . .!

DAVID *springt auf; kann sich kaum zurückhalten; lehnt sich zurück.*

SCHEMARJAH Ohne »Weizengeld«! – *Pause.*

HANNAH-ROSA Was willst du von meinem Leben?

SCHEMARJAH Was wollt ihr von meinem Leben? – Du

schweigst?! Tz-tz-tz . . . meine sittsame Frau! . . . Ich möchte dich fragen, was du dir wünschen würdest, wenn sich zu Mitternacht der Himmel spaltete?

HANNAH-ROSA Den Tod!

SCHEMARJAH *nach lauerndem Abwarten:* – Wem?

HANNAH-ROSA *seinem Blick standhaltend:* Mir . . .

SCHEMARJAH Ach so! Bist in der Tat ein reines Mädl — dafür bekommst du ein Geschenk — Schmuck. – *Öffnet die Kommode; suchend:* Ach so, wenn man ein treu's Mädl ist . . .! Tz-tz-tz! – *Nimmt etwas heraus:* 'n Perlenschnürchen . . .

DAVID Das Erbe seiner ersten Frau!

SCHEMARJAH *gleichzeitig:* Eine Adelige . . . *sich zur spanischen Wand wendend:* Was brummt er dort, der Ketzer? – *Wieder zu Hannah-Rosa:* Eine Adelige könnte es tragen. – *Zur spanischen Wand hin:* Vollgefressen mit nichtkoscherem Zeug; *das* brummt in ihm . . .! – *Zu Hannah-Rosa:* Ein kunstvoller Verschluß mit einem Edelstein. – *Zur spanischen Wand hin:* Hörst du? Ich hatte einen Prozeß mit ihren Erben, bei dem mir das zugeteilt wurde! – *Zu Hannah-Rosa:* Eine Cherubsfrau könnte es tragen. Na, nimm; trag es, solange es dir noch wohl ergeht auf Erden!

HANNAH-ROSA *nimmt die Perlen und legt sie sogleich auf den Tisch.*

SCHEMARJAH Vorsichtig! – *Sucht wieder in der Kommode und holt etwas hervor:* Und jetzt die Ohrringe!

DAVID *schon leiser:* Von der zweiten . . .

SCHEMARJAH Wenn auch schon etwas mit Patina überzogen . . .; kann man nach dem Festtag ja reinigen . . .; an Kreide fehlt es, Dank-sei-GOtt-dem-Herrn, nicht; und »last but not least« – du kennst doch diese Redewendung, er hat dich solche Sachen ja gelehrt – eine Kette und eine Uhr. – *Er wendet sich zur spanischen Wand, um zu hören, ob David etwas sagt.*

HANNAH-ROSA Jetzt ist das Weibsterzett komplett!

SCHEMARJAH Paßt's dir nicht? Keine hatte ich aus der Gosse aufzulesen ...! Sie brachten alle Brautkleid und Mitgift mit. – *Im Hinausgehen:* Verriegle den Fensterladen. Ich klapp' ihn dir zu. *Ab.*

HANNAH-ROSA *geht zum Fenster. – Pause.*

SCHEMARJAH *von draußen, nachdem er den Laden zugeklappt hat:* Fertig?

HANNAH-ROSA *die den Riegel losläßt, mechanisch:* Fertig.

DAVID *indem er die spanische Wand beiseite schiebt:* Hannah-Rosa! ...

HANNAH-ROSA *fährt erschrocken herum:* Huch! ...

DAVID *sich erhebend:* Willst du mir vielleicht nicht antworten?

HANNAH-ROSA *atmet schwer; reißt das Tuch vom Hals:* Das darf man nicht, David.

DAVID *verwundert:* Was?

HANNAH-ROSA Ich bin eine verheiratete Frau; nicht mehr, was ich früher war ...!

DAVID Was hast du, Hannah-Rosa?

HANNAH-ROSA Quäl wenigstens du mich nicht, David. – *Sie kann den Blick nicht von der Sabbatkerze, die flakkert, fast verlöscht und wieder aufflammt, losreißen.* – Es will nicht sterben ... will nicht verlöschen ... es muß aber ... es *muß*! –

Mit dem letzten Aufflammen verlöscht das Licht.

DAVID Hannah-Rosa!

HANNAH-ROSA Und in mir flackert und flammt die Seele – jahrelang! Jahrelang!

DAVID *entfernt sich von der spanischen Wand:* Willst du mir gar nichts sagen?

Er geht im Zimmer hin und her. Der Kronleuchter schwingt leicht von seinen Schritten. Das schwache Licht der Küchenlampe wirft tanzende Schatten auf die Wände. Hannah-Rosa verfolgt sie mit verstörten Blicken.

Davids Schritte werden hastiger und reißen Hannah-Rosa aus schweren Gedanken. Sie setzt sich und ringt die Hände.

HANNAH-ROSA Schon seit drei Tagen und drei Nächten geht das so . . . hin und her, hin und her . . . *Greift sich an den Kopf:* Verrückt wird man schier! Am bloßen Herzen trampelt er mir herum!

DAVID *geht wieder auf die spanische Wand zu:* Sag doch was, Hannah-Rosa!

HANNAH-ROSA Nein, nein! *Pause.*

DAVID *nach einer Weile:* Wie konntest du mir das antun, Hannah-Rosa?! Wie konntest du uns beiden das antun?!

HANNAH-ROSA *mit monotoner Stimme:* Was willst du von mir, David? Hab doch Erbarmen mit mir!

DAVID Warum glaubtest du mir nicht, Hannah-Rosa?

HANNAH-ROSA *wie zuvor:* Quäl mich nicht, David — GOtt ist mein Zeuge! Schwach bin ich . . . Für kurze Zeit hast du mich aus dem Dunkel gerissen. Dann, als du weggingst, fiel ich wieder in die Finsternis zurück! Sie konnten mich leicht überwältigen, überreden . . . Sie redeten mir Löcher in den Kopf! – »Er war ja nur dein Lehrer«, » . . . dort gibt es genug Bräute . . .«, »machte er dir Zugeständnisse?!«, »schreibt er dir denn?« . . .

DAVID *empört:* Ich schrieb dir, Hannah-Rosa, ich schrieb! . . .

HANNAH-ROSA Das wurde unterschlagen! . . . Und in dieser finsteren Armut . . . was weiß ich? Jeder Bissen Brot blieb mir im Halse stecken, jeder Schluck Wasser schnürte mir die Kehle zusammen! Den kranken Kindern nahm ich's vom Mund weg . . . Du weißt ja — schwach bin ich; blutlos . . . eine Fliege . . . und da kam die Spinne . . . *Pause.* – Eine ermattete Fliege!

DAVID Weil du nicht glauben konntest, Hannah-Rosa!

HANNAH-ROSA Vielleicht . . . Aber jeder Bissen blieb mir im Hals stecken, jeder Schluck Wasser – würgte mich . . .

Enger und enger zogen sie das Netz um mich zusammen ... Und ich – ganz allein ... ganz allein ... das Waisenkind ... ohne Kraft ... Wenn ich ins finstere Grab sprang, so ist das meine Schuld ... Und wenn nur ein Funke Verstand ... ein Funke ... –, dann begann schon ein Leben, welch ein Leben ... Schrecken, Leid, Ekel ... und die Nächte ... welche Nächte! – David, ich bin schon genug gestraft worden!

DAVID Ich will deine Bestrafung nicht. Ich will dich befreien, befreien ...

HANNAH-ROSA Nein, nein, David! Gestraft und begraben! David, mir graut's vor dir. – Ich darf dir nicht gehören, David ...; das ist Sünde ... schreckliche Sünde! Er las mir ganze Nächte hindurch aus Büchern vor ... Es gibt eine Hölle ... da hängen sie einen an den Brüsten auf ... über brennendem Pech ... ich habe Angst vor dir, David! – vor der Sünde – vor GOtt!

DAVID *erschrocken:* Was hat er aus dir gemacht, Hannah-Rosa? Was geht da vor? Mache dich frei von seinem Fluch, schüttle ihn ab; du bist wie verhext! Was ist mit dir geschehn, meine Krone, Hannah-Rosa, mein Leben! – Meine Seele!

HANNAH-ROSA *regungslos auf die Schatten starrend:* Nein, nicht dein, nicht dein! ... Ich bin eine verheiratete Frau; ich gehöre Schemarjah ... er kaufte mich ... Er setzte mich in seine Spinnwebe – und er nagt und nagt ... Nicht dir gehöre ich ... Die Deine, David, lebt nicht mehr ... er besudelte und begeiferte sie, machte ein Ekel aus ihr, würgte sie dann mit den dürren Händen; und mit dem alten Feuer seiner Augen brannte er mir den Leib aus ... – Verloren! ... Schemarjahs Weib bin ich, eine Ehefrau ... Ich muß vor dir fliehen, David ... *Sie rückt auf ihrem Sessel nach hinten zu den Säcken in der Nische* ... und quäl' mich nicht, David! Sage nichts; sei nicht mein Todesengel! Mache mich wenigstens nicht sündig! Denn deine Stimme ist getränkt mit Sünde; und jedes deiner Worte sticht wie eine Nadel in mein Herz . . . Und geh nicht immer auf und ab im Zimmer . . . Selbst deine Schritte möchte ich nicht hören! Ich möcht' es nicht und halt's schon nicht mehr aus! Hab' keine Kräfte mehr – und wenn du gehst, tanzen die Schatten auf den Wänden um mich herum, kriechen auf mich zu . . . strecken ihre langen Zungen nach mir . . . und lange dürre Hände . . . Setze dich, David!

DAVID *setzt sich auf die Chaiselongue und lehnt den Kopf an die Türe:* Wie lange ist's aus, daß du vor mir keine Angst hattest . . . Wie lange ist's aus, daß wir in Treue voneinander schieden . . . am Platz, auf der Bank, – erinnere dich! 's war eine klare Nacht . . . als wir Abschied voneinander nahmen. »Sie werden dich wieder herauslassen«, tröstetest du mich. »Du wirst zurückkehren . . .« Auf die Lehne gestützt, saßest du da . . ., die Schwache und Blasse, und du lächeltest still . . . Eine stille, ruhige Zuversicht lag auf deinem Gesicht . . . lehntest deine Schulter an die meine; ich küßte dich, und dein Gesicht rötete sich wie der frische Morgenstern . . . und aus deinen Augen, aus diesen grünen, unergründlich tiefen Smaragden, blitzten goldene Strahlen . . . und wie die funkelten . . . Du wurdest müde, und dein Kopf sank auf meine Brust . . . »Wie es da drinnen pocht!« sagtest du kaum vernehmbar, und wie zitterte dabei deine Stimme . . . und über deinem Haar, das du wie eine Krone der Hebe aufgesteckt hattest, zitterten wundersame Schimmer. Mit zittriger Hand zog ich deine Haarnadeln heraus, und deine Hebekrone löste sich . . ., dein Haar wallte bis zum Boden hinab . . . Mit der flachen Hand glättete ich es . . . Funken sprühten unter meiner Hand weg . . .

HANNAH-ROSA *wie erwachend, bittend:* Schweig, David, schweig! Erinnere nicht an das Verlorene! Das tut so weh!

DAVID *vorwurfsvoll:* Und wir redeten nicht, Hannah-Rosa! Nur du wußtest es – und glaubtest daran.

HANNAH-ROSA Damals glaubte ich dir, David; damals badete ich in hellen Lichtstreifen und hatte eine lichterfüllte Seele. Du warst bei mir; mein Herz fühlte dich so nahe; und meine Seele flog zu dir: wie eine schwache Taube aus Sturm und Regen in den heimischen Taubenschlag fliegt . . .

DAVID *erfreut:* Der Taubenschlag steht offen, Hannah-Rosa! Du bist mein!

HANNAH-ROSA Nein, nein! Deine Hannah-Rosa starb . . . Schemarjahs Ehefrau lebt! . . . Im Grabe lebt sie, im schwarzen Grab . . . besudelt und begeifert . . . In meinen Augen lebt der strahlende Glanz nicht mehr; den weinte ich mir heraus . . . Auch keine Hebekrone ziert mich . . . die schnitt man ab, und er verkaufte die strahlenden, glänzenden Haare an irgendeinen Perückenmacher; dafür trage ich ein *Band* in den Haaren! Der goldene Streifen verlosch – und Finsternis verschlang mich . . .

DAVID Ich werde dich wieder ans Licht ziehen!

Von draußen hört man den Wind, der immer stärker wird. Der Fensterladen rechts flattert und knattert.

HANNAH-ROSA Nein, nein, David! – Höre, ich habe Angst, David! Ich fürchte mich — vor dir, vor ihm, vor der Welt . . . vor allen und allem . . . am meisten vor GOtt!

DAVID GOtt ist gut, Hannah-Rosa.

HANNAH-ROSA *schüttelt den Kopf:* Dein GOtt, der Schöpfer deiner Welt . . . Deine Welt war für mich ein Rosengarten . . . flammende Rosen . . . du weißt schon . . . und viele blaue, blaustille Brüder . . . und blau war der Himmel über uns – und voller Gnade . . . Mit Millionen gnadenvollen Augen blickte GOtt auf die Welt hinunter . . . und segnete die Blumen im Garten; und ein

Hauch säuselte auf GOttes Geheiß: Liebet euch, liebet! GOtt will es, GOtt verlangt es! Dazu schuf er gewiß diesen Garten — das alles, David, ward aber verheert und verwehrt — eine verheiratete Frau bin ich — eine Fliege in seinem Netz, in seinem Netz, in seiner Spinnwebe! – und er hockt über mir und jagt . . . und jagt . . . ganze Tage, ganze Nächte . . . und nagt mir die einstige Seele heraus! Und aus dem Garten Eden wurde ich vertrieben! — Ich bin sein; und ich lebe in seiner Welt, in seiner Hölle! Und unter mir siedet der Abyssus; und über mich zog sich ein kalter steinerner Himmel . . . und um mich herum tanzen seine Schatten, seine satanischen Gespenster! Ganze Tage, ganze Nächte ließ er mich in Düsternis und Finsternis leben — und zwischen den Spalten des eisernen Himmels schaute ein böser GOtt hernieder! Er tröstet nicht, Er schilt! Er verlangt keine Liebe! Mit scharfen Augen – wie mit Blitzen der Schächtmesser – blickt Er dem armen Menschen ins Herz und forscht nach und straft — für jede Sekunde des Glücks straft Er! . . . Der Wind wird stärker, hörst du? Er forscht nach! Er fragt an! So spricht Er zum elenden, einsamen, schwachen Menschen! aus dem Wettersturm! — *Es donnert.* – Da! Er fand eine Hure – und straft. Gesagt, getan! —

DAVID Hannah-Rosa!

HANNAH-ROSA *zornig:* Schweig, wenn Er redet!

Der Wind reißt den Fensterladen der rechten Seite auf. Flammen werden sichtbar. – Mit Schrecken: Flammen kommen zu mir, David, Flammen!

DAVID *läuft zum Fenster – von der Gasse hört man Glokken.*

HANNAH-ROSA *hastet nach links:* Es läutet! Die Unheiligkeit läutet! Die Hölle! – und läutet meiner sündenbeladenen Seele . . . Ich gehe aus der Welt! Ich gehe – mit keinem Wort auf den Lippen . . . ohne Sündenbekenntnis! – und so voll Sünden; David, rette mich! David ... *Sie geht mit ausgestreckten Armen auf ihn zu:* Ich habe ja nur dich allein auf dieser Welt, nur dich allein ...

DAVID *wendet sich vom Fenster ab; eilt zu ihr:* 's brennt – ganz nah!

SCHEMARJAH *stürzt mit ausgebreiteten Händen herein und hält damit die beiden auseinander:* Ho! da! brennt! Die Hölle brennt!

Rasch der Vorhang

Nach dem Begräbnis

PERSONEN

DIE WITWE ZWEI TANTEN

Die Szene: Rechts und links Türen, im Hintergrund zwei Fenster hinter Vorhängen, an der Wand ein umgedrehter Spiegel. Auf einem Fensterbrett ein Seelenlämpchen, darüber ein Stückchen Leinwand. In der Mitte der Stube ein Kronleuchter, in dem verschiedenfarbige Lichter stecken. Zwischen den Fenstern ein Küchenbänkchen, darauf einige Hörnchen, Eierschalen, ein nicht fertiggegessenes Ei; Reste des Ersten Trauermahles. Gebetsmöbel in Unordnung. Abend. Später zeigt sich der Mond im Fenster.

DIE WITWE *sitzt versteinert und abwesend auf dem Bänkchen.*

DIE TANTEN *am Tisch; schauen sie mit mitleidigem Schrecken an.*

1. TANTE Sie vergoß noch keine Träne . . .

2. TANTE Sie guckt — was sieht sie?

Pause

1. TANTE *mit etwas Hoffnung:* Mir kommt vor, ihr Gesicht löst sich . . .

DIE WITWE *lieblich:* Tante, was hast du auf dem Friedhof gemacht? . . .

1. TANTE Gar nichts . . .

DIE WITWE *mit erstarrtem Lächeln:* Blumen gepflückt?

1. TANTE *zu der* 2.: Das hat sie gemacht . . . Während sich alle die Kleider einrissen, beugte sie sich nieder . . .

DIE WITWE *zu der* 2.: Und du, Tante? – *Vergißt, was sie sagen wollte.*

Pause

1. TANTE Wieder versteinert ...

Pause

2. TANTE Würde sie noch einen Vater haben ...

1. TANTE Eine Mutter! ... Eine Mutter weiß ständig, was zu tun ist ...

2. TANTE Oder ein Kind ...

1. TANTE Es würde weinen ...

2. TANTE Ein kleines ... es würde an der Brust zupfen ...

Pause

1. TANTE Während sie zum Tor hinausging, fragte sie: »Wo ist mein Mann?« ...

2. TANTE Dasselbe, als sie die Stube betrat ... »Noch nicht da?«

Pause

1. TANTE Ich muß nach Hause gehen! Die Kinder werden aus der Schule kommen ... Wenigstens einige Kartoffeln ...

2. TANTE Meiner kam gerade von seinen Geschäften zurück. Er wird schelten.

1. TANTE Wir müssen sie schlafen legen ...

Sie wollen zu ihr gehen.

DIE WITWE Mädchenhaft konnte ich tanzen ...

DIE TANTEN *prallen vor Schreck zurück.*

DIE WITWE *mehr zu sich:* ... und auch pfeifen ... *Zu den Tanten mit schelmischem Lächeln:* Niemand wußte das ... er — auch nicht ...

DIE TANTEN *kommen näher:* GOtt ist mit dir!

DIE WITWE GOtt? — Mit mir?

DIE TANTEN *bleiben erschrocken stehen.*

1. TANTE Wir müssen sie schlafen legen ...

2. TANTE *während sie sich nähert:* Komm, komm schlafen ...

1. TANTE Komm, ich werde mit dir das »Höre Israel« lesen ...

2. TANTE *liest ihr vor:* »Der Niederschmetternde« —

DIE WITWE *spricht es nicht nach.*

1. TANTE Ich werde dich ausziehen . . .

2. TANTE *will damit beginnen.*

DIE WITWE *springt zurück:* Nein . . . nein . . . Ich muß bei ihm sitzen . . . ich muß bei ihm sitzen. – *Nach rechts abgehend:* Ich werd' keine Fremden zu ihm lassen . . . Nur ich . . . nur ich allein . . . *Sie steht auf der Schwelle; prahlerisch:* Von mir läßt er sich alles gefallen . . . Ich schläfre ihn ein . . . Ich singe ihm Lieder. *Ab.*

DIE TANTEN *gehen nach; nach einer Weile kommen sie zurück und bleiben nebeneinander auf der Schwelle stehen.*

1. TANTE Wie schnell sie eingeschlafen ist . . .

2. TANTE Mit offenen Augen!

1. TANTE Sie schnarcht!

2. TANTE Etwas zu schnell . . . Sie täuscht! –

1. TANTE Warum?

2. TANTE Weiß ich's? – *Pause.* – Und vielleicht vergaß sie . . . *seufzt auf:* Komm!

DIE TANTEN *gehen und bleiben in der Mitte des Zimmers stehen.*

1. TANTE Sie könnte aufwachen, hier hereinkommen und plötzlich entdecken . . . *Auf den Kerzenstummel blikkend:* Sollten wir's nicht auslöschen?

2. TANTE Das darf man nicht . . . Verstecken wir's! *Rückt es hinter den Vorhang in den Fensterwinkel. Es schimmert kaum hervor.*

1. TANTE Das Stückchen Leinwand? – *Rückt auch dieses weg.*

2. TANTE Der Spiegel?

1. TANTE Es ist finster; sie wird ihn wahrscheinlich nicht sehen . . . Man darf ihn nicht umdrehen . . . Komm . . . Noch das Bänkchen . . . *Sie rückt es an ein Fenster, bedeckt es mit dem Ende eines Vorhangs.*

2. TANTE Und das Fußbänkchen ... *Sie rückt es zum anderen Vorhang und bedeckt es damit. Pause.* – Daß niemand bei ihr in der Hütte ist ...

1. TANTE Sie waren zwei einsame Menschen ...

2. TANTE Wir werden jedenfalls bald wiederkommen ...

Sie gehen zur linken Tür.

DIE WITWE *erscheint auf der Schwelle, sieht die Tanten von hinten, lächelt schelmisch und zieht sich rasch zurück.*

1. TANTE Wir werden von außen abschließen ...

2. TANTE ... von außen ...

DIE TANTEN *ab. Die Türe wird von außen verschlossen.*

DIE WITWE *erscheint auf der Schwelle und lächelt wie zuvor. Sie sieht sich um:* Getäuscht! *–Sie geht durchs Zimmer; tritt auf eine Eierschale, es knackt. Sie erschrickt, bleibt stehen und blickt unruhig um sich – der Blick fixiert schließlich den Mond im Fenster:* Der Mond scheint! ... *Sie blickt hinaus.*

Die Gasse schläft ... *Sie wendet sich sehr anmutig dem Zimmer zu.* – Komm, mein Gemahl, gehen wir spazieren ... *Sie tut so, als hake sie sich bei jemandem unter und spaziert herum:* Du sollst mich noch nicht küssen ... Hörst, hast du Zeit? – *Sie wendet ihren Kopf hin:* Du magst mein Haar ... es duftet? — Ich schmier' es mir noch nicht ein ... Meine Seele duftet so ... das sagst du? Ja? Wieso redest du heute so wenig? Es bewegen sich deine Lippen, aber ich kann keinen Laut hören ... *Sie bleibt stehen.* – Was wendest du denn den Blick ab? ... *Pause; unruhig:* Ich spür' deine Hand nicht mehr ... auch dich nicht ... *erschrocken:* Wo bist du? — Ah! – *Sie lächelt:* Es ist Sabbatvortag! Du bist beten gegangen ... *Sie sieht sich an:* Und ich bin noch nicht angezogen! – *Sie will zur Bank gehen, bleibt eine Weile stehen und lächelt:* Er wird bald kommen und sagen – *sie imitiert die Stimme:* »Guten Sabbat« ... und halb singend: »Guten Sabbat« ... Und – *sie spitzt den Mund wie zum*

Kuß – dann immer wieder: »Friede sei mit dir.« – *Sie singt mit tiefer Stimme wie ein Mann, bricht aber mittendrin ab:* Wie . . . noch nicht den Lichtsegen gesprochen . . . *Sie nimmt Kerzen und den Leuchter aus dem Schrank und spricht sehr bedächtig den Lichtsegen; mittendrin lacht sie laut auf:* Ich kann dich durch die Finger hindurch sehen . . . *Sie beendet rasch den Segen* – bist also schon zurück . . . Komm nicht näher, bleib . . . singe: »Friede sei mit dir«, ich werde mich umkleiden . . . dem Sabbat zu Ehren . . . schau nicht her . . . Naschkatze, schau weg . . . singe! – *Sie singt: »Friede sei mit dir«, geht zum Schrank, öffnet die Schranktüre, so daß sie dahinter vor den Zuschauern verborgen ist, spricht etwas vor sich hin, wobei sie sich oft unterbricht:* Warum singst du nicht? Hörst nicht, wie ich singe? – *Sie erscheint mit einem weißen Gewand bekleidet.* – Warum singst du nicht? – Du bist doch nicht bös' auf mich? Warum denn auch? – *Sie versucht sich an etwas zu erinnern, hebt die Brauen und erblickt den Kronleuchter; so, als ob sie plötzlich etwas begriffen hätte:* Ah! Es ist Festtag, und der Kronleuchter ist nicht angezündet! Du willst es heller haben!

Ich kenne dich, du willst dich in Licht baden — Festtag . . . schon gut, schon gut . . . so ein Glück — Festtag, nicht Sabbat . . . Warte, ich werde's anzünden . . . mit zwei Kerzen gleichzeitig. – *Sie nimmt welche vom Tisch.* – Rück mir einen Stuhl drunter! Du willst nicht? – Warum? Bist noch böse? Schlechter – *mit Tränen:* schlechter Mensch . . . Aber was soll's! Ich schaff's alleine. – *Sie rückt sich mit den Füßen einen Stuhl zurecht, steigt hinauf und zündet die Lichter an.* – Warte, warte – später . . . nach dem Essen . . . sonst muß ich böse werden . . . i c h. – *Sie steigt herunter.* – Nein, nein? . . . Ich mache ja nur Spaß . . . Du bist ein ganz arg Schwacher . . . *Sie stellt die Kerzen zurück.* – Nun, komm essen . . . setz dich . . . so ist's recht . . . Ich komme bald mit dem Essen. – *Sie geht nach rechts ab, bringt Geschirr herein, stellt es auf den Tisch und setzt sich, als sitze ihr jemand gegenüber.* – Iß, mein Leben, iß, damit du gesund bleibst . . . Fisch mit Rosinen, wie du's ja liebst . . . Du ißt nicht? Die Augen fallen dir zu? . . . Ei . . . das kennen wir schon! Warte, ich werde dich schon wecken. – *Sie geht rasch nach rechts ab; kommt barfuß zurück, in ein weißes Laken gehüllt; mit der Absicht, zu erschrecken:* Ba-hu – hu – hu! — Wo bist du denn? Hast dich versteckt? Was dem nur einfällt! 'ch werd' dich schon finden, 'ch werd' dich schon finden. – *Sie sucht ihn unter den Stühlen, unter dem Tisch, im Schrank und bleibt dann müde stehen.* – Genug jetzt . . . ich bin müde . . . schlief schon so viele Nächte nicht! Komm schon . . . komm schon . . . na! *Sie spitzt die Lippen zum Küssen:* Na! – *Sie umschlingt ihn in der Luft mit ihren Zöpfen:* Ich werde dich einwickeln . . . wirklich . . . ah! Kamst also unterm Ofen hervor . . . Tza-ha-ha! – *Mitten unterm Lachen stockt sie:* Wo bist du? Wo bist du? Du wirst mir ja dünner und dünner. – *Sie geht nach.* – Zum Fenster? . . . Zum Fenster? Willst dich durch's Fenster davonmachen? *Sie läuft hinzu.* – Ich will nicht! Ich hab' Angst! – *Sie streckt die Hände aus, als wolle sie ihn beim Rockzipfel packen, fällt über das Küchenbänkchen, betastet es und zieht den Vorhang von ihm weg; sieht die Reste des Ersten Trauermahles und schreit auf:* Ah! – *Sie macht einen Satz bis zur linken Türe, fällt nieder, vergißt alles um sich, lehnt sich ans Bänkchen. Hinter den Kulissen — leises Beben.*

Das Gärtchen schläft ein . . . schläft ein . . . pst! . . . pst! – *Hinter den Kulissen Vogelgezwitscher, das immer leiser und seltener wird.*

Die Vögelchen, leis' singend, schlafen ein, schlafen ein . . . pst! . . . pst! – *Man hört noch leisere Musik.*

's kleine Wässerchen zwischen den Bäumen schläft ein, schläft ein . . .
Und es glänzt, und es zittert so still, so still . . .
Ah, der Schwan schwimmt über den Glanz, über den Wasserspiegel, schwimmt so still . . .

Eine Saite reißt mit lautem Knall; Vorhang.

Eine Friedhofsnacht

Ein Nervenspiel

Szene: Ein Winkel des Friedhofs. Links und im Hintergrund die Hecke, bei der Hecke vereinzelte Bäumchen. Auf dem Platz sind sie noch vereinzelter, schütterer. Etliche armselige Grabsteine. Der Rest frische Gräber, mit provisorischen Bretterchen. Rechts des Totengräbers Hütte; daneben die Leichenhalle. Weiter rechts ein Spaten neben einem offenen Grab. Weiter im Hintergrund ein schlafendes Städtl. Eine Wolke, die sich vor den Mond schiebt, verdeckt seinen letzten, schmalen Saum. Der Hintergrund versinkt im Nebel, gleichzeitig verlöscht das einzige Flämmchen im Fenster der Hütte des Totengräbers.

EINE JUNGE EHEFRAU *mit eingetrocknetem Blut auf einer Wange stürzt unter den Bäumchen bei der Hecke hervor, blickt sich schreckhaft um, lauscht nach allen Seiten, bemerkt, daß sie alleine ist, atmet auf, läuft zu einem Grabstein hin, wirft sich vor ihm auf die Erde und ruft mit gedämpfter Stimme:* Geschlagen! . . . das wurd' ich, Mutter . . . Ich konnt's kaum herausbringen, das Wort! 's würgte mich und warf mich hin und her . . . und ich dacht', es werde nicht über die Lippen kommen — sterben werd' ich und nicht reden . . . Jetzt aber ist mir leichter . . .

Mutter, schon etliche Stunden bin ich hier . . . versteckte mich unter den Bäumen vor den Leuten . . . jetzt ist's finster und still . . . und ich hab's schon herausgesagt . . . Geschlagen, Mutter, geschlagen!

Wer?

Deine einz'ge Tochter, Mutter, deine ein-einzige, auf die du so stolz warst . . . und so besorgt um sie! So viele Böse Blicke banntest du, all-alle; und schrecktest dich so vor dem Tode: Nichts Schlechtes solle mir, bewahre GOtt!, geschehen ohne dich . . .

Von wem ich — ge-schla-gen wurd'?

Von wem? . . .

Er war's!

Er, dem du vor deinem Tod in seine Hand die meine legtest und zu dem du sagtest: Nimm sie. . . und behüte sie. . . Er, der einwilligte mit einem Handschlag, er, der schwur . . . Warum? Du meinst doch nicht, behüte!, daß er mich nicht liebt? . . . oder daß ich ihn vor dir verklage? — daß ich will – nein, da sei GOtt davor! –, du mögest *dort* etwas erzählen —

Wegen des Hungers, Mutter! Und weil ich nicht weinen wollte. Ich wollte aber! GOtt ist mein Zeuge: Ich wollte . . . Ich konnte nicht . . . Ich war so versteinert, so erstarrt! Und er sagt: »Ein Eheweib, das der Mann nicht ernährt, schreit und flucht!« — Und ein schwarzes Feuer flackerte auf in seinen Augen: »Du wirst schreien! mußt weinen!« — Ich kann nicht; er meint — aus Trotz! Ich wolle nicht, denkt er! — Da packt er meine Hand und drückt, und meine Finger krachen; das Herz schnürt's mir zusammen . . . Ich kann nicht . . .

Laut will ich weinen; ich will, ich muß! Sobald er eine Träne sieht, wird ihm das verbitterte Herz weich, das versteinerte — aber ich kann nicht. Die Augen brennen, so trocken sind sie; und ich kann sie von seinem zornig-dunklen Gesicht, von seinen glasigen Augen nicht losreißen; und er schreit: »Weine! Du mußt!« und: »Du wirst! Himmel und Erde sollen versinken — du mußt weinen!« Und er läßt mich nicht los. Ich will mich an seine Brust werfen — er läßt's nicht zu. Stößt mich weg und — schlägt mir auf die Wange. »Weine!« — schreit er, aber nicht mit seiner Stimme, mit der Stimme eines wilden Tieres! »Weine, ich zerreiße dich!« Und schlägt zu und schlägt zu — bis mir das Blut . . .

Aber wie er mein Blut sah, Mutter, geriet er außer sich, tat einen wilden Schrei, schlug sich auf den Kopf und lief davon ...

Er lief davon, Mutter ... Er wird sich umbringen, Mutter! Er wird's nicht aushalten ... Schon seit zwei Tagen such' ich ihn ...

Mutter, ich weiche nicht von deinem Grab! — Käme ich heim und die Hütte wäre leer, würd' ich mich hängen — hörst du, Mutter?

Hier will ich liegen, zu deinen Füßen ...

Mir ist so kalt, ich bin so müd' ... Hier werd' ich schlafen. Und du, Mutter, komm in meinen Traum! Und sage an, wo er ist ... Wenn nicht, so geh ich von der Welt ... Jetzt, Mutter, schlaf' ich ein ... Laß mich nicht lange warten ... 's ist so kalt, so kalt ... *Sie umfaßt den Grabstein, streckt sich am Boden aus und schläft ein.*

Ein Jüngling springt über den Zaun, reißt seine Stiefel von den Füßen, läuft barfüßig zu des Totengräbers Fensterchen hin, klopft leise an; nach einer Weile kommt des Totengräbers Tochter vor die Türe hinaus.

DER JÜNGLING Nun?

DES TOTENGRÄBERS TOCHTER Schon vorbei ...

DER JÜNGLING Hat's sehr weh getan?

DES TOTENGRÄBERS TOCHTER *finster:* 's ist nicht deine Sache!

DER JÜNGLING Hat's Väterchen nichts mitbekommen —?

DES TOTENGRÄBERS TOCHTER Er brachte einen Toten, dessen Bestattung Angelegenheit der Gemeinde ist; Sargträger hatten ihn irgendwo am Weg gefunden — er hob ein Grab aus; war aber betrunken — drum ließ er den Toten in der Leichenhalle; — dann ging er selbst zu Bett — und hörte nichts: Ich biß mich in die Zunge, zerfleischte sie mir fast ganz ... Hab's grad erst abgenabelt ...

DER JÜNGLING Lebt's?

DES TOTENGRÄBERS TOCHTER M-hm . . .

DER JÜNGLING Bring's raus! —

DES TOTENGRÄBERS TOCHTER Warum?

DER JÜNGLING Willst du, daß dich dein Alter umbringt?

DES TOTENGRÄBERS TOCHTER Mach ein Ende mit deinem Weib — heirate mich! —

DER JÜNGLING Ich schlage sie; sie will nicht — wirft sich zu Boden —, aber sie will nicht —

DES TOTENGRÄBERS TOCHTER Mach mit ihr, was du mit meinem Kind machen willst —

DER JÜNGLING Bring's raus! So 'ne Mißgeburt ist ja kein Mensch . . . 'nen Menschen kann man nicht so mir nichts, dir nichts — . . . Bring 's!

DES TOTENGRÄBERS TOCHTER *geht hinein. Alsbald bringt sie das eingewickelte Kind heraus:* Schau's dir wenigstens an . . .

DER JÜNGLING *wendet sich ab:* Das soll man nicht . . . Ich werde später noch andere sehen . . . 's ist noch Zeit . . . Hast 'nen Spaten?

DES TOTENGRÄBERS TOCHTER *erschrocken:* Bei lebendigem Leibe?

DER JÜNGLING *finster:* 's ist nicht deine Sache — *Er sieht den Spaten beim offenen Grab:* Geh voraus! — Geh! – *Er stößt sie fort; sie geht; er erstickt das Kind . . . Ihr nachgehend:* Ich höre Schritte!

DES TOTENGRÄBERS TOCHTER Ich auch!

Sie schauen sich um und sehen drei Diebe, die über die Hecke springen; — sie laufen vor Schreck weiter fort. Er verliert beim Laufen das Bündel. Die Diebe springen von der Hecke herab.

ERSTER DIEB *findet des Jünglings Stiefel, hebt sie auf:* Ein Paar Stiefel? — Wahrscheinlich die vom angesoffenen Totengräber . . . — Kommen mir recht gelegen!

ZWEITER DIEB Schnauze, wir haben Wichtigeres zu tun! –

Er sieht sich um: Zu welchem Grab sollen wir gehn? Fett für den Talg und 'ne Sehne für 'n Docht muß man von 'nem Sündigen nehmen . . .

DRITTER DIEB Wer is 'n nich sündig?

ERSTER DIEB Niemand! — Ich würd' den Atem anhalten . . . Leise Schritte!

ZWEITER DIEB Alte Leute . . . schlafen nicht . . . hören gleich . . .

ERSTER DIEB Ritsch — die Gurgel durch! Dann — das Haus in Brand gesteckt — 's ist eine Sache!

DRITTER DIEB Besser mit 'nem Licht . . . 's is angenehmer, wennste wat siehst — aber jener nich! — Ick guck und lach . . .

ZWEITER DIEB Hast's schon mal probiert?

DRITTER DIEB Ick selber nich! . . . Die Leut sagen so . . . Chwedko sagt's . . . man guckt und lacht, man nimmt und jener schläft . . .

ERSTER DIEB *findet das Bündel, das der Jüngling verloren hat:* Da ist ja noch 'n günstiges Angebot — 'ne gesegnete Nacht. – *Er wickelt's auf:* 'n Kind!

ZWEITER DIEB Gut! Wahrscheinlich 'n Bankert . . .

DRITTER DIEB Un eener, den wat man fabriziert hat, wie seene Mutter unreen war . . . Wat kann's 'n Sündijeres geben?!

ERSTER DIEB *betrachtet und befühlt das Kind:* Aber wenig Fett hat's . . .

ZWEITER DIEB 's ist genug! Ich weiß, wo einer liegt . . . Gebt mir 'ne Minute Zeit!

DRITTER DIEB *hört etwas:* Pst! . . . Schritte . . .

ZWEITER DIEB *sieht etwas:* Die Toten sind los . . .

ERSTER DIEB Nach Mitternacht!

Sie verziehen sich mit dem toten Kind und verschwinden in der Dunkelheit. Aus dem Nebel kommen drei Tote hervor; sie blicken sich unruhig um.

ERSTER TOTER Ist außer uns keiner auferstanden?!

ZWEITER TOTER Man hat Angst!

DRITTER TOTER Ein betrunkener Totengräber ... den plagen schlimme Träume ... der springt mit einem derben Stock heraus ...

ERSTER TOTER Mir hat er mal ein Bein gebrochen; ich hinke ja noch immer! – *Er schaut vom Friedhof hinaus:* Jemand kriecht von draußen auf den Zaun.

ZWEITER TOTER Nächtens auf der Erzväter Gräber? ...

DRITTER TOTER Es muß ihnen dort nicht besonders gutgehen —

ERSTER TOTER Laßt uns sehen!

ZWEITER TOTER Laßt uns hören —

Sie ziehen sich in den Nebel zurück.

DER JUNGE EHEMANN *sitzt schon auf dem Zaun. In der einen Hand – ein Strick, in der anderen — ein Brot. Er wirft es weg:* Wenn *sie* fort ist, brauche ich kein Brot mehr ... Wolltest nicht weinen? Wirst 'ne Witwe werden, wirst schon weinen — *Er springt vom Zaun herunter und geht zu einem Bäumchen.*

DIE JUNGE EHEFRAU *aus ihrem unruhigen Schlummer:* Mutter! Warum erscheinst du mir im Traume nicht? Mutter? Mir ist so kalt ... und ich erschrecke mich ... Geräusche wecken mich — Mutter —

DER JUNGE EHEMANN *rüttelt am Stamm des Bäumchens:* Gut ... wird's aushalten ... Schwer kann ich ja nicht sein nach so vielen Hungertagen ... Wird's gewiß aushalten.

DIE JUNGE EHEFRAU Mutter ... jemand redet ... gewiß die Toten ...

DER JUNGE EHEMANN *wirft den Strick über einen Ast:* Das Sündenbekenntnis sprechen? Warum? Sowieso beide Welten verwirkt ... Handschlag — und nicht gehalten ... mit allen Eiden geschworen — und doch zugeschlagen ... Und jetzt erhäng' ich mich ... Wenn er nicht vorhanden ist, braucht man nicht — ... Was für ein Leben? Welches Sündenbekenntnis?

DIE JUNGE EHEFRAU Mutter . . . Seine Stimme, scheint mir; Mutter . . . Er sucht mich! Er! – *Sie springt auf und sieht, wie sich der junge Ehemann den Strick um den Hals legt, und schreit wild auf:* Mendele! . . . *Sie bricht zusammen. Das Bild des jungen Ehemanns, der sich erhängt, löst sich spurlos auf.*

DER TOTENGRÄBER *betrunken, mit einem derben Stock, aus der Hütte kommend:* 'n Geschrei gehört! Sie lassen die Toten nicht ruhen! Nein, bei mir geht das nicht! Ich lass' es nicht zu! In meinem Reich muß Ruh' sein! – *Er ruft in die Finsternis hinein:* Wer hat geschrien? – *Nach einer Pause:* Der neue Tote? – *Er lauscht an der Leichenhalle.* – Still?! – *Er geht hinein und kommt nach einer Weile wieder.* – Wie 'ne Maus! Aufgedeckt. — Unterm Leintuch hat ihm 'ne Maus 'ne Zehe weggeknabbert — er aber schweigt . . . Starb anscheinend in betrunkenem Zustand und is nimmer nüchtern gewor'n! – *Schaut sich um:* Wer da?

EINE KRÄHE *läßt sich am Dach der Leichenhalle nieder:* Krah! Krah!

DER TOTENGRÄBER *erzürnt:* Wirst still sein, Bankert?! Du hast mir noch gefehlt . . . *wirft den Knüppel nach der Krähe; sie fliegt davon. Der Knüppel durchlöchert das Dach.* 'ne schöne Bescherung! Aber wenigstens bin ich 'n los . . . Wer aber hat geschrien? Die verstecken sich gewiß! – *Er geht zurück; aus der Ferne erblickt er die junge Ehefrau:* Aha! Gewiß meine Tochter . . . Mit wem verabredet und eingeschlafen . . . 'n Pech, daß ich den Knüppel nicht mehr hab . . . aber Fäuste. – *Näherkommend:* Nein — zu dünn! . . . Andere treiben sich auch herum . . . *Berührt sie, als er bei ihr angelangt ist, mit dem Fuß:* He, du — Steh auf! —
Tot?
Eingetrocknetes Blut auf der Wange?
Umgebracht? Mir untergeschoben? Tz . . . mich kriegn

die nicht! Mir macht man keine falschen Anschuldigungen ... — 's ist ja 'n offenes Grab vorhanden — der neue Tote kann warten — *will sie zum Grab schleppen ...*

DIE JUNGE EHEFRAU Mutter, jemand schleppt mich!

DER TOTENGRÄBER Schweig! Du, mit mir treibt man keine Späßchen! Tot ist tot! Und kannste schreien, kannste gehen! Steh, 'tschuldigung, auf und — selbst zum Grab! — Marsch!

Die junge Ehefrau springt auf. Der Mond schwimmt hinter den Wolken hervor und beleuchtet das ganze Feld, die junge Frau und den Totengräber, des Totengräbers Tochter und den Jüngling, weiter hinten die Diebe, wie sie auf den Zaun im Hintergrund klettern. Mitten auf dem Friedhof steht eine Ziege, mit einem Strick an einen Grabstein angebunden, und kaut ganz gleichgültig Gras.

Jenseits
Eine Szene

PERSONEN

GABRIEL und SERL, *ein junges Ehepaar*

Später Abend. In der Mitte der Stube ein fürs Abendessen gedeckter Tisch. Rechts ein erloschener Kamin. Links zwei Betten. Von vorne, in der Vertiefung bei den Fenstern, eine Werkstatt mit Geräten eines Drechslers. Eine schwach brennende Lampe über dem Tisch.

SERL *sitzt am Tisch und döst, den Kopf auf die Arme gestützt; erwacht, als sie Gabriels Schritte hört.*

GABRIEL *tritt ein:* Guten Abend!

SERL So spät! – *Gähnt:* Was bist'n so lang ausgeblieben? – *Rekelt sich.* – 's Abendessen steht schon unterm Polster. – *Gähnt:* Wasch dich.

GABRIEL *auf und ab gehend:* Bah! Abendessen hin, Abendessen her! Nu, was hat's zu bedeuten!

SERL *die zum Bett gehen wollte, um das Abendessen unter dem Polster hervorzuholen, bleibt verwundert stehen:* Was is 'n los mit dir, Gabriel?

GABRIEL Man ißt das Abendbrot – reingebissen ... Man lebt ... *Wie* aber lebt man denn? Wie 'n Maulwurf in der Erde! Sie wissen's, die Lehrhausleute! Guckt man in die Bücher rein, dann weiß man's! Alles steht dort geschrieben, alles! Da hab ich heute, zwischen Nachmittags- und Abendgebet, am Ofen sitzend, zugehört, wie sie reden. Was soll ich dir sagen? Fort mit der Pastete!

SERL *tritt näher an ihn heran:* 'ch hab dir gerade heute Pasteten gemacht! Aus'm Fleisch von gestern ... hast's nicht gegessen.

GABRIEL *mit Vorwurf:* 'ne Frau bleibt 'ne Frau! Vergiß

mal einen Augenblick lang das Essen ... Du sollst die Debatte hören!

SERL Über was?

GABRIEL Nicht über Weizen oder Korn, wie unsere Bürger bei der Ostwand in der Synagoge ...

SERL Über Krieg?

GABRIEL Närrchen ... Über das Jenseits!

SERL *will wieder zum Bett hingehen:* Du kannst mir's ja beim Abendessen erzählen ...

GABRIEL *unzufrieden:* Wart 'ne Weile! Ich sage dir, Mund und Augen reißt man auf. Der Lehrer Berele, dieses Hutzelmännchen, dieses Dürrelchen ... und noch einer, scheinbar irgendein Chassid, ein Fremder. Die reden! Berele spricht ganz einfach — er ist doch 'n Schulmeisterlein der Abc-Schützen — er spricht also, wie's bei dir im jiddischen Pentateuch steht ... Ich lausche! Nun denn, man wird nicht so wie *hier* essen und trinken; besser! Aber was heißt *besser*! Du weißt doch: das Fleisch des Wildochsen ... es zergeht, sagt er, regelrecht im Mund. Überdies — Wein! Alten Wein! Er hat'n so irgendwie komisch benamst ... ich kann's nicht aussprechen; er stammt noch aus der Zeit, da die Welt erschaffen wurde, sagt er, und, sagt er, es wird hell in allen Winkeln sein; ein Schein von der GOttesherrlichkeit, 'ne Art Abglanz, und in dem Abglanz – verstehst du mich – *halbsingend:* werden die Gerechten sitzen, goldne Kronen auf den Häuptern, und erstrahlen, Wonne haben, wenn sie wahrlich vor Vergnügen dahinschmelzen!

SERL Wäre man dafür nur würdig, Herr-der-Welt! – *Traurig:* Sogar die Wunder-Wirker-Meir-Almosen-Büchse hab' ich noch nicht voll ... schon ein halb's Jahr, daß sie hängt!

GABRIEL Hör aber noch weiter! Der Chassid redet anders: Es wird weitergehen, sagt er, grad wie hier! Nur – verstehst mich – ohne Sorgen, ohne Kummer, ohne 'nem bißchen Leid! Verstehst? 'ne Welt wie diese Welt, jedoch ohne allem Schlechten. Beispiel gefällig? Nimm, sagt er, einen Fuhrmann, 'nen Kutscher – was bereitet solchem Menschen Wonne? – Gute Pferde, ein schöner angeberischer Knall mit der Peitsche. Der Herr-der-Welt sagt: Na meinetwegen! Und wenn er am Sabbat nicht herumfährt, nicht die Sünde der Tierquälerei begeht, keine Betrügereien mit den Rechnungen macht, nichts aus den Säcken stibitzt — dann fährt er *dort* weiter! So hat er's aus des Rebbes Mund vernommen, und sein Rebbe hat's vom Baal Schem! Nun, was sagst du dazu? Mit einem Wort — er fährt! Und er braucht die Räder nicht zu schmieren ... Olivenöl gießt sich auf sie, auf die Räder! Und 'nen Weg hat er – wie auf 'nem Tischtuch ... und 'ne Peitsche, zum Beispiel, aus Elfenbein, einen Zügel, zum Beispiel, aus Seide! Und es knallt durch alle 310 Welten ... es donnert wahrlich! Und Pferde – zwei Paar, drei Paar, auch vier ... wie es ihm gefällt ... hintereinander oder nebeneinander gespannt ... Und Pferde — Löwen, Adler ... es fliegt! augenblicklich von einem Ende der Welt zum anderen, und zurück ...

SERL Und das dauernd?

GABRIEL Wenn es ihm Wonne bereitet! Das – hör doch zu – ist sein Paradies! Und das ist auch billig und recht! Was man sich, sagt er, auf dieser Welt wünscht, hat man in jener, der Herr-der-Welt gönnt jedem gesondert sein Vergnügen ... Ein Bettler, sagt er, wünscht sich wohltätige Bürger — er bekommt sie! Alle Türen stehen vor ihm offen ... Man überschüttet ihn mit Groschen, wie 'ne Braut mit Hopfen! Das ist jetzt aber mein eigenes Beispiel! ... Und er geht und geht ... Und dann, par exemple, zum Beispiel: 'n anständiger Lehrer, was wünscht sich ein ehrlicher Lehrer? Gute Schüler wünscht er sich, flinke Köpfchen, Wunderkinder ... Und der Donnerstag möge ihm keinen Verdruß machen ... Die

Frau möge ihn nicht im Ohr kratzen: Immer nur Sabbat und Sabbat! Er bekommt's, unterrichtet dort bei den allerangesehensten Leuten, hat die besten und schönsten Studiosi, wahrlich gute Schäfchen ... die füttert er mit der Tora! Und aus ihnen werden Gelehrte, hervorragende Gelehrte, Rabbis, große Gerechte ... Jedes Semester entläßt er ein Genie, und das ist sein Paradies! Ein paarmal im Jahr kommen seine Schüler auf Besuch – dieser Rabbi, jener Rabbi, der Gerechte, jener Gerechte; an ihnen freut er sich sehr; sie sagen ihm: Das alles verdanken wir Euch, Rebbe! – Was?

SERL *traurig:* Das is nicht für uns gedacht.

GABRIEL Von 'nem Drechsler sprach er nicht. Nur von einem Richter erzählte er. Es war einmal in einer Stadt ein Richter, der zu entscheiden hatte, wenn Anfragen an ihn gerichtet wurden. Er war aber ein Guter, ein Juwel, ein Philosemit. »Koscheres« pflegte er mit Freude zu beantworten. Bei »Unkoscherem« weinte er beinahe; er wußte, was ein jüdischer Schaden bedeutet, wie schwer so etwas zu behandeln ist! Sogar wegen einem irdenen Töpfchen pflegte er zu weinen. Insbesondere 'ne Henne am Sabbat, zumal auch Geräte für Passah ... Er zitterte wahrlich, wenn er wen mit 'ner Frage zu ihm kommen sah! Vielleicht, behüte!, werde es was Widerwärtiges sein müssen! Und Tag und Nacht bat er GOtt – nicht um Reichtum, nicht einmal um Lebensunterhalt, sondern allein darum, daß ihm Sein Lieber Name koschere Anfragen bescheren möchte. Und Sein Lieber Name erhörte sein Gebet. Jetzt sitzt er *dort* und entscheidet Fragen – und strahlt: denn was für eine Frage auch herangetragen wird – sie ist immer koscher! Koscher und nochmals koscher! Und seine Freude ist unermeßlich groß! Nach jeder Anfrage macht er 'n Tänzchen durchs Zimmer ... er singt vor lauter Vergnügen ... wie ein Vögelchen singt er!

SERL *halb erschrocken:* Weißt, Gabriel, 's könnt' ja nur 'ne Art Phantasiewelt sein?!

GABRIEL Auch gut! Soll halt eine Phantasiewelt sein ... — Und wenn ein Jude, sagt er, ein wohltätiger und gastfreundlicher Mann ist ... ein Jude, der gibt — nicht damit er sich nur einer Buße entledigt und nicht wenn er Beschämung dabei empfindet, sondern wirklich mit 'nem jüdischen Herz, mit gutem Willen und an dem, *was er gibt*, Freude hat —, solch ein Jude, sagt er, sitzt in jener Welt in einem großen Raum, einem Empfangszimmer mit offenen Türen an allen vier Seiten ... aufgestoßen! Und das ganze Jahr ist bei ihm Freudenfest ... oder Weihefest! Ein gedeckter Tisch mit allerlei Strudeln, Sabbatgebäck mit Safran, Fisch und Fleisch und Pflaumen ... außerdem Schnäpse! ... Und er sitzt beim offenen Säckel und teilt aus, reine goldene Münzen verteilt er und ruft: Eßt, meine Herrschaften, eßt und trinkt! Prosit, prosit! Und nehmet Geld! Und vor lauter Beglückwünschen wird ihm der Mund nicht müd, die Hand nicht schwach vom Austeilen, vor Freude wachsen ihm die Kräfte, sie erneuern sich ihm von Tag zu Tag ... Arme Leute kommen und gehen, kommen und gehen ... Sie kommen blaß, ermattet und schwermütig, und heraus gehen sie fröhlich und lustig, singend und tanzend ... Und er sitzt und strahlt und hat seine Freude dran, und das Herz wächst deswegen in ihm ... — Was bist du so in Gedanken versunken, Serl?

SERL Was weiß ich? Ich überleg' grad: Wie viele arme Leut' benötigt man, damit ein Bürger ein Paradies haben kann?

GABRIEL 'ne Frau bleibt 'ne Frau! Gib mir jetzt lieber das Abendessen!

Er dreht die Lampe heller.

Was fehlt unserer Literatur?

I.

Zuallererst — Tradition.
Der orthodoxe Materialist lächelt: Soll er.
Der Eiszapfen fühlt nicht, daß er selbst zergeht, und sucht neue Symbole, neue Gedenktage. Parteipolitik. Er sucht und sucht nur immer; er zergeht.
»Kunst« — wie fremd, wie widerwärtig mir auch dieses Wort auf jiddisch ist, so muß ich es doch, weil ich kein anderes habe, benützen — Kunst ist die Seele des Volkes, die nationale Persönlichkeit. Die menschliche Kunst wird erst mit der Menschheit zusammen geschaffen werden; einstweilen existiert sie nicht. Und die Persönlichkeit, die Seele des Volkes, wird durch Tradition bestimmt.
Nehmt ein Licht und sucht Tradition in unserer Literatur; ihr werdet nicht fündig. Nirgendwo hört ihr den Nachhall der Rufe am Berg Sinai, ihr seht den Abglanz der GOttesherrlichkeit nicht über den Cherubim, das prophetische Wort ist verstummt. Die Renaissance reichte kaum bis zu Rabbi Nachman von Bratzlaw ...
»Die alten Schätze in neuem Gefäß hereintragen«, »alle alten Kulturwerte vertieren«; »die Bibel (wie einer wollte) nachdichten« — das waren Czernowitzer Schlagworte. Die Wirklichkeit: Nicht klug ausgewählte und schlecht übersetzte europäische Literatur.
Tragikomisch: ein alter steingrauer Mann geht zu den Kindern in die Elementarschule, um zu lernen.
Ein altes, das älteste! Volk und eine junge, die jüngste! Literatur.
Wer bist du, jung-jüdischer Schriftsteller?
Ein Kind ohne Vater, ein Kind ohne Mutter; morgen — ohne Hebräisch.

Nicht nur in jüdisch, Jüdisch muß geschaffen werden; dazu fehlt die Tradition.
Alles würdet ihr finden: Den »snap shot« in Stiefel und Galoschen; den kränkelnd-klugen Blick von der Seite auf das Leben (ich scher' mich nicht drum, ich bin zu klug!) à la Tschechow; einen schlecht verdauten, ins Russische übersetzten Maupassant; die Karikatur des talentlosen Sanin; was ihr wollt . . .
Wo ist der jüdische Gedanke? Die GOttesherrlichkeit? – Da gibt's ein Volk, das seine Sprachen vertauscht, ein Wandervolk ohne abgesteckte Grenzen, ohne eigene ökonomische Struktur, und das Volk lebt, leidet und geht nicht unter; geschwächt – und es wird von den Mächtigsten und Stärksten bekämpft und geht nicht unter — ein solches Volk muß anders sehen, anders fühlen, eine andere Weltanschauung haben, eine andere Vorstellung von der Zukunft der Welt, des Lebens und des Menschen — spiegelt sich das in unserer Literatur wider? Sieht jemand mit jüdischen Augen, fühlt jemand mit jüdischem Herzen, erklingt irgendwo das jüdische Seelenwort?
Nach den Pogromen von Kischinew erklärte der hebräische Bialik den jüdischen GOtt für bankrott. Die jüdischen Literaten hatten nie einen GOtt . . . Manche suchen beständig Götter . . .
Da kommen Menschen (Mehrzahl, nicht weniger als zwei) von Berlin . . . Sie waren in Berlin, sahen den steinernen Bismarck mit den Blechstiefeln, passierten die Siegesallee – marmorne Grafen und Markgrafen . . . saugten in die Pupillen die Pracht der weichen und goldbeschlagenen Hofkarossen ein, die hochgezwirbelten Kaiserschnurrbärte – und waren begeistert von der Kraft, die den Polizisten und Bierjunkern entsprühte — also diese Leute kommen in unser Getto und fragen nach Europa . . .
Aber uns fehlt nicht Europa . . . Jüdisch fehlt, Hebräisch fehlt . . .

II.

Jung ist unsere Literatur; recht oft kindisch ...
Junge Kinder haben Grimassen; man nennt das: Stimmungen ...
»Kinder plappern«, sagt eine Jüdin Scholem Alejchems, »ihr sollt GOttessucher werden!«
In Chelem locken Knaben den Mond in ein Wasserfäßchen: Kosmogonie, Geschichte vom Himmelswagen, das Uralte ...
Die Jungen haben Talent; es fehlt ihnen jedoch der Maßstab für die eigene und fremde Kraft; für nah und fern, flach und tief ... Und die Kinder sind leichtsinnig und spielen gerne mit dem Feuer ... Doch am fremden Feuer werden die Seelen verbrannt...
Kinder, die allein gelassen werden, durchwühlen die Schränke und Kommoden der älteren und verkleiden sich als ältere und laufen auf die Straße, um sich zur Schau zu stellen. Vaters Hut rutscht über die Augen, die Rockzipfel schleifen im Straßenkot, ein kleines Mädchen kommt mit Mutters Perücke daher, im Kleid der älteren Schwester, mit der Schwägerin Schmuck ... Das ergibt eine kindische Freudenfest-Aufführung mitten in der Woche ...
Unsere Waisenkinder machen's mit fremden, älteren Sachen: das Plagiat ...
Und das Originelle?
Ein altes Volk, eine strahlend-glänzende Vergangenheit, ein blutiger, langer Märtyrerweg und eine prophetisch geschaute Zukunft ... Und der »snap shot« spiegelt einen heutigen Blitzmoment wider (die Skizze).
Die Grimasse: der Glühwürmchentanz — die Stimmung.
Ein zerstreutes und verbreitetes Volk, ein Wandervolk, ein Weltvolk, ein ewiges Volk, und Momentaufnahme-Literatur, die aus dem wolhynischen, litauischen und polnischen Kleinstädtl überhaupt nicht herauskommt ... Und wenn

der Truthahn aus dem herumgewickelten Kreis herauswill, fängt er an zu christdusseln ... In diesem Moment und in dem Rayon kann man da eine ganz rasche Entwicklung bemerken.

Aus den Bibelparaphrasen und Frauengebetbüchern entsprießen blutrünstige Ammenmärchen in Wilna ... Mendele kommt nach Odessa und schildert die jüdische, noch nicht differenzierte Masse, Juden und Jüdinnen nebst Markt, Bad, Spittel und Synagoge ... Es erscheint Dineson aus Sager und veröffentlicht gedämpfte Knabendramen und Kindertragödien, wie sie sich im jüdischen Hause abspielen ... Der Kiewer Scholem Alejchem – den *commis-voyageur*, den naiv-närrisch-überklugen erwerbssuchenden Umsiedler von der kleinen in die größere Stadt, und er enthüllt die Tragikomödie Tewjes, des Milchmanns ... Bald kommt die Revolution der Talmud-Gelehrten im Lehrhaus ... Wie durch eine geöffnete Türe platzen die jüngeren mit neueren Methoden herein: Asch zeigt das Weiße des Auges, das Köhlergäßchen, den Emigranten, das Häuschen; Nomberg den gebrochenen Intellektuellen; Weissenberg durchwühlt das Städtl und sieht einen Vater mit Söhnen in der Vorstadt, sandige Plätze, einen Wald, Wasser und Wolken ... Noch jüngere tanzen mit Farben an, schildern das Meer, Sonnenauf- und -untergänge, Bauern, Zigeuner, Ganoven ... »Zwei Welten« zeichnen sich ab — der Roman wird geboren; das Drama ist schon lange da.

Wo aber sind die sephardischen Juden? Wo sind die Amsterdamer Brillantenschleifer? die argentinischen und palästinischen Kolonisten? Was ist mit Rothschild in Paris, Luzato in Rom?

Ein Wandervolk und eine Literatur wie stehendes Wasser.

Es fehlt der hohe Punkt, von dem aus dies alles gesehen werden sollte ...

Der Prophet steht am Gipfelpunkt und sieht, wie zu seinen Füßen Länder und Städte kollern, Armeen und Völker vorüberziehen ... Wir sehen das eigene nicht ... Er sieht die Zukunft; wir sehen den nahenden Morgen mit Kadettenaugen oder durch sozialdemokratische Brillen ...

III.

Es soll kein Mißverständnis aufkommen.
Ich rede hier nicht dem Sich-im-geistigen-Getto-Verschließen das Wort; heraus aus dem Getto muß man; aber mit eigenem Geist, mit einem eigenen geistigen Vermögen und Tauschen: geben und nehmen, nicht betteln.
Getto bedeutet Impotenz: »Kulturkreuzung« — die einzige Möglichkeit der menschlichen Entwicklung. Soll es den Menschen geben, so muß er die Synthese, die Summe, die Quintessenz aller nationalen Kulturformen und Weltanschauungen sein.
»Nehmen und dabei nicht verlorengehen« – das ist die Hauptsache, und das ist das Schwerste für schwache und unselbständige Völker. Vom jüdischen Schriftsteller muß man daher mehr verlangen. Das ist Eigenart — wirklicher Charakter, originelle Form — die höchste Form der Willenskraft!
Nicht das Gemalte, Geschnitzte, Beschriebene ... muß jüdisch sein. Man muß aus dem Getto heraus und die Welt sehen, jedoch – mit jüdischen Augen. Der Standpunkt, von dem aus das Künstlerproblem betrachtet wird, muß jüdisch sein; die ethisch-philosophische Beleuchtung, bei der die Erscheinung gesehen wird ... Kunst ist Subjektivität; will man jüdische Kunst, braucht man den jüdischen Künstler ...
Aber geht es euch denn nicht bloß darum, daß »der Hund«

weder »Kejlew« noch »Ssobaka«, noch »Pioß« heißen soll, sondern einfach nur »Hund« in Litauen und »Hünd« in Wolhynien und den Provinzen Polens?

Ich spreche nicht zu denen, die für das Recht kämpfen, ihre Briefe in jüdisch zu adressieren, ihre Zeugenaussagen vor Gericht in jüdisch von sich zu geben, sich vor dem Recht in jüdisch zu verteidigen ... zu denen, die sich mit der Hoffnung auf Gleichberechtigung von Jüdisch bei der Post, am Gericht und in der Selbstverwaltung begnügen und die das Wort »Seele« ganz zittrig werden läßt; und es katapultiert sie das »Ganz Israel ...«-Gesinge in einen siebenten Himmel der Schweißausbrüche ... Ich spreche zu denen, die für das Kulturrecht streiten, für das Recht, jüdische Kulturwerte zu schaffen — da hilft vor allem kein jüdisches Gerede, man muß etwas zu sagen haben!

Und habt ihr nicht was zu sagen, so mögt ihr jüdisch von der Wiege bis zum Grabe reden, überall: zu Hause, auf der Straße, im Lehrhaus während der »Gesetzes«-Lesung, in der Philharmonie während eines Konzertes, im Großen Theater während der Oper (– das höchste Ideal!) – und doch wird das, was ihr sagt, immer unjüdisch bleiben ... Und dazu – banal, nachgeäfft, tot ...

Und das ist die Tragikomödie:

Wir stehen wie eine Mauer für Jüdisch ein! Wir geben unser Leben dafür; sind genauso gegen die alten wie gegen alle neuen fremden Sprechweisen; und vor unseren Augen wird der jüdische Inhalt, das jüdische Wesen trockengelegt; ausgelöscht die jüdische Seele oder – wie man zu sagen pflegt –: »Des Judens Kern«; wir werden von Plagiaten, Surrogaten, gefälschten Marken und gefälschten Waren überschwemmt. Und man freut sich; »ganz europäisch«, sagt man!

Wo ist das Originelle, Eigenartige – das Jüdische?

Mit einer fremden Seele kann man nicht leben. Von einem fremden Willen kann man beeinflußt, sogar hypnotisiert

werden — man kann nicht mit einem fremden Willen leben.
Deswegen wird bei uns soviel gesät und sowenig geerntet; deswegen geben die Ähren soviel Stroh und sowenig Korn . . . deswegen verblassen bei uns so viele Hoffnungen und fallen so viele Sterne vom Himmel . . .
Die Negerkinder, die in einer europäischen Schule lernen, zeigen ungeheure Fähigkeiten — in der ersten Klasse; solange es genügt, aufzupassen, was der Lehrer sagt, etwas auswendig zu lernen, sich etwas zu merken und nachzusagen, was im Buch steht – sind sie die ersten. In der vierten, fünften Klasse — stopp! Man braucht schon Intelligenz, lebendige, eigene; man braucht Intuition — Willenskraft — das alles ging dem Negerkind in der fremden Schule verloren . . . Es studierte und imitierte so lange, bis der eigene Quell versiegte . . ., die Prozesse, die jenseits des Bewußtseins wirksam sind – die Intuition –, hörte auf . . . – und aus der Schule kommt ein geistiger »Plumpsack« hervor. — Schwarze geistige Impotenz, europäisch gekleidet: Frack, Zylinder, Handschuhe, 'n europäischer Knicks – aber hohl und leer . . .
»Plumpsackigkeit« ist auch der Fluch unserer Literatur. Eine ganze Kuriositätenschar zurückgebliebener Genies: Puschkins, Goethes, Shakespeares und was ihr sonst noch wollt.
Aus den »Wunderkindern« werden keine »bewundernswürdigen Männer« . . .

IV.

Hat man keinen »GOtt«, sucht man Götzen, aber die geben keine »Lehre«.
Man kann höchstens beschreiben; schreiben ist unmöglich, »dichten«, »schaffen« ist Religion.

Man hat auch keine Weltanschauung; es kann kein positives Wissen geben, das nicht intuitiv gedichtet und geschaffen wird.
Und hat man keine Weltanschauung, hat man keine Welt, sondern nur losgelöste, zerstreute Fakten und keine zusammenhängenden Erscheinungen; es ist wie das Spielen mit Sand. Doch dann wäre Kunst — Spiel! Und man hat auch nichts, um die Zeiten miteinander zu verbinden; das Heute kommt aus dem Gestern nicht heraus, und das Morgen – nicht aus dem Heute ... »Nach mir die Sintflut« ...
Man hat keine höheren Ideale außerhalb seiner selbst. Und ohne den höheren Standpunkt hat man keine Übersicht, keine Perspektive, bleibt alles verzerrt und zurückgeblieben, tote Natur, lebendige Mechanik – und alles ist gleichwertig, alles ist »Gegenstand«, alles kann ein »Thema« sein, aus allem können Skizzen oder Gedichte hervorsprießen – es bedarf nur einer gewissen diffus-zittrigen Beleuchtung, etlicher Schlagwörter, einiger Verschen ...
Und hat man keine Vergangenheit und keine Zukunft, ist man auf der Welt ein Findelkind ohne Eltern, ohne Tradition und ohne Verpflichtungen dem Späteren, der Zukunft, der Ewigkeit gegenüber. Man dient nur sich selbst, mißt und wertet man alles mit seinen Augen und hat nichts, wonach es sich zu streben lohnt: So wie ich bin, bin ich und muß alles haben, alles genießen ...
»Genießen« – das ist das rechte Wort ...
Man hat Stimmungen, aber keinen Charakter; Gelüste, aber keinen Willen. Keine große Liebe, keinen Haß ... Flirt, oberflächliche Beziehungen ...
»Eine wackere Frau« gewesen und »Sulamit« und die, welche auflauert und fängt, Tumult und Protest.
Die Mutter ist zu ernst, weshalb ihre Schönheit nicht literarisch ist; wir haben mit der »Ewigkeit« nichts zu tun;

die »Fortpflanzung« ist nicht Sache des Künstlers, darum soll sich der Bürger – er lebe hoch! – kümmern ... Der Frau-Mutter soll man getreu sein; *wir* sind zu flatterhaft; ihr soll man ein Haus bauen — einen Tempel, ihr Kamin ist bei ihr ein Altar. Wir haben genug Vogelnester. — Und nicht »Sulamit« — sie ist zu gesund, zu ehrlich, zu einfach. Wir brauchen Mädchenscheu, Anmut ... Sommer-Vögel-Staub ...

Nicht Liebe, Glück bei den Frauen ist das Ideal ...

Warum weist die Kritik nie darauf hin ...? ...

Weil wir *keine* haben!

Wir haben einen Garten, doch keinen Gärtner; wuchert das Unkraut, reißt es niemand aus; niemand pflegt das Gute, stützt das Schwache, tränkt das Durstige ...

Da gibt es junge Suchende, aber niemand zeigt ihnen das Nächstliegende, niemand hilft ihnen, den sichersten Weg zu finden ...

Da gibt es den Pöbel, dem keiner den Unterschied zwischen Rein und Unrein erklärt, wenn er nach GOttes Wort hungrig und durstig ist — er vergiftet sich ...

Und entsteht wieder einmal nach langer Zeit ein Werk von größerem, ernsterem und tieferem Gehalt, wird es niemand proklamieren, publik machen; man redet nur von dem, gegen den man sich als überlegener, ausländischer Feinschmecker stellen und dem man etliche Fehler nachweisen kann ...

Und es grassiert die gelbgrüne, verschrumpelte, kränklich-eifersüchtige, böse Impotenz; und wo sie ein Kind mit rötlichen Wangen sieht, läuft sie hinzu und dreht ihm das Ohr ein – aus Zorn!

»Und sie dreht sich doch« —

Durch solch eine Farce wird die jüdische Tragödie nie zu einem Ende kommen ...!!!

Wir werden auf die Bibel zurückkommen; zuvor aber muß man aufhören, sie mit Julius Wellhausens Augen zu sehen.

V.

Bevor ich aber zum Schluß komme, muß ich nur noch einem Mißverständnis vorbeugen.

»Zurück zur Bibel« heißt nicht: bei der Bibel stehenbleiben. Jüdischsein hat nichts mit stehendem Wasser, mit Sumpf zu tun. Man nennt sie »Aqua Vitae«, die Tora. Am Berg Sinai wurde alles, was dem tüchtigen Schüler frommen werde, aufgezeigt — alles, was eine jüdische Seele ausspinnen wird.

Jüdischsein darf nicht statisch, sondern nur dynamisch aufgefaßt werden — in der Entwicklung, das heißt: überall auf der ganzen Welt und zu allen Zeiten; ein einziger echt jüdischer Moment darf ausgelöscht werden.

»Jüdisch« ist *unser* einziger Weg zum – Menschen. Zum göttlichen Menschen, zum menschlichen GOtt; zum Übermenschen, wenn ihr wollt . . .

Nirgends versteinern, nirgends erstarren, nirgends stehenbleiben . . .

Egal, welches Unglück: die ärgsten Anti-Juden-Gesetze, die stärksten Pogrome, Not, Hunger, Schande und Schmach — das alles gibt *keine* Berechtigung zum Rückschritt. Nur *mehr* Charakter muß man haben. Schlage auf den Stein, und er wird Wasser geben; drücke die Olive fester, und sie gibt Öl; unser Schicksal ist schon so . . . leben und schaffen unter den ärgsten Bedingungen und nicht vom Weg herunter . . .

Andere Wege sind für andere.

Und kommt man für einen Augenblick vom Weg ab und hat sich verirrt, muß man bis zum sichersten Punkt zurückgehen und auf dem sichersten Weg, auf dem für uns einzig möglichen Weg weitergehen . . .

Aber sich nicht aufhalten, nicht stehenbleiben . . .

Nirgends versteinern, nirgends erstarren; nirgends den Fa-

den zerreißen, sondern alles weiter und weiter spinnen; und hat man irgendwo den Faden verloren, zurückgehen, aufnehmen und weiterspinnen, alles weiter und weiter spinnen, ewig alle Zeitalter hindurch spinnen und weben und überall – die Welt mit einem hellen Netz umfassen! . . .
Kein Fleck der Erde, keine Minute in der Zeit und keine Volksklasse hat das ausschließliche Recht, das Monopol auf Jüdisch; sondern alles, überall in der Bewegung! . . .
Man braucht nur offene Augen, um zu sehen, daß die blinde religiöse Praktik, die unreflektierte Beziehung zu Geboten und Übertretungen, die Furcht und der Respekt in der niederen Volksschicht vor dem schon lange gedruckten Wort; — der gelehrt angestrahlte GOttesdienst, die bewußte Erhaltung der Gebote und Verhütung der Übertretungen und das rabbinische Tora-Studium; — die entblößte Seele, die vom »Kern der Gebote«, vom Symbol ausgehende kabbalistische Intention, die nackte, chassidische Geistigkeit, und – die reine philosophisch-monistische Weltanschauung beim wirklichen jüdischen Intellektuellen — daß all das ein und dasselbe Jüdischsein ist, eine gröbere oder feinere Ausstrahlung der jüdischen Seele . . .
Das Wesen, die »Grundproblematik« des Jüdischseins an allen Orten, zu allen Zeiten, in von allen Teilen des zerstreuten und ausgebreiteten Weltvolkes aufzuspüren, die Seele von all diesem zu finden und sie, angestrahlt vom prophetischen Traum von der menschlichen Zukunft, zu sehen — das ist die Aufgabe des jüdischen Künstlers.
Schaffen ist das Emporsteigen der Seele; und nur die jüdische Seele ist sein Inspirator, seine GOttesherrlichkeit, seine einzige Begeisterung und schöpferische Kraft.
Sie muß seines Verstandes Auge sein, mit dem er die Welt, ihre Vergangenheit, Gegenwart und Zukunft sieht . . .

Er muß fähig sein, für die jüdische Seele zu leben und zu sterben . . .
Und sich nicht von der Welt abwenden; nur ein bißchen, ein klein bißchen Isolation; eine kleine Weile der inneren Einkehr, der Selbstfindung, der Abschälung des Fremden und Verkrustenden, *das* heißt: zurück zur Bibel . . .
Zurück zum sichersten Punkt und von dort — zum Menschen: auf dem jüdischen Weg . . .

Der Prozeß mit dem Wind

Drei Küchlein

Bimej ha-melech Schlojmoj — in den Zeiten des Königs Salomon lebte eine arme Witwe, deren Name war Schunamith.

Und die Witwe Schunamith lebte in einer Hütte, die aus alten Brettern gefertigt und mit einem Laubdach aus Zweigen und Blättern von Palmenbäumen bedeckt war, in einem Fischerdorf am Ufer des Mittelmeers.

Und es ernährte sich die Witwe durch ihrer Hände Arbeit — durch das Knüpfen und Ausbessern der Netze für die Fischer des Fischerdorfs.

Eines Tages geschah es dann ... — Die Zeit der Winde und Stürme war gekommen. Kein Schiffchen fährt aufs Meer hinaus, kein Netz wird ausgeworfen; die Witwe aber blieb ohne einen Bissen Brot.

Doch in die armen Fischerhäuser wird sie nicht gehen, um Brot zu erbetteln; es fehlt ja überall; also begibt sie sich weiter weg vom Dorf.

Etliche Meilen vom Dorf entfernt wohnte in einem großen Hause und einem großen Gehöft ein reicher Jude, der von Seinem Lieben Namen mit fetten Feldern, fruchtbaren Gärten und ganzen Wäldern mit Olivenbäumen gesegnet wurde. Und weiter mit Schaf- und Rinderherden und Maultieren und Kamelen ...

Sie, die Witwe Schunamith, steht einmal in der Frühe auf, sieht, daß der Himmel rauh und grau ist und windig die Luft; da versteht sie, daß sie sich nun um Menschengaben bemühen müsse, bedeckt sich mit einem alten Schal, den sie bei Tage trägt und mit dem sie sich zur Nacht zudeckt, und verläßt das Dorf, um sich auf den Weg zum reichen Juden zu machen.

Gegen Mittag kommt sie zum Gehöft, trifft den reichen Juden vor der Türe, geht zu ihm hin, verneigt sich dreimal und berührt dreimal mit der Stirne die Erde vor seinen Füßen.
Er fragt sie:
»Warum verneigst du dich vor mir, Weib? Steh auf und sage, wer du bist und was dein Begehr ist.«
Sie entgegnet: »Ich bin die Witwe Schunamith aus dem Fischerdorf am Ufer des Meeres . . .«, und erzählt ihm von ihrer Not. Sie habe schon lange keinen Bissen Brot mehr im Munde gehabt, daher erbitte sie einen Laib Brot: » — um die Seele zu erhalten!«
Er zeigt ihr, was sich im Gehöft tut:
»Siehe, Weib, erst jetzt spannt man meine Kamele und Maultiere aus. Ich komme von Jerusalem, wo ich König Salomons Palast gesehen habe! Ein Palast wie ein Trugbild! Und jeder wird eingelassen. Und also trat ich ein. Mit seiner goldenen Krone saß Salomon auf seinem goldenen Thron, umgeben von Alten und Weisen und Volk. Und zu ihnen sprach er von der Tora und der Weisheit. Perlen strömten aus seinem Munde.
Und höre, was er sprach, Weib!
›W'ssojne matoness ejchïe‹, sagte er.
Wer leben will, nehme keine Gaben an; wer aber nimmt, ohne dafür zu geben, verkürzt sich seine Jahre, die ihm Sein Lieber Name beschert hat. Daher willst du sündigen, Weib!, und ich will nicht deiner Sünden Teilhaber sein. GOtt ist ein Beschützer der Witwen; er würde es mir nicht vergessen, wenn ich dazu beitrüge, deine Jahre zu verkürzen . . .
Ich gebe nichts umsonst.«
»Wenn das so ist«, sagt die Frau, »gib mir *nicht* umsonst; borge mir einen Laib Brot. Oder leihe mir ein bißchen Mehl; das will ich mir nach Hause nehmen und damit backen – und mein Leben erhalten, dir danken und für dein Leben beten . . .«

»Auch das nicht, Weib!« entgegnet der Reiche gelassen. »›Ewed lojwe l'isch malwe‹, sagte König Salomon. *Wer da leiht, kauft sich einen Knecht.* Aber ich pflege mir *fremde* Knechte zu kaufen, keine von der Saat Abrahams, Isaaks und Jakobs ... Ich will kein eigen Fleisch und Blut und besonders keine Witwe als Knecht haben ... Ich borg' dir nichts und leih' dir nichts ...«

Da fragt die Frau:

»Soll ich vor Hunger vor deiner Türe zusammenbrechen; gefiele das GOtt besser, dem Beschützer der Witwen?«

»Du wirst, Witwe Schunamith«, antwortet er noch gelassener, »nicht vor Hunger vor meinen Füßen zusammenbrechen ... Ich werde dir helfen, so mir GOtt lieb ist! Nur werde ich dir mit einem Rat helfen: Gehe hin und gewinne dir herrenloses Gut!«

»Was meint Ihr damit? Herrenloses Gut gibt's in der Wüste; zur Wüste sind's drei Tage; und was findet man dort? Vertrocknete Gräserchen! Ihr treibt wohl Euren Spaß mit einer armen Witwe und fürchtet Euch nicht vor Dem, der ewig lebt und keinen Blick von den Witwen und Waisen abwendet!«

»Ich spaße nicht, Weib!« antwortet er. »GOttesfürchtig bin ich von Geburt an, und ich schicke dich auch nicht zur Wüste um Gräser.

Neig' her dein Ohr und höre, Weib! Mein Speicher ist jetzt leer. Die hundert Säcke mit schneeweißem Weizen habe ich, wie schon erwähnt, nach Jerusalem gebracht – in König Salomons Palast. Und die Bretter, die sich unter der Säcke Last gebeugt haben, sind frei – aber weiß, ganz weiß sind die Bretter, bedeckt von Mehlstaub, der von den Säcken durchschwitzte. Der Mehlstaub ist herrenlos, er gehört nicht mir. Darum gehe in den Speicher, wische dir die Bretter ab, sammle den Staub des schneeweißen Weizenmehles, nimm ihn nach Hause, bereite ein Feuer — suche dir am Wege Späne zusammen – und backe dir deine Küchlein; Sein Lieber Name möge den Segen über das Mehl kommen lassen; iß und erquicke dich – und lobe GOtt ...«

*

Die Witwe Schunamith tat, wie ihr der fromme und reiche Mann geraten hatte. Sie scharrte und putzte den Staub des Mehles von den Brettern im Speicher des reichen Frommen; auf dem Weg zurück fand sie vom Winde verwehte Zweiglein; als sie nach Hause kam, war es schon Nacht. Mit den Zweiglein machte sie Feuer, vermischte das Mehl mit Wasser und knetete es; drei kleine Brötlein ließen sich daraus bereiten. Kaum aber hat sie die drei Brötlein über dem Feuer gebacken und will nun – GOtt für seine Gnaden lobend – das erste Brötlein zum Mund führen — da wird plötzlich von draußen die Türe mit Schwung geöffnet, und ein Mensch stürzt mit Geschrei in die Hütte:

»Rette einen Menschen vorm Tod; drei Tage und drei Nächte hab' ich schon nichts mehr zwischen den Zähnen gehabt ...«

Und er erzählt mit Schrecken und Hast:

In seinem Dorf brach eine Feuersbrunst aus. Mitten in der Nacht, als alle schliefen, brach der Brand aus. Vom Himmel fiel Feuer: Und der Sturm jagte das Feuer über das ganze Dorf ... Alles verbrannte; er allein kam aus den Flammen des Feuers und den Säulen des Rauches mit dem Leben davon. Alles wurde ein Raub des Brandes: Mann, Frau und Kind, Schaf und Rind, Hab und Gut. Und drei Tage und drei Nächte lief er fort, vom Feuer gejagt, von Schrecken getrieben und ohn' ein Stückchen Brot ...

Die Witwe reicht ihm das Brötlein vom Munde weg und sagt zu ihm:

»Geh hinaus, denn ich bin ganz alleine hier, und iß ... und erhalte deine Seele ...«

Der Dahergelaufene geht hinaus und verschwindet in der Finsternis der hereingebrochenen Nacht.

Die Witwe dankt Seinem Lieben Namen, daß er sie mit Brot beschenkt und ihr noch dazu eine gute Tat, einen Menschen am Leben zu erhalten, beschert hat, und will das zweite weiche Brötlein zum Mund führen.

Noch einmal öffnet sich die Türe mit Schwung, und ein anderer Mann stürzt in die Hütte der Witwe – mit demselben Geschrei:

»Rettet einen Menschen vorm Tod . . .«

Er war ein reicher Mann gewesen, hatte Schaf- und Rinderherden auf der Steppe geweidet, in prächtigen Zelten mit Weib und Kind gewohnt und starke Knechte bei Schaf und Rind gehalten . . . Plötzlich flogen Beduinen wie auf den Flügeln des Windes auf ihren Pferden daher, gespannte Bogen in den Händen; sie umringten sie von allen Seiten, überschütteten sie mit einem Pfeilhagel, töteten die Knechte samt Weib und Kind, führten die Herden davon und verschwanden mit ihnen in der weiten breiten Steppe . . . Und als die Steppe nicht mehr von ihren Tritten dröhnte, erhob er sich als einziger Lebender zwischen den Toten und irrte schon drei Tage und drei Nächte ohne einen Bissen Brot herum, bevor er zu ihrer Hütte kam. —

»Hab' Erbarmen, reiche mir einen Bissen zum Mund, sonst breche ich tot vor deinen Füßen zusammen . . .«

Die Witwe Schunamith reicht ihm mit freudigem Herzen das zweite Brötlein, GOtt lobend und dankend für die schöne gute Tat, die er ihr beschert hat. Sie befiehlt ihm auch, zum Essen vor die Türe hinauszugehen, weil sie ganz alleine in der Hütte ist. Er folgt ihr und verschwindet auch in der finsteren Nacht.

Da nimmt die Witwe Schunamith das dritte Brötlein und will es schon zum Mund führen. Plötzlich aber fegt der Wind mit erneuten Kräften von Norden daher und reißt ihre Hütte nieder. Rechts und links stürzen die Wände ein . . . das Dach fliegt davon. Und der Wind reißt der

Witwe das dritte Brötlein aus der Hand und schleudert es aufs Meer hinaus . . .

Erst dann beruhigt sich der Wind. Die Witwe steht da und denkt nach . . .

Der Wind hat sich gelegt, still ist die See. Über ihre Wasser – wie über einen Spiegel – gleiten die ersten Strahlen der aufgehenden Sonne. Bald wird das Dorf erwachen; man wird voller Freude die Schiffchen am Ufer losbinden und die Netze auswerfen . . . Kind und Kegel wird hinauslaufen, um die Fischer zu begleiten und mit erleichterten Stimmen rufen: »Aus mit dem Hunger, gelobt sei Sein Lieber Name! Es wird Brot geben.«

Aber daran denkt die Witwe nicht.

Ein anderer Gedanke bohrt in ihrem Hirn:

Was wollte GOtt von ihr? Was tat ihr, der Witwe, GOtt an?

»Was tat GOtt mir an?« bohrt's in ihrem Hirn.

Er nahm ihr ein Brötlein für einen dem Feuer Entlaufenen. Recht so. Sein Name sei gelobt!

Das zweite – für einen von Räubern Geretteten. Auch dafür sei Sein Lieber Name gelobt. Er hat's gegeben, er hat's genommen – für einen Bedürftigeren als sie . . .

— Aber das dritte Brötlein? Einfach einer Witwe vom Mund wegzureißen und aufs Meer zu schleudern! —

Das ist ihr unmöglich zu verstehen . . .

Und da fällt ihr ein, daß GOtt vielleicht gar nichts davon weiß, daß es der Wind alleine, aus seinem eigenen Willen, ohne GOttes Wissen und gegen Seinen Willen, tat; Seinem Lieben Namen, der Witwen und Waisen speist, zum Trotze!

Anders kann es nicht sein!

Aber sie wird dem Wind, diesem Räuber, nicht verzeihen.

Sie wird den Wind anklagen . . .

Vor wem?

Vor dem König Salomon.

Vor ihm wird sie einen Prozeß mit dem Wind führen; nach Jerusalem wird sie gehen!
Dies gedacht, bedeckt sie das Gesicht mit dem zerrissenen Schal und begibt sich auf den Weg.
Ausgehungert ist sie, halb verdurstet; nur der gerechte Zorn hält sie den weiten Weg über aufrecht. – Und sie kam nach Jerusalem.
Sie kommt an, fragt nach, und man zeigt ihr, wo der König Salomon wohnt. Die Wachen lassen sie hinein; König Salomons Türen sind für alle offen, besonders für Witwen. Sie gelangt in den Saal und fällt vor dem König Salomon, der auf seinem Throne sitzt, aufs Gesicht.
»Herr König«, sagt sie, »ich habe einen Prozeß zu führen.«
»Mit wem? Ich sehe, du kommst alleine.«
»Mit dem Wind«, antwortet die Witwe und hebt zu ihm das Gesicht empor und trägt ihm ihre Klage vor.
»Gut«, antwortet der König Salomon, »dein Gesicht ist dein Zeuge: Es ist müde, und in deinen Augen brennt der Hunger. Du sollst dich vor allem erst einmal erfrischen. Setze dich vorerst, Weib, in eine Ecke, man wird dir Brot und Wein reichen. Iß, trink und erhalte deine Seele, danach wirst du das Urteil vernehmen.«
Sie verzieht sich in eine Ecke. Man reicht ihr Brot und Wein. Sie ißt. Da kommen drei fremde Männer herein – mit Säkken über den Schultern. Sie müssen zum König Salomon.
»Was ist euer Begehr, Fremdlinge? Und was tragt ihr in den Säcken über euren Schultern?«
Die Männer erzählen die folgende Geschichte:
Ismaeliten, Kaufleute sind sie, handeln mit wertvollem Schmuck und Gerät und den teuersten Gewürzen und sind zu dritt mit einem Schiff übers Meer gefahren ... Winde bliesen. Unruhig war das Meer. Aber sie sind starke und erprobte Leute, fürchten sich vor keinen Winden, schwimmen wellauf, wellab ...

Eines Abends aber begann das Schiff sich mit Wasser zu füllen . . . Es war irgendwo leck geworden. Nichts ist vorhanden, um es damit zuzustopfen. Sie schreien, damit man sie vielleicht am Ufer hört und zu Hilfe eilt. Keiner hört sie. Der Wind erfaßt ihre Schreie und zerwirbelt sie überm Meer, die Wellen tun sich auf und entrollen mit ihnen in die Nacht hinein . . .

Und das Schiff schluckt Wasser und beginnt zu sinken . . . Sie schreien zu Gott. Zu ihrem Gott; er hört nicht. Sie rufen zu anderen Göttern. Zum Gott der Moabiter, zum Gott der Philister, zu anderen Göttern. Keiner antwortet. Da erinnern sie sich, daß es da noch einen Gott gibt, einen GOtt Israels . . . Sie probieren's und rufen:

»GOtt Israels, antworte uns in der Not.«

Und sie legen ein Gelübde ab:

»Alles Gold und Silber, das wir verdient haben, geben wir Dir hin für unsere Seelen; rette uns bloß! Rette, GOtt Israels . . .

Und in diesem Augenblick brauste der Sturmwind wütend und wild heran und schleuderte etwas vom Ufer mit gewaltiger Kraft ins Schiff herein – genau in des Schiffes Leck und verstopfte es . . .

Alsbald legte sich der Wind — und friedlich trieben wir ans Ufer . . .

Wir erkundigten uns bei den Leuten: ›Wo wohnt der jüdische GOtt? Wir wollen unser Gelübde einlösen.‹

Man wies uns auf Jerusalem hin . . .

Wir gelangten mit unseren Säcken nach Jerusalem und fragten in den Gassen die Menschen: ›Wo ist euer GOtt, wir wollen Ihn sehen!‹ Die Leute antworteten uns, daß man den GOtt Israels nicht sehe . . .

›Wir müssen Ihm danken, Ehre erweisen und eine Gabe darbringen . . .‹«

Sie zogen die Schultern hoch. »Andere lachten uns aus . . . Und wir vertrauten uns älteren Leuten, denen wir begegneten, an und fragten sie um Rat: wohin wir uns mit unserem Gelübde wenden sollten und wem, der des jüdischen GOttes Willen genüge, wir die Säcke mit Silber und Gold zu geben hätten; sie wußten aber nicht Bescheid. Nur einer von ihnen, der älteste, riet uns, daß wir uns an dich, großer Herr und König, wenden sollten; du seiest, sagten sie, der klügste Mensch auf der ganzen Welt, und du werdest uns schon zu raten wissen, wie unser Gelübde einzulösen sei, um mit dem Gold und Silber den Willen des GOttes Israels zu erfüllen.«

Sie endeten und verbeugten sich, und der König Salomon fragt:

»Schautet ihr auch das an, Fremdlinge, was euch der Wind vom Ufer ins Schiff geschleudert und womit er das Leck zugestopft hatte, auf daß ihr nicht unterginget?«

»Wir sahen es, großer König, nahmen es heraus und betrachteten es gut – es war ein kleines Brötlein, ein weiches, ungenügend gebackenes . . . Wir brachten es mit, um es dir zu zeigen, König . . .«

Und der älteste von ihnen zog das Brötlein aus dem Hemd und zeigt es her —.

Da ruft der König Salomon die Witwe Schunamith her und fragt, ob sie erkennen könne, ob das ihr Brötlein sei? Sie erkenne es; es sei ihr Brötlein . . . —

Der König Salomon urteilt, daß ihr die drei Säckchen Gold und Silber zu geben seien. Die Leute machen das, danken und gehen.

Und zur Witwe wendet sich der König Salomon:

»Nimm das Gold und das Silber. GOtt hat dich für dein drittes Brötlein bezahlt; und wisse, daß niemand GOtt zum Trotze handelt und alles gemäß Seinem Willen geschieht . . . und daß auch der Wind nur Seinen Auftrag ausführt.«

Wunder am Meer

In dem Reiche Holland wohnte in einem halb eingesunkenen Häuschen am Ufer des Meeres auch eine stumme Seele — ein jüdischer Fischer mit dem Namen »Satje« (vielleicht nach einem Urgroßvater namens Sadia; nur wußte er nichts davon; er wußte im allgemeinen sehr wenig vom Judentum). Seit Urväterzeiten lebte man als Fischer, verbrachte Tage und Jahre am Meer; — eine einzige jüdische Familie zwischen Nichtjuden, was soll er da wissen? Satje fängt Fische, seine Frau knüpft Netze und führt das Haus, die kleinen Kinderchen wälzen sich im Sand und suchen nach Bernstein . . . Und wenn Satje aufs Meer hinausfährt und sich ein Sturmwind erhebt und sein Leben in Gefahr ist, dann — konnten weder er am Meer noch die Daheimgebliebenen in der Hütte das »Höre Israel« beten . . . Satje blickte stumm in den Himmel; seine Frau schlägt sich auf den Kopf oder schleudert vielleicht noch einen zornigen Blick zum zornigen, finsteren Himmel hinauf; und die Kinder werfen sich in den Sand und rufen genauso wie andere Kinder: Santa Maria, Santa Maria!

Und woher hätten sie auch mehr wissen sollen? Zu Fuß zur jüdischen Gemeinde zu gehen ist's weit; fahren konnte sich die arme Familie, die kaum einen Lebensunterhalt hatte, nicht leisten, und außerdem läßt einen das Meer nicht fort. Satjes Vater, Großvater und Urgroßvater kamen auf dem Meer um; und doch hat es eine seltsame Macht, das Meer: Es ist der Menschen gefährlichster Feind und sehr oft ein falscher Feind, aber man liebt es und wird wie mit Zangen zu ihm hingezogen . . . und man kann sich nicht losreißen von ihm, man will auf ihm leben und untergehen . . .

*

Nur ein jüdischer Brauch blieb in der Familie erhalten — Versöhnungstag! Am Versöhnungsvortag suchte man sich am Morgen den größten Fisch aus, und die ganze Familie ging mit dem Fisch in die Stadt und brachte ihn dem Gemeindeschächter, bei dem man vor und nach dem Fasten zu essen pflegte.

Den ganzen Tag über pflegte die Familie in der holländischen Synagoge zu sitzen, um zu hören, wie der Chor singt, wie die Orgel spielt, wie der Vorbeter auf seine Art und Weise spricht... obwohl man nicht ein Wort verstand. Und man blickte dauernd zum Heiligen Schrein und zum Prediger mit dem goldenen Samtkäppchen. Erhob sich das goldene Samtkäppchen, stand man auch auf; ließ sich das goldene Samtkäppchen nieder, setzte man sich wieder. Manchmal döste Satje vor Müdigkeit ein; dann weckte ihn ein Nachbar mit dem Ellenbogen, wenn es ans Aufstehen ging.

Das war also der ganze Versöhnungstag. (Daß es ein Tag des Gerichtes ist, daß ein Fisch im Wasser zittert und was sich im Himmel tut — davon wußte Satje nichts.) Es war bei ihm eine Konvention, am Versöhnungstag nüchtern den Chor zu hören und die Orgel, und daß man nach dem letzten Gebet an diesem Tag (er wußte nicht einmal, daß es »Neïlah« heißt!) zum Schächter zum Abendbrot geht . . . Viel mehr wußte der Schächter selbst vielleicht auch nicht — Holland!

Und gleich nach dem schwarzen Kaffee pflegte Satje mit Weib und Kinderchen aufzustehen, sich vom Schächter und dessen Familie zu verabschieden und ihnen Glück zu wünschen, fortzugehen und eine ganze Nacht lang *zum Meer* zu wandern . . . Man sagte nicht »nach Hause«, sondern nur — »zum Meer«.

Und man läßt sich durch nichts aufhalten.

»Was soll 'nn das!« protestieren der Schächter und die Schächtersfrau: »Ihr habt ja noch nicht mal die Stadt gesehn.«

Satje verzieht das Gesicht:
»Die Stadt!«
Satje ist kein Plauderer; das Meer lehrt schweigen. Aber der Stadt ist er feind. Eng, ohne Luft und ohne Himmel. Ein schmaler Streifen zwischen Dach und Dach . . . Auf dem Meer aber — welche Labsal . . . da läßt's sich *atmen* . . .
»Es ist doch euer Feind . . . euer Tod!« wendet man gegen ihn ein.
»Aber ein guter Tod!«
Seines Vaters und seiner Großväter Ende will er haben — als Gesunder vom Meere verschlungen werden; nicht schwach und krank werden und lange Zeit auf einem Bett dahinsiechen . . . hören, wie man weint . . . und dann begraben werden . . . in der harten Erde . . . brrr!
Ihm wird kalt . . . wenn er an solch ein Begräbnis denkt . . . —
Und zu Fuß geht man nach Hause, zum Meer . . .
Und als man zu Fuß die Nacht durch geht und der Tag zu grauen beginnt und man den goldenen Abglanz des sandigen Ufers sieht und dann der Spiegel des Meeres aufblitzt, freut man sich und klatscht in die Hände . . .
Ein Bräutigam mit einer Braut freut sich nicht so . . .
Und so geht es von Jahr zu Jahr . . .
Es ändert sich der Fischer, seltener — der Schächter; Konvention bleibt Konvention.
Und die Konvention ist eine Gesamtsumme aus Fasten, Chor und Orgel – vermischt mit dem großen Fisch zum Abendbrot nach »Neïlah« beim Schächter, mit dem Verabschieden und dem Glückwünschen . . .
Das alles zusammen ist der einzige Faden, der Satje an das ganze Volk Israels bindet . . .

*

Und es geschah eines Tages, einmal im Morgengrauen, der Osten hat sich noch kaum gerötet, still erwacht das Meer, es atmet kaum, kaum ist sein Murmeln zu hören, faul und noch verträumt streckt es sich aus und zieht sich zusammen ... Hie und da flattert ein weißes Flügelpaar in der blauen Luft; ein Vogel schreit auf ... Und wieder still ... Stiller Glanz huscht über das Meer, goldene Flecken gleiten über den gelben Sand, die Schifferhütten über der Küste sind verschlossen, nur eine Türe knarrt — Satje geht heraus ...

Versöhnungsvortag ist heute. Fromm und ernst ist Satjes Gesicht, still leuchten seine Augen: Er geht, um eine gute Tat zu vollbringen: Fische für den Versöhnungstag zu fangen!

Und er begibt sich zum Schiffchen und löst die Kette, mit welcher es am Strand festgemacht worden ist. Die Kette klirrt, und Stimmen werden rechts und links vernehmlich:

»Tu's nicht, tu's nicht!«

Das rufen ihm die Nachbarn zu, die ihre Köpfe aus den kleinen Fensterchen gesteckt haben.

Ruhig und still liegt das Meer, weit hingegossen und breit, zusammengegossen mit dem Saum des morgendlich-frisch lachenden, heiteren Himmels ... Es atmet kaum, das Meer, kaum runzelt's sich beim Strand, und wie bei einer guten Großmama tanzt helles glänzend-lichtes Lächeln zwischen diesen Runzeln ... Und etwas murmelt es; das Meer erzählt den verstreuten, mit langen Wasserpflanzen wie mit Haar bewachsenen Felsenstücken ein Ammenmärchen, und lächelnd und verspielt streicht es über ihre Haare — der Fischer aber kennt das Meer besser, und er vertraut ihm nicht.

»Tu's nicht ...«

Das Meer wiegt sich und wird sich aufwühlen, und platzen wird der helle Spiegel, und aus Spiel wird Ernst werden, aus leisem Rauschen — Gebrüll und Aufruhr, und die

Runzeln werden sich zu Wogen erheben, welche Kähne und Schiffe verschlingen werden wie der Leviathan kleine Fischchen . . .

»Tu's nicht . . .«

Und ein barfüßiger alter Mann mit einem bebenden grauen Kopf ohne Hütchen und einem verschrumpelten Gesicht wie das Meer, jedoch ohne sein falsches, süßes Lächeln, kommt aus einer Hütte, geht auf Satje zu und legt ihm die Hand auf die Schulter:

»Sieh!«

Und er zeigt ihm ein kleines schwarzes Pünktchen, welches nur eines Fischers Auge erkennen kann, am Saum des Himmels.

»Aus dem wächst 'ne Wolke raus . . .«

»Ich werd' früher wieder daheim sein«, entgegnet Satje, »nur *einen* Fisch will ich fangen.«

Doch ernster wird seines alten Nachbarn Gesicht:

»Du hast Weib und Kind, Satje!«

»Und einen GOtt im Himmel!« antwortet Satje mit Zuversicht: Er gehe, um seine gute Tat zu vollbringen . . . Und er stößt das Schiffchen ab und springt hinein . . .

Und leicht wie eine Feder gleitet das Schiffchen über das Meer, und das Meer umwiegt es süß-flüsternd, so lieblich, und säumt und umwickelt es mit den schönsten Perlen, die es besitzt — und am Strande steht der alte Fischer und murmelt:

»Santa Maria, Santa Maria!«

*

Leicht gleitet Satjes Schiffchen über das Meer — geschickt wirft er sein Netz aus; und schwer und schwerer wird das Netz, und mit allen Kräften zieht er es mühsamst heraus und findet in ihm –: Wasserpflanzen, Seesterne — aber keinen einzigen Fisch . . .

Der alte Fischer am Strande hat das Schiffchen bereits aus den Augen verloren. Schon zum dritten und vierten Mal zieht Satje das Netz heraus: Es ist nicht leicht herauszuziehen: allerlei Wasserpflanzen haben sich in seinen Maschen verflochten — aber kein einziger Fisch ...

Und das Meer wiegt und wühlt sich immer stärker auf; die Sonne ist schon auf den Himmel geschwommen, feucht jedoch ist ihr Glanz — eine verweinte Sonne; und das schwarze Pünktchen am Himmelsrande hat sich hinterrücks unter der Sonne ausgestreckt wie eine braune Schlange und wird dunkler und dunkler und schiebt sich an die Sonne heran ...

Es ist bereits Mittag, und Satje schwimmt und schwimmt, prüft und prüft das Glück —

»GOtt«, denkt er, »will nicht, daß ich dieses Jahr die gute Tat vollbringe, also heißt's umkehren!«

Und traurig wird ihm ums Herz: Er mußte sich irgendwie versündigt haben gegen GOtt, welcher dieses Jahr sein Opfer nicht bewilligt. Und er nimmt das Ruder fest in die Hand und will schon das Schiffchen wieder wenden. Aber genau in diesem Moment bekommt er einen Spritzer ins Gesicht, und er dreht sich um und sieht, wie sich ein großer goldener Fisch spielerisch aus dem Meer in die Höhe wirft und mit der Schwanzflosse übers Wasser fegt.

Hei! Diesen Fisch muß er fangen, den hat ihm GOtt beschert: GOtt, der seine Seelenpein erkannt hat, sein Verlangen, die gute Tat zu vollbringen. — Und er wendet wieder und jagt dem Fische nach ...

Schon ist das Meer aufgewühlt; Wellen erheben sich höher und höher ... halb ist die Sonne schon von einer Wolke verdeckt, helle Strahlenbündel blitzen schräg unter Wolken hervor, und auf den Wellenrücken schwimmt der Fisch – und Satjes Schiffchen hinterdrein ... und plötzlich verschwindet der Fisch, zwischen ihm und Satjes Schiff-

chen steigt ein Wellenwall empor, aufgetrieben und hochgejagt vom Winde . . .
»Es narrt mich, es täuscht meine Augen!« denkt Satje und möchte das Schiffchen wieder umwenden. In demselben Augenblick legt sich aber die Welle, als wäre sie jäh versunken; fast bis zum Schiffchen heran schwimmt der Fisch und schaut ihn mit großen Augen an, als ob er flehte: Nimm mich, nimm mich . . . vollbringe die gute Tat mit mir, würdige mich mit ihr . . .
Wieder wendet Satje — und verliert den Fisch aus den Augen. Eine neue Welle schwappt zwischen ihm und dem Schiffchen hoch; und wieder beginnt der »Veitstanz« des Meeres! Kein liebliches Liedchen singt es dabei, das Meer. Zornig ist es: So 'ne Frechheit, jetzt auf ihm herumzuschwimmen! auf seine Wellen zu treten! Und so als wäre sie vor dem Meer erschrocken, versteckt sich die Sonne hinter Wolken . . . Darauf, scheint es, hat der Wind nur gewartet — los reißt er sich und verbreitet sich mit ausgelassenem Zorn, wie mit Rittern kämpft er und schlägt sich und reizt die See noch mehr auf, und die See tost und dröhnt, als spielten tausend Baßgeigen in ihren Gedärmen, Kesselpauken in ihren Wellen —
»Nach Haus, nach Haus!« klopft Satjes Herz; und er zieht die Netze ins Schiffchen hinein und faßt das Ruder stärker an und müht sich mit allen Kräften. Die Adern seiner Arme scheinen zu platzen. Wie eine hohle Nuß wird das Schiffchen von den Wellen hin- und hergeworfen; schwarz ist der Himmel, zornig-dunkel das bewegte Meer . . . — und unablässig müht er sich — nach Haus, nach Haus . . .
Plötzlich sieht er, wie etwas von der Seite an ihn herantreibt — eines Menschen Körper, ein Ertrunkener — eine Frau ist es — vor ihr her treibt das Haar, schwarzes Haar — sein Weib hat solches Haar . . . unter dem Haar zeigen sich weiße Hände — sein Weib hat solche Hände . . . Und eine Stimme ruft: »Rette mich!« — sei-

nes Weibes Stimme . . . die Mutter seiner Kinder . . . Sie mußte ihm mit dem zweiten Schiffchen nachgefahren sein. Sie ertrinkt, sie ruft nach seiner Hilfe . . .
Und er dreht das Schiffchen nach rechts und will an den Körper heran — das Meer läßt's nicht zu! Wellen türmen sich dazwischen, es rast der Sturm und heult — aber er hört im Sturm ihre Stimme: »Hilf! Hilf, Satje, hilf! . . .«
Und er bietet seine letzten Kräfte auf, um hinzugelangen; und da ist er nicht mehr weit vom weißen Fleck; die Haare sieht er nicht mehr, nur das treibende, sinkende Kleid . . . mit dem Ruder zu erreichen . . . Aber mitten zwischen ihm und seinem Weibe steigt ein Wellenwall empor, stößt sie nach der einen, das Schiffchen nach der anderen Seite fort —
»Ein Trugbild!« denkt er, sich erinnernd, daß es mit dem goldenen Fisch dasselbe gewesen ist; und ohne das zu wollen, wirft er einen Blick zur Küste und sieht, wie die Fenster der Fischerhäuschen schon erleuchtet sind!
»Versöhnungstag!« erinnert er sich und läßt unversehens das Ruder aus der Hand.
»Tu mit mir«, schreit er zum Himmel hinauf, »was Du willst; am Versöhnungstag rudre ich nicht! . . .«
Und der Wind rast, in höllische Schlünde werfen die Wellen das Schiffchen; und wie Satje das Ruder aus der Hand gelassen hat, sitzt er ruhig und blickt mit offenen Augen mal zum verborgenen Himmel hinauf, mal zum schäumend treibenden Meer hinab.
»Tu mit mir, GOtt, was Du willst! Dein Wille geschehe . . .«
Plötzlich erinnert er sich an eine Melodie des Chores, unterstützt von der Orgel; und er beginnt, die Melodie nachzusingen; diese stumme Seele hat nur diese einzige Sprache, mit GOtt zu reden — also singt er. Der Himmel wird schwärzer und schwärzer. Die Wellen heben sich höher und höher. Schärfer noch bläst der Wind . . . Berg-

auf, bergab geht's mit dem Schiffchen, und eine Welle wirft's der andern zu . . . eine reißt ihm das Ruder heraus und schleudert's ihm fort, eine andre kommt von hinten daher und jagt dem Schiffchen mit offenem Maule nach . . . Wie tausend Wölfe raset der Wind — und in diesen Aufruhr hinein singt Satje die Melodie des »Wer ruht und wer umherschweift« . . . wie der Chor, unterstützt von der Orgel . . . Die Wellen brechen ins Schiffchen hinein. Satje will versinkend sterben, das Schiffchen kentert schon . . . Aber der Tod ist Satje noch nicht bestimmt . . .
Zwei weiße Gestalten, wie aus Nebel gewoben, wandeln, sich an den Händen haltend, barfuß, mit wallendem Haar und leuchtenden Augen über das Meer, und sowie Satje mit dem Schiffchen umkippt, kommen sie heran, heben ihn auf, nehmen ihn zwischen sich und gehen mit ihm unter den Armen und schreiten mit ihm über die Wellen – wie über Beete und Hügel – und, ihn so festhaltend, führen sie ihn durch Wind und Tumult. Er starrt sie an und möchte sprechen, fragen will er etwas — sie aber sagen zu ihm:
»Singe weiter, Satje, singe! Dein Gesang wird des Meeres Zorn besiegen . . .«

*

Sie gehen mit ihm, und Satje hört, wie ihm sein Schiffchen nachfährt . . . Er dreht sich um —: das Schiffchen und das Netz darin, und in das Netz verwickelt ist der goldene Fisch . . .
Und nachdem sie ihn ans Ufer geführt und ihn nach Hause gelassen hatten, traf er bei sich den Schächter und die Schächterin an . . .
In der Stadt war eine Feuersbrunst gewesen, also kamen sie zu ihm zu Gast . . .
Man schlachtete den Fisch und — Konvention blieb Konvention . . .

Eine Buße

Die früheren Chassidim wußten noch, wer Hajm-Jonas-Wittels war. Es ist ja genug zu sagen: der Vorbeter des Alten. Wie man weiß, wurde keiner so leicht ans Vorbeterpult des »Alten« gelassen; besonders jedoch zu Neujahrsanfang und am Versöhnungstag; und Hajm-Jonas-Wittels betete wirklich an den Trauertagen, und dessen war er würdig: ein gebildeter Jude, Kenner des exoterischen und esoterischen Wissens, also ein gar scharfer Geist und gottesfürchtiger Mann — ein wahrlich beachtenswerter Jude, wenn auch noch in jungen Jahren; aber die Fasttage und Bußübungen, die er sich auferlegte, wären für zehn ganze Gebetskreise schon genug gewesen ... Und das Hebräisch konnte er aussprechen! – nicht, das versteht sich, in der chassidischen Weise, sondern reines Hebräisch in distinguierter Aussprache! Jedes Wort fällt wie eine Perle aus seinem Mund; und eine Stimme hatte er — Herr-der-Welt!, heutzutage sieht man solche Vorbeter überhaupt nicht mehr!

Wenn beim »Alten« im Lehrhaus gebetet wurde, waren da schon im ganzen vierhundert Leute anwesend. Es waren keine Bänke vorhanden, und der ganze Raum des Lehrhauses war mit Menschen vollgepfropft: Fiel jemandem, der mittendrin stand – während der 18 Segenssprüche oder während des Hornblasens oder während des Priestersegens –, das Gebetstuch vom Kopf herab, so konnte er es gewiß nicht mehr hochziehen; eine Hand freizubekommen — daran war überhaupt nicht zu denken! – Und auf dem Hof waren noch einmal soviel Leute. Ein Hof war das beim »Alten«! – solche Höfe sieht man heute nirgends mehr! Und trotzdem: wenn Hajm-Jonas-Wittels seine Stimme erschallen ließ, klang es einem wie eine Glocke in den Ohren! Mochtest du auch im entferntesten Winkelchen des Hofes stehen, so klang es dir dennoch ... Spricht Hajm-Jonas-Wittels im Flüsterton, klingt es im Ohr nach — es kollert wie eine Messingkugel in den Ohren! Und gerade sein »Flüsterton« – das war noch ein großes Wunder! –: Es schien, als senkte sich die Stimme auf die tiefste Stufe nieder, so still-süß-klagend war sie ... Manchmal kam es dir vor, als riefe irgendein kleines krankes Kind, das schon fast sein Leben aushauchte, in der Wiege so leise nach der barmherzigen Mutter: Komm, komm, Mama, hilf! ... Und alle, alle hörten auch den stillen, süßen »Flüsterton« – das war doch nicht verwunderlich! Und brüllte Hajm-Jonas-Wittels erst das »Versinke! ...« heraus — Herr-der-Welt!, dann schien es, als würden die Wände bersten!

Und zu alldem kam, daß er ein anmutiger Mensch war, eine graziöse Erscheinung — die GOttesherrlichkeit, wenn man so sagen darf, ruhte auf ihm; angezogen war er wie eine Zierpuppe – nicht, GOtt behüte!, aus arroganter Eitelkeit! Es gehörte einfach zu seinem Wesen. Ein seidener Kaftan mit Besatzschnüren, eine Leipziger Seidenschärpe und ein Pelzmützchen – wie das nur schimmerte und blitzte mit den silbernen Haaren ... Und der schwarze, lange Bart; ein Bart, der bis zur Schärpe reichte; und die gekräuselten Schläfenlocken; und dieselbe süße Kraft, die in seiner Stimme steckte, lag ausgegossen auf seinem Gesicht ... und das Augenpaar – die Menschen gafften nur so! Der »Alte« pflegte nicht nur einmal zu sagen:

»Solch ein Mensch muß sich vor dem Bösen Blick hüten.«

Ihr meint doch gewiß, er dächte an einen gewöhnlichen Bösen Blick ... Aber der »Alte« hatte niemals die Gewohnheit, einfach buchstäblich zu sprechen ... Er dachte an eine ganz andere Art von Bösem Blick. Einstens traf es sich nämlich sehr häufig, daß eine Edelfrau – eine Witwe

oder eine Geschiedene – plötzlich in ein Städtl hineinfuhr, von der Gasse weg einen Juden gewaltsam einfing – es versteht sich, daß der besonders schön und kräftig zu sein hatte – und ihn fort in ihren Palast führte, wo sie ihn mit guten oder bösen Mitteln zwang zu sündigen. Es pflegte vorzukommen, daß ein Jude der Verführung nicht widerstand; und obschon ihn die Edelfrau *danach* zumeist hinauswarf und der Allerärmste heimging, um Buße zu tun, Fasttage einzulegen und auszuführen, was man ihm befahl – so half es doch nicht ständig . . . Solch einen Bösen Blick meinte der »Alte« . . .
Man sagte, Hajm-Jonas-Wittels wäre schon ein sehr Bedachtsamer; weder an einem Markttag noch an einem Sonntag oder einem sonstigen Feiertag verlasse er je sein Haus. Und trotzdem sollte der »Alte«, wie sich noch zeigen wird, recht behalten . . .

*

Eines Tages geschah es dann: Hajm-Jonas-Wittels muß zum Neujahrsfest kommen, das heißt, er muß wenigstens acht Tage vor dem Neujahrsfest kommen; denn ein Mensch, der unterwegs ist, ist in Gefahr – da mag er auf der Hut sein, wie er nur will –, sich die Kehle zu verkühlen, besonders Hajm-Jonas-Wittels, der einen Weg von über zehn Meilen hatte; und um der *Meriten der Wanderung* willen pflegte er zu Fuß zu gehen . . . Er muß also eine Woche früher kommen, um sich auszuruhen, und so hält er es auch ständig. Er pflegt zu kommen, stillschweigend herumzugehen, einen großen roten Schal um den Hals gewickelt, und Tag für Tag rohe Eier zu verschlingen – gewiß ein halbes Schock am Tag . . . Und die Eier bekam er frisch von den Hühnern des Hofes; denn er war auch ein schwer zu befriedigender Mann, der dazu neigte, sich mit was auch immer den Magen zu verderben. Eines Tages also geschah es: Hajm-Jonas-Wittels müßte kommen. Es sind acht Tage bis Neujahrsanfang; ein Tag vergeht –: bleiben sieben; noch ein Tag und noch ein Tag, und man hört nichts und sieht nichts; da glaubt man, es müsse sich ein Unfall ereignet haben . . . Man hört, daß jemand aus jener Stadt gekommen sei – irgendein Bürger, ein halber Chassid –, um sich darüber in Kenntnis zu setzen, ob es ein Weiterkommen gebe. Als man erfährt, wo er sich hinbegeben hat, läuft der ganze Verein in die Herberge: – Er schläft. Liegt einfach da und schnarcht. Man holt vom Brunnen eine Kanne frischen Wassers und gießt es ihm über. Er, der Jude, springt auf, halb tot, halb lebendig: »Was wollt ihr, Räuber?«

Sie fragen ihn nach Hajm-Jonas-Wittels.

Er, der Bedauernswerte, sagt – und es klappern ihm die Zähne dabei –, daß Hajm-Jonas-Wittels schon längst von daheim fortgegangen sei und von allen Abschied genommen habe. Etliche Anhänger unseres Rebben Schlojme hätten ihn noch aus der Stadt bis zum Wald begleitet. Beim Wald sei man stehengeblieben und habe sich noch ein Schlückchen genehmigt, ganz wie es üblich sei. Er sei auch dabeigewesen, obwohl man es ihm beinahe nicht erlaubt habe. Danach sei Hajm-Jonas-Wittels mit dem Gebetsmantel und den Gebetsriemen in den Wald hinein- und die übrige Gesellschaft wieder zurückgegangen.

»Aber er ist nicht da!« entgegnet man.

»Wer?« fragt der Jude.

»Bist wohl völlig verrückt, du Dussel?« fahren ihn alle an. »Willst noch 'ne Kanne kalten Wassers? *Hajm-Jonas-Wittels* ist nicht da!«

»Wenn das so ist«, antwortet der Jude und zittert, »hat er sich entweder verirrt, oder er ist unterwegs krank geworden, oder eine wilde Bestie . . .«

»Halt die Klappe!« schreien alle. Und sie beschließen, jemand solle den »Alten« benachrichtigen . . . Benachrichtigen . . . – den »Alten« brauchte man nicht benachrichtigen; und wenn, dann nur so, aus Höflichkeit ... Formal muß freilich alles gemäß dem natürlichen Verlauf geschehen. Und – man muß sich ja um einen Vorbeter umsehen ...

Man wählt einen großen Vertrauten aus, weil man kurz vor dem Neujahrsfest zum »Alten« in keiner Angelegenheit kommen konnte ... nur so –: hinein, grüßen: »Der-Friede-sei-mit-Euch« – und raus, aber nur keine Trödelei ... und das bis nach dem Großen Hosannah. So war halt der Brauch. Aber in solch einem Fall! Man wählt also einen Vertrauten aus; der legt sich ins Zeug. Er geht zum »Alten« in die Stube; daß er die Türe völlig hinter sich schließt, läßt man nicht zu; jemand hat seinen Fuß dazwischengestellt, ein Spalt bleibt; und der ganze Verein steht hinter der Türe und lauscht.

Sie hören, wie der Vertraute hinzugeht – der »Alte« spricht leise etwas; dann vernimmt man den Schluß des Verses: »Euer Plagen, eu'r Ertragen, euer Schlagen ...«, dann ein paar Worte wegen der Seelenrechtfertigung ... daß der Größte und der Geringste vor Neujahrsanfang Seelenrechtfertigung geben müsse ... und noch eine Königsfabel; welche, war nicht zu hören; gegen das Ende seines Lebens pflegte der »Alte« ziemlich leise zu sprechen ... Als man die Türe noch ein bißchen weiter öffnet, sieht man, wie der »Alte« dasitzt, den Kopf auf die Hand gestützt, sehr müde, wie es schon bis zu seinem Ableben war, die Brille auf die Stirne gerückt, die zweite Hand am »Buch vom Glanz« ...

»Nun, fasse dich kurz«, sagt er, »was willst du?«

Der Vertraute erzählt ihm, es handle sich darum, daß Hajm-Jonas-Wittels noch nicht da sei ... dann, daß von dort ein Jude gekommen sei ... und er erzählt ihm, welche Begebenheit sich in der Herberge zugetragen und was der Jude berichtet habe ... Er, der »Alte«, hört zu – und schweigt. Man sieht deutlich, daß man ihm keine Neuigkeit erzählte . . . Dann seufzte er auf; man sieht, daß er damit keine Freude hat. Der Vertraute sagt — scheinbar zu sich selbst, doch so, daß der »Alte« hören solle —, Hajm-Jonas-Wittels sei ein Vater mit Kindern — worauf der »Alte« entgegnet: »Selbstverständlich . . .«

»Und wer«, fragt der Vertraute schon gewöhnlich, »wird ans Vorbeterpult treten?«

Sagt er, der »Alte«:

»Trottel, er kann noch kommen!«

Und sowie er das sagt, platzt Hajm-Jonas-Wittels voller Freude herein. Die Leute machten ihm hinter der Türe Platz. Aber er bot nicht einem von ihnen seinen Gruß und lief gleich zum »Alten« hinein; und sein Gesicht strahlte vor Freude, und die Augen leuchteten ihm.

»Rebbe«, rief er aus, »GOtt half mir, ich bin da! Ein Wunder!«

Und die Stimme zittert ihm vor Freude.

Aber da geschah etwas, was wirklich nie geschehen sollte! Der »Alte« hebt den Kopf und schaut Hajm-Jonas-Wittels scharf-kalt-scharf an. Was weiß ich? – Auf den liederlichsten aller liederlichen Kerle schaut man nicht so. Und plötzlich richtet er sich in ganzer Größe auf, als schnelle ein Baum plötzlich aus der Erde . . . von einem Gruß — keine Spur, der »Alte« hält die Hand hinter sich, und plötzlich brüllt er:

»Hurenbock!«

Haare und Nägel sträubten sich allen; und Hajm-Jonas-Wittels fiel, so wie er dastand, auf den Boden, als hätte ihn plötzlich ein Blitz getroffen.

Die Leute stehen entmutigt; und der »Alte« setzt sich wieder und sagt mit seiner leisen Stimme:

»Nehmt ihn, tragt ihn ins Lehrhaus, muntert ihn auf, und er soll vor euch das Geständnis ablegen . . .«

Und so geschah es . . .

*

Als Hajm-Jonas-Wittels ein bißchen zu sich gekommen war und man ihn auf der Bank aufgesetzt hatte, war er ganz und gar nicht mehr derselbe Hajm-Jonas-Wittels . . . –: schwarz wie die Erde; die Augen – eingefallen und brennend, wie im Fieber, oder – GOtt steh' uns bei! – wie bei einem Sukkubus. Und den Kopf muß man ihm festhalten, sonst schlägt er gegen die Wand; so zittert er durch und durch . . . Und von den weißen Lippen rinnt so 'ne Art Schaum – der Barmherzige rette uns!; und wenn dieser Mensch die weißen Lippen öffnet und reden will, ist es gar nicht seine Stimme . . .

»Meine Herrschaften«, stammelt er mit solch großem Flehen, daß es einem ins Herz schnitt, »meine Herrschaften, ich bin kein Hurenbock . . .« Und er sieht sich um und erkennt, daß man ihm nicht glaubt; er sieht's in allen Augen; er fleht: »Herrschaften, bringt mich zum Heiligen Schrein!«

Er will schwören — nun, man kann ihn nur zum Schwur zulassen, wenn es der »Alte« ausdrücklich erlaubt hat . . . Sie sagen: »Willst du erzählen, so erzähl', nur ohne Schwüre . . .«

Er beginnt zu erzählen. Immer wieder überschlägt sich seine Stimme; nur die Augen, mit denen er die Leute rundherum anblickt, flehen. Er erzählt – Mund-und-Ohren-Aufreißendes!

Hajm-Jonas-Wittels ging wirklich zur rechten Zeit von seiner Stadt fort, wie Jahr für Jahr. Er nahm den Gebetsmantel, die Gebetsriemen und ein bißchen Wegzehrung mit und machte sich auf den Weg. Der unselige Jude in der Herberge hatte es wahrheitsgetreu erzählt: Man begleitete ihn, prostete sich zu, und um die Mittagszeit zog Hajm-Jonas-Wittels von dannen – rechts ab in den Wald –; die anderen gingen in die Stadt zurück . . .

Er geht ungefähr anderthalb Stunden dahin, bleibt dann stehen und will das Abendgebet verrichten. Den Wald kennt er gut, fast jeden Baum; doch will er sich nicht wegen des »Ostens« auf den Kennerblick verlassen. Er geht dorthin, wo der Wald lichter wird, und will aufs Feld hinaus, um zu sehen, wo sich die Sonne zum Untergang senkt. Er kommt auf einen Weg zwischen Wald und Feld, wirft einen Blick zum Himmel empor und bleibt stehen: So einen Himmel hat er noch nie gesehen, noch nie so einen brennenden Westen. Wahrlich, ein ungeheures Feuer. So schaut er und geht reuig in sich; er denkt an das Feuer der Hölle ... Und so steht er, reuig in sich gegangen, und hört nicht, daß hinter ihm im schweren Sand eine Kutsche heranfährt ... Es war eine offene Kutsche; obenauf saß eine junge Edelfrau ... hinter ihr — ein Jäger, eine Art Kosak, wie es vorzeiten der Brauch war; und vorne — auch ein Jäger, auch eine Art Kosak; daneben ein Kutscher mit drei Paar Zügeln in der Hand — drei Paar Pferde hintereinander. Aber als er es hörte, war es schon zu spät; er war der Edelfrau schon in die Augen gefallen.

»Bleib stehen, Jude!« rief sie aus. »Steh, anmutiger Mensch!« Sie läßt die Kutsche halten.

Selbstverständlich blieb Hajm-Jonas-Wittels nicht stehen; augenblicklich war er wieder im Wald; und er läuft – pfeilschnell, mit allen Kräften – davon ... Schon wieder hört er die Rufe der Edelfrau ... Sie schickt ihm die Kosaken nach — verflixt! Sie werden ihn einholen; er stellt eine Überlegung an und versteckt sich.

»Wo versteckt er sich denn?«

In jenen Wäldern gibt es wunderliche Bäume ... Hohe, starke Bäume, und die Äste wachsen aus ihnen wie bei anderen Bäumen auch, nur – o Großtat GOttes! – biegen sie sich ab einer gewissen Höhe wie Bögen und wachsen kurvisch bis zum Boden herab und manchmal sogar tief in die Erde hinein. Er springt in solch eine Laubhütte aus Ästen, wirft sich mit einem Impetus auf die Erde und hat das Glück, auf weiches Moos zu fallen . . . Aber selbst wenn er sich etwas getan hätte, würde er keinen Mucks von sich gegeben haben; er hat sogar Angst, laut zu atmen; er fürchtet, man könne hören, wie ihm das Herz pocht; denn die Kosaken laufen hin und her, kommen näher und entfernen sich und rufen einander zu: »Hepp-Hepp! Hepp-Hepp!«, wie man sich im Walde so verhält . . . Nur in aller Stille, im überfließenden Herz, betet er zum Weltenschöpfer, er möge ihn nicht in Versuchung führen . . . Denn die Edelfrau, das hatte er gesehen, war eine gar bezaubernde Frau mit ihrem offenen Zobelpelz und den Brillanten, die an ihrem Busen funkelten – eine Hexe! — Da betet der Bedauernswerte: »Herr-der-Welt, sei es ein sterbliches Wesen, sei es ein Geist, sei es was weiß ich, rette mich aus ihren Händen! . . .«

Entsetzen erfaßt ihn, als er hört, wie die Edelfrau schreit und wütend wird, weil man ihn nicht findet: »Ihr Halunken, ich werde euch die Haut abziehen und euer Fleisch den Hunden vorwerfen . . . Auf einen Pfahl werde ich euch spießen . . .« — Und er versucht sich zu trösten. »Vielleicht«, denkt er, »ist es ja nur ein böses Weib, eine Judenhetzerin, die mich fangen und quälen und in einen Kerker stecken will«, . . . dann nehme er schon das böse Geschick auf sich . . . »aber nur keine Sünde! Herr-der-Welt, nur keine Versuchung!«

Die Versuchung war jedoch bestimmt . . . Und als die Edelfrau sah, daß ihn die Kosaken nicht finden konnten, packte sie den Hund, den sie auf ihrem Schoß hielt, und ließ ihn von der Kutsche herab; der Hund läuft in den Wald, schnüffelt unter den Bäumen und – spürte ihn auf . . . Da kamen die Kosaken daher, nahmen unverzüglich Stricke heraus, banden ihn und trugen ihn zu der Edelfrau.

»Warum habt ihr ihn gebunden?« erbost sie sich.

»Er hat gebissen!« antworten sie und werfen ihn der Edel-

frau zu Füßen in die Kutsche; und da beginnt die Versuchung . . .
Während man ihn gefangen und gebunden hatte, hatte Hajm-Jonas-Wittels das Gelübde abgelegt, die Augen nicht zu öffnen und ihr nicht ins Antlitz zu sehen . . . Allein, eines Weibes Stimme ist auch genug; er fühlt, wie die Stimme in all seine Glieder hineinströmt, wie es ihm in jeglichem Glied heiß wird. Mit den Kosaken hat sie geschrien; zu ihm — singt sie beinahe. Sie werde ihn – sagt sie singend – selbst losbinden und jede Stelle, die der Strick berührt hat, mit Küssen überhäufen . . . Sie werde ihn zu sich in den Palast führen . . . Wie im Paradies werde er's dort haben . . .
Und die Kutsche fährt zurück; und sie bindet ihm beflissen die Stricke auf, und dort, wo sie seinen Körper berührt, fährt eine Art wohlriechende Wärme von ihren Fingern in ihn hinein.
Er bleibt aber doch noch Hajm-Jonas-Wittels, reißt sich zusammen, fällt ihr zu Füßen und beginnt zu flehen . . . (Er konnte ihre Sprache) . . . Er fleht also:
»Gnä' Frau, strahlende Edelfrau . . . große strahlende Edelfrau, was willst du von mir?«
»Ich will dein Bestes«, sagt sie, »gefalle ich dir denn nicht?«
»Gnä' Frau, strahlende Edelfrau . . . zu was taugt dir ein mieseriger, krätziger Jude?« — Seit er lebt, ist noch nie ein Fleckchen auf seinem Leib gewesen; er will nur sich selbst miesmachen. — »Ist nicht dein nichtswürdigster Knecht, der Hirte, der die Schweine hütet, noch schöner und stärker als ich?«
Aber sie lacht:
»Nein! Es gibt keinen, der schöner und anmutiger als du wäre; dein Atem«, sagt sie, »brennt mich wie ein Feuer . . . du solltest noch die Augen öffnen.«
Und er bittet weiter:

»Große, strahlende Edelfrau, ich bin ein Jude . . . und unsere heilige Tora verbietet solche Sachen . . . Laß nicht zu, daß mir diese und jene Welt verlorengeht . . .«
Sie sagt, sie werde ihm mehr als beide Welten bieten . . .
Er bittet weiter:
»Ich bin Jude und habe eine Jüdin als Weib, und sechs Kinder habe ich – lauter Buben . . . Hat es denn eine so gnädige, große, stahlende Edelfrau nötig, einer armen Jüdin den Mann und sechs jüdischen Buben den Vater fortzuschnappen — du, die du doch Paläste und Bedienstete hast . . .«
Aber sie läßt nicht locker:
»Schau mich an!« sagt sie beinahe bittend . . .
Weiter und weiter fährt man zurück; da befiehlt die Edelfrau mitten in der Fahrt:
»Im Galopp durch das Städtl!«
Er begreift, daß man sich seinem Städtl nähert und die Edelfrau Angst hat, er könne abspringen . . . Er wird wirklich – reißt er sich zusammen – mit GOttes Hilfe abspringen — er öffnet die Augen, um zu sehen, wann abzuspringen ist . . .
»Und dann«, sagt er händeringend, »sah ich sie noch einmal . . . Ihr Blick durchbrannte mich . . . Und trotzdem« — er springt mit plötzlicher Kraft auf — »trotzdem bezwang ich den Bösen Trieb . . . Ich bin kein Hurenbock . . .« — und seine Stimme wird immer stärker und stärker — »Mitten am Marktplatz sprang ich ab . . . Mir geschah ein Wunder; die Pferde erschraken vor etwas und machten einen Sprung zur Seite . . . wenn nicht – wäre ich unter die Räder gekommen . . . Und das wollte ich, das war meine Intention . . .«
Und er richtet sich auf, seine Augen flammen, und er hebt die rechte Hand wie zum Schwur und will wieder etwas sagen, sicherlich schwören, aber in diesem Augenblick hört man die Stimme des »Alten«:

»Nur weiter, was geschah weiter?«

*

Während Hajm-Jonas-Wittels sein Geständnis ablegte und die Leute um ihn herumstanden, war der »Alte« hereingekommen, ohne daß es jemand gehört hatte. Leute, hinter denen er stand, berichteten später, sie hätten manchmal gefühlt, wie sie etwas im Rücken brannte; sie hätten aber keine Zeit gehabt, sich umzudrehen. Als man des »Alten« Stimme hörte, spaltete sich unverzüglich der Kreis vor ihm, und er kam näher an Hajm-Jonas-Wittels heran.

»Erzähle, erzähle weiter!« befiehlt der »Alte«.

»Weiter? Was weiter?« wundert und schreckt sich Hajm-Jonas-Wittels. »Weiter? . . . Die Kutsche mit der Edelfrau – vielleicht war's auch eine Hexe, vielleicht ein Geist – war dahin . . . Die Menschen vom Markt waren wie versteinert. Andere begannen, auf mich zuzulaufen; ich aber rannte geschwind nach Hause, verschloß die Türe und machte die Läden von innen dicht; ich wollte niemanden sehen . . . niemanden . . . Die Kinder waren nicht zu Hause . . . nur Trajne-Bejla . . . Als sie mich erblickte, stieß sie einen wilden Schrei aus . . . Ich befahl ihr zu schweigen . . .

›Schweige, schweige . . . ein großes Wunder . . . ein gar großes . . .‹

›Was, was?‹ fragt sie mich.

Na – versuch ihr das mal zu erzählen!

Sie kommt auf mich zu, und mich umfaßt eine Freude, eine Wärme, daß ich gleich meine Trajne-Bejla umfasse und mit ihr zu tanzen beginne, zu tanzen und zu singen . . . Reden kann ich nicht . . . ›Für alle Wunder habe Dank‹, singe ich; da sie meint, ich sei übergeschnappt, will sie wieder schreien, aber ich halte ihr den Mund zu.«

»Und was weiter?« fragt der »Alte« schon mit Güte . . .

»Rebbe, heiliger Rebbe! Was weiter? Ich sehe ja, daß Ihr alles wißt; ich wollte den ganzen Bösen Trieb vertreiben, ganz und gar ... Ich umarmte und küßte sie ... Sie ist ja mein Weib, mein reines Weib ... Und die Läden ...«
Aber der »Alte« unterbricht ihn und ruft aus:
»Ja, Hajm-Jonas-Wittels ... aber währenddem machtest du die Augen zu — und dann sahst du jene, jene ... und sehntest dich einen Augenblick lang nach jener ... einen Augenblick lang ... nicht?«
Hajm-Jonas-Wittels fiel fast vor Schreck und Pein noch einmal um.
»Rebbe«, sagt er, »es ist wahr ... wahr ... Für einen Augenblick, nur einen Augenblick lang ...«
Und der »Alte« beginnt zu lächeln ...
»Du hast also – soll das heißen – einen Augenblick lang in Gedanken gesündigt. Was? Und Gedanke ist Seele ... und wer sündigt denn, wenn nicht die Seele? Sündigt vielleicht der Körper? Vielleicht Asche und Staub? Was?«
Und Hajm-Jonas-Wittels fällt nieder und wirft sich mit den Lippen zu den Pantoffeln des »Alten«:
»Rebbe!« schreit er auf zu ihm. »Habt Ihr denn gar keine Buße für mich?«
Aber der »Alte« beugt sich zu ihm hinunter, befiehlt ihm aufzustehen und sagt:
»Närrchen! Hast du denn so wenig gebüßt? ... Das beabsichtigte ich doch! — Und jetzt –: Friede sei mit dir!« Und er bietet ihm die Hand zum »Frieden«.
»Und die *Meriten der Wanderung*«, sagt er, »wirst du auch bekommen, obwohl du hier vorge*fahren* kamst ... – aber das laß nur meine Sache sein!«
Wie Hajm-Jonas-Wittels dieses Mal sein Gebet verrichtete, könnt ihr euch ja vorstellen. Es klang in den Jenseitswelten ...

Herr Johanan, der Synagogenverwalter

Müde, von der Arbeit in der Gemeinde ermattet, kam Herr Johanan, der Synagogenverwalter, nach Hause. In der Küche wehte ihm schon der Duft des Essens, des Fleisches und der gekochten Äpfel, entgegen. Und er ging schnell weiter ins andere Zimmer, aber dort empfing ihn sein Weib Ssosche nicht gerade freundlich.

»Tagedieb!« schrie sie mißbilligend, kaum daß der Synagogenverwalter auf der Schwelle erschien.

»Warum bist du so böse?« fragte er, während er sich auf einem Bänkchen niedersetzte, um auszuruhen.

»Er fragt noch, warum ich böse werde! Dauernd bist du von Gemeindeangelegenheiten in Besitz genommen; wann, du Tagedieb, wirst du mal was für dich tun?«

»Für mich?« wundert sich der Synagogenverwalter. »Was hab' ich denn für mich zu tun? Unsere Kinder sind schon – gelobt sei Sein Name! – selbständige Menschen, und uns selbst, scheint es, fehlt auch gar nichts ... Und was hab' ich zu tun?« Während er sich in der Stube umschaut, fügt er noch hinzu: »Das Bett, sehe ich, ist ohne mich aufgebettet; die Hausgeräte sind ohne meine Hilfe säuberlich geputzt; sogar die Wände habe ich nie berührt, und doch sehe ich auf ihnen kein Fleckchen einer Spinnwebe. Der Tisch ist schon bereitet. Das Tischtuch ist rein wie Schnee; Gabeln, Messer und Löffel strahlen wie Gold. Ich sehe auch den zubereiteten Rettich, etwas geriebenen Meerrettich, ein Fläschchen Branntwein ...«

»Hör schon auf mit deinen Faseleien und geh dich waschen!«

»Nein, Ssosche, ich werde mich nicht eher waschen gehen, als du selbst gestehen wirst, daß ich im Recht bin. Hier zu Hause hab' ich gar nichts zu tun, aber dort im Bethaus habe ich eine Menge zu tun, denn wer würde sich damit abgeben, wenn nicht ich? Vielleicht der Krämer Joßke, der sogar zum Essen nie Zeit hat? Oder vielleicht Jechiel, der Dorfhausierer, der von zu Hause am Sabbatabend prompt nach dem Sabbat-Ausgangsgebet weggeht und erst spät am Freitag heimkommt? Oder vielleicht der Wucherer Reuben, der den ganzen Tag von einem Armen zum anderen rennt, um einige Groschen Zinsen einzutreiben? Oder vielleicht einer der armen Handwerker, die, verflixt nochmal, schwer und bitter für ihre Alimentation arbeiten müssen?«

»Laß mich schon in Ruhe! Ich bin nicht mehr böse ...«

»'s schadet nicht! Ich weiß, daß du nicht mehr böse bist. Ich will dir nur beweisen, daß ich auch um meinetwillen was tue. Da schau her, Ssosche, schau meinen weißen Bart und die Schläfenlocken an! Glaube nicht, daß ich noch ein junger Mensch bin. Man muß sich wahrlich schon bereithalten, sich auf den Weg zu machen ...«

»Auf den Weg machen? Welcher Weg?« fragt Ssosche verwundert. Alsbald aber kapiert sie, was er meint, und ruft voller Schrecken aus: »GOtt bewahr'! GOtt bewahr'! Nicht dieser, nicht dieser! Öffne nicht dem Teufel gegenüber den Mund!«

»Hab keine Angst, Ssosche. Du bist auch schon älter als zwanzig Jahre ... Und was werden wir machen, wenn man uns *dort* fragen wird, was wir denn auf *dieser* Welt so gemacht haben? Was werden wir darauf antworten? Werden wir vielleicht sagen, daß wir hier gesessen und getrunken haben? Und was wird der Höchste sagen? Du wirst dich zum Beispiel noch rühmen können, daß du dich um die Aussteuer für arme Bräute gekümmert hast ...«

»Sei still!« fleht Ssosche. Sie hat Angst, es werde ihr Lohn in jener Welt Schaden nehmen.

»Deswegen will ich auch etwas Gutes tun ...«

»Sehr gut, sehr gut. Tu, was du willst; aber geh dich schon waschen . . .«
»Noch was!« sagt der Synagogenverwalter wieder. »Erinnerst du dich noch, Ssosche, an dein seidenes Hochzeitskleid mit den silbernen Streifen?«
»Natürlich erinnere ich mich!«
»Würdest du es hergeben, damit daraus ein Toraschrein-Vorhang gemacht werden kann?«
»In Ordnung. Ich gehe schon . . .«
»Warte, teure Ssosche, ich hab's bereits selbst genommen. Es hängt schon am Heiligen Schrein!«
»Dieb!« lächelt Ssosche.
Jetzt erst geht sich der Herr Johanan waschen; dann ißt er mit Appetit. Er spricht den Segen und geht schlafen.

*

Herr Johanan, der Synagogenverwalter, schlief ein, und seine Seele flog in den Himmel hinein und schrieb dort in das Buch unter die Gottgefälligen Taten folgendes ein:
»Ich, Johanan, Sohn der Sarah, verrichtete den ganzen Tag lang eine heilige Arbeit, und ich dachte bei mir: Ich und mein Weib Ssosche sitzen in einem schönen Haus, während GOttes Haus, das heilige Bethaus, baufällig ist und einer Reparatur bedarf. Deswegen dingte ich Handwerker, um das Haus zu reparieren. Heute brachte man auch zwei neue Bänke und einen neuen Tisch. Ich befahl auch, den Fußboden zu reinigen sowie die Wände und alle heiligen Geräte. Ich stellte ferner einen neuen Leuchter vor das Vorbeterpult an der Ostwand. Dafür waren in der Kasse im ganzen 300 Gulden; das übrige Geld mußte ich aus meiner Tasche zuschießen — 45 Gulden und 18 Groschen. Auf die Rechnung meines Weibes Ssosche ließ ich den seidenen Toraschrein-Vorhang machen; außerdem bemüht sie sich um die Aussteuer für arme Bräute. GOtt soll ihr das zum Guten anrechnen! Im Bethaus wurde alles

recht gut zu einem Ende gebracht. Und ich schaffte dem Synagogendiener an, er solle – behüte, behüte! – niemanden mehr ins Bethaus hineinlassen, um da zu nächtigen; GOttes Haus soll keine Schlafstube für Vagabunden mehr sein. Er soll nun immer daran denken, das Bethaus am Abend abzuschließen . . .«

Herrn Johanans Seele schrieb noch immer, als eine andere Seele geflogen kam und folgende Worte ins Buch schrieb: »Ich, Berel, Sohn der Judith, bin schon ein Siebziger. Solange ich noch Kraft hatte, arbeitete ich für meinen Lebensunterhalt. Als ich aber alt wurde und die Kraft verlor, konnte ich nichts mehr verdienen und mußte damit beginnen, von Haus zu Haus zu gehen. Anfangs ging es mir nicht einmal schlecht. Ich hatte ständig zu essen. Die Bürger kannten mich gut und boten mir Schutz. Langsam wurde ich ihnen zum Ekel, und man reichte mir schon seltener ein Stückchen Brot! Manches Mal – ein so trockenes, daß ich es nicht einmal zerkauen konnte, da ich keine Zähne mehr habe. Ich sah ein, daß ich in meiner Stadt Hungers sterben müßte, weshalb ich meine Stadt verließ und hierherkam. Es herrschte sehr große Kälte, und ich wollte ins Bethaus gehen, um zu nächtigen, wie man das bei Juden gewohntermaßen tut. Der Synagogendiener verschloß aber die Türe und ließ mich nicht herein. Der Synagogenverwalter hätte ihm befohlen, er solle keinen im Bethaus nächtigen lassen, damit GOttes Haus kein Absteigequartier werde . . . Jetzt schlafe ich auf der Gasse, und die Kälte frißt mir das Mark aus meinen alten, verdorrten Knochen. Ich bin hungrig, und mir ist schrecklich kalt . . . Ich frage Dich, Herr-der-Welt, wer eher das Bethaus benötigt –: Du oder ich?«

*

Und vom Himmel ertönte eine schallende Stimme: »Ruft beide zum Gerichtshof des Höchsten!«

Und am Morgen in der Frühe fand man tot: den Synagogenverwalter, Herrn Johanan, bei sich zu Hause im Bett; und einen alten, armen Mann — erfroren, auf der Gasse neben dem Bethaus . . .

Wenn nicht noch höher

Eine chassidische Erzählung

Und der Nemirower Rebbe pflegte zur Bußgebetezeit früh an jedem Morgen zu echappieren – zu verschwinden!

Nirgendwo pflegte man ihn zu sehen: weder in der Synagoge, noch in einem der beiden Lehrhäuser, noch bei einem Gebetskreis und gewiß nicht zu Hause. Die Hütte stand offen. Wer es wollte, konnte ein- und ausgehen – nie hätte man beim Rebbe gestohlen! –; aber in der Hütte war kein lebendes Wesen.

Wo kann der Rebbe sein?

Wo soll er schon sein? Natürlich im Himmel! Hat sich denn ein Rebbe vor den Trauertagen um so wenige Angelegenheiten zu kümmern? Die Juden – kein Böser Blick, bitte! – brauchen einen Lebensunterhalt, Frieden, Gesundheit, gute Heiratspartien; sie wollen gut und fromm sein, und doch sind die Sünden groß, und der Satan mit seinen tausend Augen guckt von einem Rand der Welt bis zum anderen, und er schaut und verklagt und denunziert . . . und — wer soll helfen, wenn nicht der Rebbe?

So dachte das Volk.

Einmal kam aber ein litauischer Jude daher – der lacht! Ihr kennt doch die Litauer: Von den Moralbüchern halten sie wenig, dafür stopfen sie sich mit dem Talmud und den Kommentaren dazu voll. Legt der Litauer mal los, den Talmud auszulegen — sticht er einem die Augen aus: Sogar unser Rabbi Moses, zeigt er auf, konnte zeit seines Lebens nicht bis zum Himmel hinauf, sondern blieb zehn Spannen unter dem Himmel! – Na, versuche mal, mit einem Litauer zu streiten!

»Wohin kommt der Rebbe dann?«

»Das laßt meine Sorge sein!« entgegnet er und zieht die Schultern hoch, und noch während er dies sagt (was ein Litauer alles kann!), beschließt er, der Sache nachzugehen.

Noch am selben Abend, bald nach dem Abendgebet, stiehlt sich der Litauer zum Rebbe ins Zimmer, legt sich unters Bett des Rebbe – und liegt. Er muß die ganze Nacht warten und dann schauen, wo der Rebbe hinkommt, was er zur Bußgebetezeit macht.

Ein anderer würde vielleicht einschlummern und die Zeit verschlafen; ein Litauer weiß da einen Rat; er rezitiert auswendig einen ganzen Talmud-Abschnitt für sich! Ich entsinne mich nicht mehr, waren es die »Schlachtungen« oder »Gelöbnisse«!

Vor Tagesanbruch hört er, wie man an die Fenster klopft, um zu den Bußgebeten zu rufen.

Der Rebbe hat schon seit einiger Zeit nicht mehr geschlafen. Er hört ihn schon eine gute Stunde lang ächzen.

Wer den Nemirower je ächzen gehört hat, weiß, wieviel Gram um Ganz Israel, wieviel Kummer in jedem seiner Ächzer steckte ... Die Seele pflegt zu verlöschen, wenn man das Ächzen hört! Aber ein Litauer hat doch ein eisernes Herz, er hört zu und bleibt weiter liegen! Auch der Rebbe bleibt liegen: der Rebbe – er lebe hoch! – auf dem Bett, der Litauer unter dem Bett.

*

Danach hört der Litauer, wie im ganzen Haus die Betten zu quietschen beginnen ... wie die Hausgenossen aus den Betten hüpfen, wie man ein Gebetchen murmelt, sich Wasser über die Nägel gießt, wie die Türen auf- und zuschlagen ... Danach verlassen die Leute die Hütte; es wird wieder still und dunkel; durch den Fen-

sterladen scheint kaum ein klein wenig Licht des Mondes herein . . .
Er, der Litauer, gestand, daß er von Entsetzen befallen wurde, als er ganz allein mit dem Rebbe zurückblieb. Die Haut zog es ihm gar vor Schrecken zusammen. Die Wurzeln der Schläfenlocken stachen ihn wie Nadeln in die Schläfen.
Ist ja kein Wunder: allein mit dem Rebbe in der Hütte, zur Bußgebetezeit, vor Tagesanbruch! . . .
Aber ein Litauer ist doch unerbittlich; er zittert wie ein Fisch im Wasser — und bleibt liegen.

*

Endlich steht der Rebbe – er lebe hoch! – auf . . .
Er tut zuerst, was eines Juden Pflicht ist . . . Dann geht er zum Kleiderschrank und nimmt ein Päckchen heraus . . . Es zeigt sich, daß es bäuerliche Kleider enthält: leinene Pluderhosen, hohe Stiefel, eine Joppe, eine große Pelzmütze und einen breiten, langen ledernen Gürtel, der mit Messingnägeln beschlagen ist.
Der Rebbe zieht es an . . .
Aus der Tasche der Joppe schaut das Ende eines groben Strickes hervor . . . eines bäuerlichen Strickes!
Der Rebbe geht hinaus; der Litauer – ihm nach!
Im Vorbeigehen macht der Rebbe einen Abstecher in die Küche, beugt sich nieder, holt unter einem Bett eine Axt hervor, steckt sie in den Gürtel und verläßt die Hütte.
Der Litauer zittert, aber er macht nicht kehrt.

*

Der lautlose Schrecken der Trauertage wiegt sich über den noch dunklen Gassen. Oft reißt sich vom Bußgebetsgemurmel eines Gebetskreises ein lautklagender Schrei los; hie und da das schwache Knarren eines Fensters . . . Der Rebbe hält sich ständig am Rand der Gas-

sen, in den Schatten der Häuser . . . Er gleitet von einem Haus zum anderen, und der Litauer — ihm nach . . .
Und der Litauer hört, wie sich sein eigenes Herzklopfen mit dem Geräusch der schweren Schritte des Rebbe vermischt; aber er geht weiter und kommt zusammen mit dem Rebbe aus der Stadt heraus.

*

Hinter der Stadt steht ein Wäldchen.
Der Rebbe – er lebe hoch! – begibt sich in das Wäldchen. Er macht dreißig, vierzig Schritte und bleibt vor einem Bäumchen stehen, und der Litauer erstaunt und erschrickt, als er sieht, wie der Rebbe die Axt aus seinem Gürtel nimmt und auf das Bäumchen einschlägt.
Er sieht, wie der Rebbe hackt und hackt, er hört, wie das Bäumchen knarrt und knackt. Und das Bäumchen fällt. Und der Rebbe spaltet es in Scheite . . . die Scheite — in Späne; und er schichtet sie zu einem Bündel Holz, umwickelt es mit dem Strick aus der Tasche, wirft das Bündel über die Schulter, steckt die Axt wieder in den Gürtel, verläßt den Wald und geht in die Stadt zurück.
In einem Seitengäßchen bleibt er vor einem armen, halbzerfallenen Häuschen stehen und klopft ans Fensterchen.
»Wer is do?« fragt jemand erschrocken aus der Hütte; der Litauer erkennt die Stimme einer Jüdin, einer schwachen Jüdin.
»*Ja!*« antwortet der Rebbe in der bäuerlichen Sprache.
»*Kto ja?*« entgegnet man aus der Hütte.
Und wieder antwortet der Rebbe in der ukrainischen Sprache: »Wasil!«
»Wos fir a Wasil, und wos willst, Wasil?«
»Holz«, sagt der verkleidete Wasil, »hab' ich zu verkaufen! Sehr billig . . . halb umsonst!«

Und ohne auf eine Antwort zu warten, begibt er sich in die Hütte.

*

Auch der Litauer stiehlt sich hinein und sieht im trüben Licht des frühen Morgens eine armselige Stube, zerbrochenen, armen Hausrat ... Im Bett liegt eine kranke, in Fetzen gehüllte Jüdin, und sie sagt mit einer bitteren Stimme:
»Kaufn? Mit wos soll ich kaufn? Wo hob ich, a orme Witwe, Geld?«
»Ich werd's dir borgen!« antwortet der verkleidete Wasil. »All's in allem sechs Groschen!«
»Wuher soll ich's dir bezohln?« krächzt die arme Jüdin.
»Närrisches Weibsbild«, rüffelt sie der Rebbe, »schau, du bist 'ne arme, kranke Jüdin, und ich vertraue dir das bißchen Holz an; ich bin sicher, daß du's bezahlen wirst; und du hast 'nen so starken, großen GOtt und vertraust ihm nicht ... und hast zu ihm wegen der lächerlichen sechs Groschen für ein Bündel Holz kein Vertrauen!«
»Und wer wird mir einheizn?« krächzt die Witwe. »Hob ich denn d'Kroft, doß ich aufsteh'? Mein Sohn is bei da Orbeit g'bliebn.«
»Ich werde dir auch einheizen«, sagt der Rebbe.

*

Und während er das Holz in den Ofen legte, sprach der Rebbe ächzend den ersten Vers der Bußgebete ...
Und als er Feuer gemacht hatte und das Holz fröhlich brannte, sprach er – schon ein bißchen lustiger – den zweiten Vers der Bußgebete.
Den dritten Vers sprach er, als es ausgebrannt und er das Ofentürchen verschlossen hatte ...
Der Litauer, der das alles gesehen hatte, blieb daraufhin ein Nemirower Chassid.

Und später, wenn ein Chassid einmal erzählte, daß sich der Nemirower zur Bußgebetezeit früh an jedem Morgen in die Lüfte hebt und bis zum Himmel hinauffliegt, pflegte der Litauer nicht mehr zu lachen, sondern still hinzuzufügen:
»Wenn nicht noch höher!«

Der Baal Schem vermittelt eine Heirat

Eine neue Geschichte vom Baal Schem

Anski, dem Sammler, gewidmet.

In einem Städtl am Ufer des Bugs lebte ein Paar, welches Sein Lieber Name nicht mit Kindern segnete. Und das Paar — Samuel und seine Gemahlin Trajne-Mirl — dachte gar nicht an Scheidung und lebte immer weiter und weiter unter der Sonne.

Die Stadt murmelte nicht, und der Gerichtshof verbot es ihnen nicht. Man wußte, daß seine Seele mit ihrer Seele verknotet war – und umgekehrt –, und sie waren miteinander so verbunden und verknüpft, daß das Reden von einer Scheidung bedeutet hätte, sich ihnen mit einem Schächtmesser zu nähern. —

Dafür war Samuel — als Kaufmann in Danzig — ein großer Glückspilz in seinen Geschäften. Und man weiß sogar, wann der Erfolg begonnen hat, woher er stammt und worauf er fußt.

Einst — Samuel war noch nicht groß im Geschäft, Trajne-Mirl stand im Frauenabteil der Synagoge noch nicht beim Gitter, trug kein Brillanten-Ohrgehänge, er handelte mit einem klein bißchen Nutzholz, band zwei, drei Flöße am Transport eines größeren Kaufmanns fest und hatte ein kleines Häuschen auf hölzernen Pfählen unter einem Strohdach — ereignet es sich am Sabbatvorabend, daß der Baal Schem übers Städtl nach Hause fährt, und genau — was einem so bestimmt ist! —, genau vor Samuels Türe bricht eine Achse. Samuel und Trajne-Mirl eilten vor die Türe, nahmen den Baal Schem — ohne auch nur zu wissen, wer er sei, nur bloß ein Jude! — zu sich hinein, schickten nach einem Wagenbauer, um die Achse zu reparieren; Zeit vergeht, es wird spät — schon nach zwölf, der Baal Schem bleibt also über Sabbat. Und Samuel ist seit jeher ein gastfreundlicher Mann, und auch Trajne-Mirl hat ein gutes Auge und ein offenes Herz für den Gast — von damals an begann ihnen wirklich das Glück zu scheinen. Und so wie es schon ein Brauch wird, daß der Baal Schem, wenn er durch das Städtl fährt, bei dem Paar einkehrt, so strahlt wirklich das Glück – immer schöner . . . Die Anzahl der Flöße, die Samuel nach Danzig schickt, wächst von Jahr zu Jahr und ebenso die Zahl der Perlen an Trajne-Mirls Hals; und es wächst das Haus, Stube auf Stube baut man an, hält zwei Stuben für den Großen Gast – für den Baal Schem bereit, tauscht das Stroh des Daches gegen Schindeln um, und es ist ein Haus geworden — wie ein voller Becher. Und das Haus wimmelt von Kaufleuten. Wenn der Schnee schmilzt, kommt eine Zehnerschaft Schiffer aus den Städten zusammen und aus den Dörfern eine noch größere Crew (– zur Unterscheidung –:) von Flößern; die Kammern sind voll von Wegzehrung, und vom Hofe schleppt und schleppt man Balken und Schwellen zum Ufer; und der Geldbeutel in Samuels Brusttasche nimmt an Umfang zu. Auf sein Holz hat das Wasser selbst bei der größten Überschwemmung keinen Einfluß, der stärkste Wind zerreißt seine Flöße nicht; und schickt man sie spät hinaus und ein vorzeitiger Winter hat sich eingestellt, steuern sie quasi von selbst zwischen dem Eis hindurch und kommen in Frieden an . . . Und unser Samuel kauft immer größere Wälder, hat auch schon Geld bei Leuten, einen Ehrenplatz bei der Synagogen-Ostwand, und Trajne-Mirl — einen beim Gitter im Frauenabteil . . . Und wenn der Baal Schem kommt, sitzt er ganze Stunden mit Samuel im Zimmer zusammen, und man redet unter vier Augen miteinander . . .

Beginnt es schon, wunder zu nehmen?

— Worüber redet der Samuel mit dem Baal Schem?

Wahrscheinlich über seine Geschäfte . . . Er ist ja kein großer Gelehrter oder Kabbalist . . . Wie kann nur ein Jude nicht um Söhne bitten? . . .

Und man ist sich sicher, daß, brächte er nur die Frage über die Lippen, sie ihm der Baal Schem nicht abschlagen würde. Ist's eine besondere Sache für ihn, einen Segen zu geben . . . oder was? — Man denkt: »Dieser Mann ist so mit seinen Geschäften beschäftigt, daß er gar vergißt, wo er sich befindet . . .« Es beginnt, verdrießlich zu machen. Was ist? Er ist doch schon kein Jüngling mehr, und keiner kann wissen, wann er abberufen wird. Man macht Andeutungen zu ihm. Im Lehrhaus, zwischen Nachmittags- und Abendgebet, oder am Markt faßt ihn mal ein guter Freund am Rockaufschlag: »Ist's möglich?« Und wenn Samuel schweigt und sich mit einem gewissen, seltsam traurigen Lächeln abwendet oder von etwas anderem redet, geht man nach Hause und erinnert sich in der Stube daran: »O GOtt, zu was ein Jude fähig ist . . .« Die Weiber hören es, »'s ist wirklich nicht in Ordnung«, und begeben sich zu Trajne-Mirl. Man trifft sich in der Frauensynagoge beim Beten, auf einer Feier nach einer Hochzeit, während des Begrüßens zum Feiertag — das ist schon ein »Ist's möglich?« auf Weiberart . . . Tja-ja, ein Mannsbild ist ein Mannsbild; immer in Anspruch genommen, vergißt er, wozu er auf der Welt ist – aber sie, Trajne! . . . Und man gibt ihr zu verstehen, daß man nicht ewig lebt und eine Frau nicht ewig jung ist. Auch der Reiz ist bei einem Manne kein ewig Ding. Und je später er zum wahren Verstand kommen werde, desto ärger werde es für sie sein. Doch Trajne-Mirl hat das Naturell ihres Mannes: Sie lächelt und schweigt oder redet von etwas anderem . . .

Und nicht umsonst schweigt und lächelt sie. Sie weiß, was sie für ihren Mann Samuel ist — »ein Töpfchen mit einem Deckelchen« . . . Doch im Herzen (sie ist eben doch eine Frau!) beginnt es sie zu picken: Ein Kind, ein Jüngelchen, ein Söhnchen ... Und eine sehnsuchtsschwere und stille Herzenspein wegen eines Kindes entsteht, und sie fängt an, sich wie alle anderen immer mehr und mehr zu wundern, wie ihr Samuel nur so ein materialistischer Mensch werden konnte und mit dem Baal Schem immer nur über Geschäfte und nichts als Geschäfte redet, über »Schlucken-oder-Spucken«, und nicht an einen anderen Zweck denkt?

Sie, ihrerseits, würde ihm gewiß auf die Perlen und Ohrringe, die Stirnbänder und Brusttücher und den ganzen Schmuck, von dem er ihr Jahr für Jahr mehr und teureren kauft, verzichten ... Sie hat ja ihren Mann Samuel wirklich lieb, er bedeutet ihr mehr als zehn Söhne, aber von der Welt gehen, wie ein dahingeschwundener Schatten, mag sie nicht; sie sehnt sich danach, Mutter zu sein ...

Sie wird schon einmal mit ihm darüber sprechen, in Güte und sobald sie kann ... Es bot sich aber noch keine Gelegenheit. Sie kann ja nicht einfach so aus heiterem Himmel damit herausrücken.

Da trifft es sich einmal, als Samuel gerade vom Morgengebet aus dem Lehrhaus zurückkommen soll und sie den Tisch zum Frühstück bereitet, daß sie im Vorbeigehen einen Blick in den Spiegel wirft und sich schon nicht mehr so sieht wie gestern oder vorgestern. Sie geht näher heran, betrachtet sich genauer: Die Jahre bleiben nicht stehen; das Gesichtchen ist schon nicht mehr so frisch; die Äugelein nicht mehr so strahlend; und unter den Augen bekommt sie schon einige Falten ... Sie seufzt auf, geht melancholisch vom Spiegel weg, setzt sich an den Tisch und versinkt in Gedanken ...

Samuel kommt mit dem Gebetsmantel- und -riemensack; er sagt, wie es sein Brauch ist:

»Guten Morgen!«

Trajne-Mirl steht nicht auf, um ihm entgegenzugehen,

antwortet schlapp: »Guten Morgen, gutes Jahr«, lächelt nicht einmal.
»Wasch dich!« – aber es ist nicht ihre Stimme.
Er fragt etwas unruhig:
»Ist was mit dir, Trajne-Mirl?«
Sie antwortet nicht und schlägt die Augen nieder.
Er denkt: »'s hat nichts zu sagen!«, wäscht sich und setzt sich zum Tisch; Trajne-Mirl schiebt sich kaum einen Bissen in den Mund ...
»Trajne-Mirl?«
Sie schaut ihn nicht an. Die Lider geschlossen; unter den Lidern kollern Tränen über die Wangen ... 's ist doch nicht bedeutungslos. Er steht auf, nähert sich ihrem Stuhl, hebt die Hand und will ihr über das Stirnband streichen; meine Trajne-Mirl schlüpft unter der Hand weg:
»Laß mich in Ruhe ...«
Sie erhebt sich und läuft zum Kanapee, wirft sich aufs Kanapee und — das Gesicht zur Wand.
Samuel bleibt verwirrt inmitten der Stube stehen; er hat Angst, sich zu nähern. Solch ein Verhalten ist er gar nicht gewohnt und weiß nicht, was es bedeutet:
»Trajne-Mirl, bist du nicht gesund? Soll ich nach dem Feldscher schicken? Sag ... dir fehlt doch was ...«
Fast mit Zorn dreht sich Trajne-Mirl wieder um:
»Weißt du denn nicht, was mir fehlt? Fehlt dir nicht, was mir fehlt?«
Und heult drauflos:
»Wie kann ein Jude nur so brennend an Geschäften interessiert sein, wie kann man nur so 'ne Gier nach Geld haben?!«
Samuel staunt:
»Ich?«
»Wer sonst — ich gar?«
Sie wendet sich wieder ab und jammert (nur mehr vorgeblich) die Wand an:

»Wie kann ein Jude solch eine Gier nach Geld haben ... ist's möglich, daß der Böse Trieb so 'nen Einfluß auf ihn haben soll ... Es kommt der Baal Schem ... wenn man schon diese Ehre hat ... und man sitzt stundenlang mit dem Baal Schem im verschlossenen Zimmer ... und man kann ihn bitten, gewiß kann man das ... Da redet man aber nicht ein Wort über das Eigentliche ... Die Jahre bleiben doch nicht stehen ... eine leere, eine stumme Hütte. Keine Spur von einem Kind ... Und was bittet er? Um Geld und wieder um Geld; redet nur von seinen Geschäften ... von seinem Holz, von seinen Flößen ...«

Da reibt sich Samuel die Stirne; kaum daß er es verstanden hat.

Er geht näher heran, setzt sich neben Trajne-Mirl, nimmt ihre Hand in die seine und sagt:

»Weißt du, mein Weib Trajne-Mirl, daß ich mit dem heiligen Baal Schem noch kein Wort über meine Geschäfte gesprochen habe?«

Trajne-Mirl setzt sich mit offenem Munde auf.

»Glaubst du mir, Trajne-Mirl? Ehrenwörtlich sag ich's dir!«

Sie glaubt ihrem Manne ... Auf Samuels Wort kann man Mauern stellen ...

»Wovon redest du denn dann?«

»Jetzt muß ich's dir doch sagen«, antwortet Samuel, »von fremden Geschäften ... Ich bitte wirklich, aber nicht für mich, – für andere! Du weißt doch: eine arme Stadt, ohne Erwerbsmöglichkeiten, und es fehlt nicht an Niedergängen, an Krankheiten, der Barmherzige rette uns ... Und dieser Jude hat ein Mädchen zu verheiraten und jener dies und noch ein anderer jenes ...«

Da leuchten Trajne-Mirls Augen vor Stolz auf ihren Samuel auf ...

»*So* einer«, stammelt sie, »bist du also!« ... Und sie lehnt

den Kopf an seine Brust, um gleich darauf wieder wegzurücken:
»Aber«, sagt sie, »ich will ein Kind!«
»'s ist GOttes Sache, Trajne-Mirl!«
»Dafür ist der Baal Schem da ...«
»Ich will ihm den Kopf nicht mit solchen Sachen wirr machen ...«
»Du mußt!«
»Muß ich?«
»Weil ich will ... deine Trajne-Mirl will ...«
Und so weiter und weiter ... Und das Paar ist so in sich und die Angelegenheiten, über die gesprochen wird, versunken und vertieft, daß es nicht hört, wie man vor der Türe vorfährt und jemand das Vorzimmerchen betritt ... Und unerwartet öffnet sich die Türe, der Baal Schem erscheint in eigener Person ... Da muß man ihm doch schon sagen, um was es da gegangen ist ...
Der Baal Schem wendet sich mit seiner schwermütig-süßen Stimme an Trajne-Mirl:
»Willst du unbedingt, Weib?«
Samuel guckt sie verwirrt an, und sie:
»Ich will, Rebbe, ich will!«
»Und er auch!« deutet sie auf Samuel, der recht verlegen dasteht.
»So-so? Auch du, Samuel?« sagt der Baal Schem mit herzlichem Lächeln. »Nun, dann komm also mit mir ins Zimmer ...«
Sie gehen; Samuel geht nach dem Baal Schem und verschließt die Türe hinter sich. Trajne-Mirl schleicht leise (mit Herzklopfen vor Schrecken und Freude) auf den Zehenspitzen zur Türe, kann sich nicht zurückhalten und öffnet die Türe leise einen Spalt weit – sie kann sich partout nicht zurückhalten! und reckt ein Ohr hin und lauscht. Sie hört, wie der Baal Schem, nachdem er sich gesetzt und Samuel sitzen geheißen hat, zu ihrem Manne mit diesen Worten sagt:

»Du weißt, Samuel«, sagt der Baal Schem, »daß ich vom Himmel für dich nur *einen* Segen bekam. Mit der Kraft dieses Segens gab ich dir Reichtum... Du willst aber Kinder ... Wenn's Kinder gibt, ist der Reichtum vorüber ...«
»Rebbe, ich wollte doch gar nie irgendeinen Reichtum ... Verzeiht mir, Rebbe ...«
»Mein teurer Samuel«, klopft's mit Freude in Trajne-Mirls Herzen ...
Der Baal Schem sagt:
»Wenn's keinen Reichtum gibt, gibt's Armut ...«
»Gibt's eben Armut!« willigt Samuel ein; und Trajne-Mirls Herz wächst hinter der Türe ...
»Armut bedeutet Elend ...«
»Was soll's, Rebbe?«
»Du kannst – das komme nicht über dich! – ein Bettler werden ... der die Hand nach Brot ausstreckt ...«
»Ich nehm's in Liebe an ...«
Das gibt Trajne-Mirl schon einen Stich ins Herz: Ihr Samuel solle – behüte GOtt! – die Hand nach den Menschen um Almosen ausstrecken ...
»Es kann – das komme nicht über dich! – das tägliche Brot fehlen ... dir und deinem Weib ...«
Samuel erfaßt ein Zittern ... *seiner* Trajne-Mirl!
»Willst du?«
Trajne-Mirl vergißt sich und platzt herein:
»Er will, Rebbe, er will!«
»Ja?« wendet sich der Baal Schem zu Samuel. »Selbst wenn du obdachlos wirst und in die Welt ziehen mußt? ...«
»Wenn Trajne-Mirl darauf besteht!«
»So wird es sein!« Der Baal Schem steht auf und tröstet sie dann: »Bis sich GOtt erbarmen wird ...«

*

Und so war es.
Kein Jahr verging — ein Kind in der Wiege, ein Jüngel-

chen. Und es strahlt, sagt Trajne-Mirl und sagen alle, wie die Sonne . . . Man solle es nur ja – Herr-der-Welt! – vor einem Bösen Blick behüten . . .
Das Kind wächst und wird erzogen . . . Es hat schon die Pocken und Masern bekommen und wächst weiter . . . Aus der Wiege zum Elementarlehrer, vom Elementar- zum Talmud-Lehrer, aus der Elementarschule in das Lehrhaus . . . Und ein Wunderkind wächst heran, ein Schmuck und eine Zierde für die Eltern, für die Gemeinde und für die Welt . . . Aber mit dem Wachsen Davidls — diesen Namen gab man dem Kinde (sowohl Samuels als auch Trajne-Mirls Vater haben David geheißen!) —, gleichzeitig mit dem Wachsen Davids also geht das Geschäft zugrunde . . . Fortunas Rad hat sich völlig gewendet!
Das begann bald: bei der Beschneidungsfeier . . .
Das Holz ist schon auf der Weichsel, in der Hütte — Honoratioren, Freude, Gaudium. Viel Glück! Der »Gevatter« übergibt schon wieder das Kind, damit man es zur Wöchnerin hineintrage. Da klopft man an ihr Fenster und kommt zur Türe herein. —
Eine schlechte Nachricht vom Fluß:
»Ein Wind hat die Flöße zerrissen, das Wasser das Holz mit sich davongetrieben . . . und null und nix ist übriggeblieben.«
Samuel hebt die Augen zum Himmel auf:
»GOtt hat's gegeben, GOtt hat's genommen.«
»Gelobt sei Sein Lieber Name!« erwidert die Wöchnerin aus ihrer Stube.
Und um die versteinerten Leute zu ermuntern, sagt Samuel:
»Ein bißchen Holz ist noch im Wald da, ein bißchen Geld noch bei den Leuten . . . Sprecht den Speisesegen, Juden . . .«
Die Schuldner sind im Laufe einer kurzen Zeit auch ver-

armt; nicht ein Groschen war ihnen mehr abzunehmen; nur das bißchen Holz blieb . . .
Als die Zeit kommt, wickelt Samuel seinen Davidl in den Gebetsmantel und trägt ihn zum ersten Male in die Elementarschule zum Lehrer. Trajne-Mirl steht am Fenster und schaut ihnen nach, das freudestrahlende Gesicht an die Scheibe gepreßt. Schon ist sie nicht mehr die alte Trajne-Mirl, aber die Augen strahlen!
Samuel, als er Davidl gerade über den Markt trägt, begegnet einem Mann aus dem Walde, einem bekannten Juden, dem Schreiber im Walde; im Vorbeigehen grüßt er ihn: »Friede sei mit dir!«; aber der Jude hält ihn auf . . .
»O-wei, schlecht, Samuel, schlecht . . . sehr bitter . . .«
»Was ist?« Samuel meint, mit dem Juden selbst sei etwas los.
»'s hat geregnet«, sagt der Jude, »und geregnet! Auf den Wegen – Gruben und Löcher; jedes Stück der Chaussee – verwüstet . . . auf den Heerstraßen – wirr-zerstreutes Holz, zerbrochene Räder und Achsen . . . und das Holz fault . . . auch dein Holz, Samuel . . .«
Gar nicht fröhlich kommt Samuel nach Hause. Trajne-Mirl verliert aber ihren Mut nicht:
»Weißt du was, Samuel? Nimm und verkaufe meinen Schmuck und das bißchen Silber, das in der Hütte ist, mach alles zu Geld und handle . . .«
Er gehorcht. Er handelt mit einem bißchen Weizen, mit einem bißchen Korn, langsam, behutsam, denn er sieht, daß sich das Glück abgewendet hat . . . Er wird sich gewiß nicht mehr unterstehen, mit dem Wasser zu spielen . . .
Unterdessen beginnt Davidl den Pentateuch zu studieren . . .
Man vergißt alles. Freude, Gaudium! Ein Festmahl . . . Ein Kneifen in die Backe, und sie bekommt Farbe: Trajne deckt den Tisch mit lauter guten Sachen — über ihre Verhältnisse . . . Um den Tisch — die Creme der Ge-

meinde. David steht schon mit seinem Kollegen, dem *Ausfrager*, mitten auf dem Tisch ... Schon legt ihm der Kollege, der Ausfrager, die Hand auf das Köpfchen:
»Was studierst du, David?«
Aber als Davidl antworten will, wird es plötzlich dunkel in der Stube, Finsternis draußen, eine schwarze schwere Wolke ist aufgezogen, und der Wind hat sich wie von einer Kette losgerissen ... und ein Hagel prasselt nieder, schlägt die Scheiben ein ...
Von dem bißchen Getreide Samuels, das er beim Grafen auf dem Feld hat, auf eigene Verantwortung gekauft, blieb null und nix übrig ... kaum das bißchen Stroh für den Grafen ...
Noch immer aber keine Lebensgefahr. Es ist noch ein Haus vorhanden, und der Nachbar, der Ignorant in Sachen Israel, hat ein Auge darauf geworfen. Man verkauft ihm das Haus, mietet bei ihm wiederum eine Wohnung und einen Laden, und man verlegt sich aufs Schnittwarengeschäft. Einige Jahre quält man sich noch ab ... Wieder gibt's eine Freude — Davidl beginnt, sich Gebetsriemen anzulegen ... Er wird eine Predigt halten ... Da steht er im Lehrhaus auf der Vorleseestrade. Die Judengemeinde kann kein Auge von ihm losreißen; Trajne-Mirl, hinter dem Vorhang im Frauenabteil, zittert vor einem Bösen Blick ... Aber Davidls Stimme macht sie freudetrunken ... Wie sein Stimmchen klingt! ...
Platzt ein Jude herein:
»Es brennt, Herr Samuel, Euer Laden brennt!«
Dann erschallt die Glocke des Klosters, Christen mit Eimern und Äxten laufen, das Haus zu retten. — Samuel blieb nichts von der Wohnung und dem Laden ...
Man nimmt alles in Liebe hin. Eine Wohnung bekommt man. Samuel begibt sich »zum Luftschnappen« auf die Gasse, wirft sich einmal auf ein Maklergeschäft, macht ein andermal sogar Botengänge ... Auch Trajne-Mirl ernied-

rigt sich und greift am Markt bei günstigen Waren zu ... Eier, ein fettes Huhn – und verkauft's den Nachbarinnen ... Noch tiefer erniedrigt sie sich — sie kauft auf Bestellung für Bürgerinnen ein und trägt's ihnen in die Häuser ... Arm, in zerfetzten Kleidern, Schande ins Gesicht gebrannt, o-wei-o-wei, aber in den Augen strahlt Freude ... – so bei ihr, so beim ermatteten Samuel ... Davidl – kein Böser Blick! – wächst, hat schon in die Hochschule übergewechselt und ist renommiert — ein fleißiger Student, ein Genie unter den Genies ... und ein weichherziges Kind, ein frommes Kind ... Jede Mutter könnte sich glücklich mit ihm preisen ... Ehevermittler tauchen auf, treten fast die Schwelle durch ... Ein Ehevermittler vom Lande ist gekommen, mit dem Barditschewer Gemeindevorsteher hat er wegen einer Heirat verhandelt. Der Barditschewer Gemeindevorsteher, ein gelehrter Jude, ein Vornehmer und Reicher, schickt einen Beigeordneten des Rabbis von der Stadt her, um den Bräutigam zu examinieren. Und da — der Beigeordnete ist angekommen, ein Jude mit großer Brille, langem weißem Bart, ein angesehener, ein bißchen zerstreuter Jude ... Es ist am Vortag des Monatsanfangs, weshalb ein Festmahl für ihn bereitet wird. Trajne-Mirl treibt irgendwo einen Hering und Festgebäck auf. Die Männer — der Gast, Samuel und Davidl — waschen sich, setzen sich zu Tisch ... Trajne-Mirl steht beim Ofen und wartet auf die Freude ... Mit solch einem Juden würde sie sich gar nicht an den Tisch setzen ... Und jetzt wischt sich der Beigeordnete den Mund ab, Samuel reicht ihm einen Talmud-Folianten, den der Beigeordnete öffnet und zu Davidl hinrückt:
»Kennst du das?«
»Ich kenn's!« klingt Davidls Stimme.
»Schau es noch einmal durch.«
»Brauche ich nicht ...«
Samuel wirft einen Blick zu Trajne-Mirl, Trajne-Mirl errö-

tet und antwortet mit einem versteckten Lächeln. Der Beigeordnete nimmt den Talmud-Folianten wieder zu sich und stellt eine Frage, offenbar eine sehr schwierige Frage ... Trajne-Mirl hat Vertrauen in ihren Filius ... Und jetzt fährt er sich mit dem Händchen über das klare Stirnchen, das Gesichtl rötet sich, in den Augen flackern Lichtlein auf, um die Lippen spielt ein süßes Lächeln, und nun öffnet er das reine Mündlein, bald wird ein silbernes Toraglöckchen klingen ...

Aber aus Davidls Mündlein kam nur ein Hauch!

Davidl hatte plötzlich die Sprache verloren!

*

O Not! — nun hat's ein Ende mit dem Sprechen! Von diesem Leiden stand nichts in den Verlobungsbedingungen; da der Baal Schem nicht kommt, nimmt Samuel Trajne-Mirl, sein Weib, und Davidl, sein Kind, und begibt sich zum Baal Schem; er wird mit ihm rechten ... denn was ist denn das für eine düstere Beigabe?!

Er lächelt, der Baal Schem.

»So«, sagt er, »muß es sein ... Bis die Zeit kommen wird ...«

Und er befiehlt, folgendermaßen zu handeln:

Trajne-Mirl, bei welcher er schon so viele Male Gast gewesen ist, solle bei ihm in der Stadt bleiben — seiner Tochter Gast. Es werde ihr, GOtt sei gepriesen, an nichts fehlen. Davidl solle auch bleiben und sich zu ihm ins Lehrhaus setzen, um zu studieren.

»Er soll inzwischen ohne Sprache studieren ...«

Als man das »*inzwischen*« hört, atmet man schon auf.

»Und du«, wendet sich der Baal Schem zu Samuel, »mußt für einige Zeit obdachlos sein. Weil du dein Glück auf dem Wasser verloren hast, mußt du es vom Wasser zurückholen. Am Ufer des Wassers entlang, der Strömung folgend, sollst du gehen. Von Gemeinde zu Gemeinde ... Und

höre, Samuel, wenn du in eine Gemeinde kommst und siehst, daß man mich kennt und meinen Namen gehört hat, wenn du ›Baal Schem‹ sagst, und man weiß, was das bedeutet, gehe weiter ... Wirst du aber an einen Ort kommen, wo man Mund und Ohren öffnen wird, ohne zu wissen, wer und was ich bin – dann, Samuel, wirst du aufgerichtet werden ...«
Und er spornt ihn an:
»Steh nicht, Samuel! Ich sagte dir doch: ›Du wirst die Hand ausstrecken ...‹ Nähe dir einen Bettelsack, nimm einen Stecken und geh! – Den Bug gehe entlang, dann die Weichsel ...«, fügt er hinzu, während er in seinem Zimmer verschwindet.

*

Wenn der Baal Schem befiehlt, gehorcht man; also sagt man sich Lebewohl.
Trajne-Mirl bleibt beim Baal Schem im Haus, seiner Tochter Gast. Davidl setzt sich in Baal Schems Lehrhaus, um – »inzwischen« noch ohne Sprache – zu studieren. Und Samuel näht und hängt sich einen Bettelsack über die Schulter und geht am Ufer dem Wasser entlang ...
Er geht. In welche Gemeinde er auch kommt — überall ertönt Baal Schems Ruf: Kranke geheilt; mit Kindern gesegnet; Gefallene auf die Beine gebracht ... Alle Münder reden davon, alle Zungen loben und werden nicht müde zu loben ...
Als er das Ufer des Bugs abgegangen ist, geht er das Ufer der Weichsel entlang ... Wieder dasselbe ... 's ist nicht leicht, einen Ort zu finden, wo man nichts vom Baal Schem weiß – sogar im abgelegensten Kaff! Er geht und geht, bis er zu einer Grenze kommt. Er hat keinen Paß; weil der Baal Schem aber zu gehen befohlen hat, schmuggelt er sich durch und kommt sicher hinüber ... Schon geht er – und die Knochen schmerzen, und er fällt wegen der

geschwollenen Füße – auf jener Seite der Grenze. Aber das schreckt ihn nicht ab. Sein Glück muß er zurückbringen und Davidl seine Stimme. Einmal, es ist Freitag und schon Abend, kommt er in eine deutsche Stadt. Plötzlich biegt er in ein schmales Gäßchen; die Füße tragen ihn nicht weiter. Er stellt sich zu einer Mauer, lehnt sich mit dem Rücken daran und hebt die Augen zum Himmel auf: Herr-der-Welt, wo ist da ein Bad?, wo ein Gebetshaus?, und wo werde er Sabbat halten können?

In demselben Augenblick öffnet sich in einem Haus gegenüber ein Fenster, ein Deutscher steckt den Kopf heraus, ein alter Deutscher, wenn auch kein rasierter, wenn auch mit einer Hauskappe am Kopf, aber das Gesicht eines echten Deutschen, das Bärtchen fein gekämmt, und die Hauskappe ist nicht eine Hauskappe, wie sie Samuel kennt, nicht spitz, sondern kantig . . . eine deutsche Hauskappe . . .

Samuel erfaßt ein Zittern; der wird ihn gewiß anschreien, warum er da steht, warum er an der Mauer lehnt. Der Deutsche wird aber nicht böse, sondern ruft ihm etwas jüdelnd, das heißt *deutschmerisch*, aber mit jüdischem Herzen zu:

»Sind Sie Jude?«

Samuel nickt bejahend mit dem Kopf; »das ist doch keine Frage«, denkt er.

»Dann kommen Sie gitigst näher . . .«

Samuel geht quer über die Gasse; die Haustüre öffnet sich; ein Diener kommt heraus, sagt, der Herr bitte herauf . . . Er führt ihn über eine gewichste und mit Teppichläufern belegte Treppe; Samuel geht auf den Zehenspitzen, um weniger Spuren zu hinterlassen. Wie man zum ersten Stock gelangt, steht da schon der Deutsche und hinter ihm, in der offenen Türe, eine Deutsche. Der Deutsche streckt ihm die Hand entgegen:

»Schalom alechem!«

Auch ein bißchen deutschmerisch. Seine Frau sagt:
»Ein Gast im Haus — GOtt im Haus . . .«
Die Stimmen sind gar keine fröhlichen, aber es hört sich nach wahrer Gastfreundschaft an. Man führt ihn in die Stube. Man gibt ihm etwas Leichtes zu schnabelieren. Der Diener, der weggegangen ist, kommt bald zurück und meldet:
»Fertig!«
Es stellt sich heraus, daß eine Wanne für Samuel fertig ist; er steigt hinein, wäscht sich zu Ehren des Sabbats ab, steigt heraus, trocknet sich mit Handtüchern ab und will die Kleider anziehen — er schaut sich um –: Der Domestik, offenbar beim Hinausgehen, hat ihm seine Kleider fortgenommen . . . Dafür liegen auf einem Stuhl — ein frisches Hemd und ein Gebetsmantel und alle anderen Sachen . . . Er wirft sich das Hemd und den Gebetsmantel über, was aber den Rest anbelangt, hält er inne: vielleicht verbotene Kleidungsstücke?
Der Hausherr klopft an:
»Mein Herr, beeilen Sie sich gitigst . . . Es ist Zeit, zum ›Empfang des Sabbats‹ zu gehen . . .«
Und wieder gar keine frohe Stimme . . .
Aber: »Empfang des Sabbats« — aus ist's mit der Angst wegen der verbotenen Kleider . . . Er zieht sich an. Man geht beten; eine deutsche Synagoge, aber ohne Orgel; ein Chor, aber ohne Frauen . . . und man betet, etwas deutschmerisch, aber aus dem jüdischen Gebetsbuch . . . Man kommt wieder nach Hause: Begrüßung, Weinsegen . . . und ein gedeckter Tisch – allen Juden sei's gesagt! Es blitzt von den silbernen Leuchtern und Gefäßen, von allerlei Kristall und Gläsern . . . Während des Essens singt man Sabbatgesänge . . . Beim Segnen nimmt die Deutsche ein Gebetsbuch und segnet auch. Das Töchterlein — er bemerkt sie erst jetzt: ein Mädchen von fünfzehn Jahren — segnet auch . . . Nach dem Essen führt man ihn in

ein besonderes Zimmer zum Schlafen. Seit er lebt, hat er noch nie solch ein Bett gehabt ...

Aber im Einschlafen kommen ihm Gedanken: Was kann es sein? Solch ein Reichtum — und kein Lächeln im Gesicht. Sabbat, und wenn man sich mal eine Weile vergißt – seufzt man; so er, so sie, so das Töchterlein ... Der Schlaf siegt jedoch.

In der Frühe — in die Synagoge hinein, danach essen und wieder im besonderen Zimmer ausruhen ...

»Vielleicht wollen Sie ein Buch?«

»Gerne!«

Da reicht ihm der Hausherr eine Talmud-Auslegung.

Er öffnet's, versinkt in Gedanken und denkt wieder darüber nach, was dem Deutschen fehlen könne – und döst ein. Dasselbe bei der dritten Sabbatmahlzeit ... später auch beim Segen zum Sabbatausgang ... Nach diesem werden die Gesichter vollends finster ... Man schweigt, und wenn man ein Wort redet, ist es, als komme es aus einem Grabe ...

Trotzdem, er könnte doch nicht fragen. Ein Gast hat sich nicht einzumischen. Und doch denkt er sich das Seinige dabei. Nach dem Gebet am Sabbatausgang tupft er den Deutschen an (die Frau und die Tochter sind hinausgegangen):

»Kennt Ihr, teurer Hausherr, nicht den Baal Schem?«

»Wie?«

Da sagt er's deutlicher:

»Den Baal Schem!«

»Was ist sein Gescheft? ...«

Samuels Herz macht einen fröhlichen Hüpfer.

Und der Deutsche sagt:

»Eine unbekannte Firma!«

Und fügt hinzu:

»Niemals gehert!«

Schon springt Samuel erfreut auf:

»Der Mann ist keine Firma«, sagt er, »er führt keine Geschäfte ... GOtt bewahre!«
Er sieht aber, daß ihn der Deutsche gar nicht mehr hört, sondern tief im Fauteuil versunken dasitzt, gedankenverloren, die Augen in die Luft gerichtet ...
»O-wei-o-wei, was der wohl für Kalamitäten hat!« denkt Samuel und schleicht auf den Zehen hinaus in sein Zimmer und wirft sich ins Bett. Er kann aber nicht schlafen. So liegt und liegt er, bis es sehr spät wird. Stiller und stiller wird die Gasse, gänzlich still. Auf der Gasse löscht man die Lampen. In der dunklen Stille hört er, wie die Deutsche zum Deutschen kommt und ihn sehr leise zum Schlafen ruft. Bald kommt die Tochter:
»Aber, Vater ...«
Der Deutsche rührt sich anscheinend nicht ... Sie stehen oder setzen sich neben ihn. Man beginnt, irgend etwas sehr leise zu reden, mehr leise zu seufzen ...
Dann fängt das Mädchen laut zu weinen an und geht hinaus; auch die Mutter beginnt zu weinen und geht ihr nach. Und der Deutsche – der Vater – ächzt! Er steht auf:
»Ach, GOtt, GOtt! Ach, du lieber GOtt!« und geht nach.
In der Frühe, denkt Samuel, werde er sich beim Lebewohlsagen mit dem Deutschen darüber unterhalten ... die Sorge glost im Herzen des Mannes ... Und er schläft wieder ein ...
»Ich will ihm nicht mit solchen Sachen den Kopf wirr machen ...«
In der Frühe will er Lebewohl sagen, doch bittet man ihn, zum Frühstück zu bleiben. Nach dem Frühstück (die Deutsche und die Tochter gehen aus) will Samuel reden. Er wird jedoch nicht sofort mit dieser Sache an ihn herantreten, also beginnt er vorsichtig:
»Habt Ihr wirklich, lieber Mann, noch nicht vom Baal Schem gehört? ...«

»Nie gehert von der Firma: ist ganz unbekannt hier . . .«
»Ach so!« sagt Samuel noch leichteren Herzens.
»Es ist aber«, spricht er weiter, »lieber Mann, lieber Hausherr, keine Firma . . . es ist ein Jud' . . .«
»Ein Jude?« fragt der Deutsche schon mehr interessiert nach und hebt, vielleicht das erste Mal, die Lider.
»Ein Jude!« wiederholt Samuel.
»Und ein Jude«, sagt er, »der Tora und der Theolatrie, der Gebote und guten Taten, und ein Himmelsmann . . .«
»Was?«
»Ein göttlicher Mann!«
»So?« entgegnet der Deutsche nicht besonders gläubig und will wieder in seine Gedanken versinken . . .
»Ich will fortgehen, Herr Deutsch . . .«
»So? Sie sind eilig?«
»Ich will Lebewohl sagen . . .«
»So . . .«, und er streckt ihm eine Hand entgegen; er will noch die Frau und die Tochter rufen.
»Aber«, sagt Samuel, »hetzt Euch nicht so, Herr Deutsch; es soll Euch nicht verdrießen, ich will Euch etwas bitten . . .«
»Tja, so . . . sehr gerne . . . verzeihen Sie, daß ich's vergessen habe . . . Ich bin, leider, so . . .«
Und schon steckt er die Hand in die Tasche . . .
»Nein, nein, Deutsch . . . das hab' ich jetzt nicht gemeint . . . Etwas anderes will ich Euch bitten . . . Ihr seid doch ein Jud'!«
»Mit Leib und Seele!«
»Ich auch . . . Sagt mir, was Euch fehlt?«
Der Deutsche stockt erstaunt . . . Das nützt Samuel aus:
»Etwas drückt Euch doch auf die Seele, Euch, Euer Weib, Eure Tochter . . . Sagt, was . . . Öffnet das Herz einem Juden: Ein Jude hilft doch mal 'nem Juden . . . Schaut nicht auf meine Armut . . .«
»Das nicht«, entgegnet der Deutsche, »aber uns kann niemand helfen . . .«

Und er erzählt ihm, sie seien bei den größten Doktoren gewesen . . . bei den größten Professoren –
»Ein Morbus? 's komme nicht über Euch!«
»Was?«
»'ne Kränk?«
»Eine Krankheit . . . ja . . . eine geheime . . . ein Unglick . . .«
»Da ist«, fällt ihm Samuel in die Rede, »einer, der hilft . . .«
»Ja, der Herr-GOtt!«
»Der Baal Schem kann's schneller in Seinem Namen . . .«
Und der Deutsche läßt doch mit sich reden, und Samuel erzählt ihm vom Baal Schem-Tow; von seinen Mirabilien und Mirakeln. Und des Deutschen Herz hebt sich und hebt sich, und das Gesicht löst sich ein bißchen, und die Augen werden klarer und klarer, und er saugt Samuels Rede ein (alle Male nachfragend, wenn er ihn nicht versteht) wie ein Schwamm; saugt sie ein wie Freude, wie eine gute Nachricht . . .
»Folget mir«, endet Samuel. »Ich will und brauche nicht zu wissen, was wem bei Euch im Hause fehlt; nur folget mir, heißt einen Planwagen einspannen und laßt Euch zum Baal Schem führen . . .«
Da schwankt der Deutsche . . . und nach einer Weile:
»Ja . . . Ich muß aber mit meiner Frau und der Tochter sprechen . . .«
Samuel ruft mit Freude aus:
»Geht mit dem rechten Fuße los und sprecht, und GOtt wird helfen . . .«
Es haben aber alle Weiber – so scheint's – *ein* Naturell: Die Deutsche stand hinter der Tür und kam zur rechten Minute herein, hinter ihr das Töchterlein . . . Sie sagt, daß man es probieren müsse . . . Und ein paar Stunden danach — ist der Wagen angespannt, man setzt sich hinein, man fährt im Galopp. Man hält sich nur an der Grenze

auf . . . Das wird nun schon etwas dauern, denn Samuel hat ja keinen Paß . . .

*

Bevor sie über die Grenze kommen, wollen wir sehen, was sich inzwischen beim Baal Schem tut.
Er, der Baal Schem, sitzt einmal da, lächelt vor sich hin und sagt zum Synagogendiener:
»Geh, rufe mir Jonas, den Schneider.«
Er geht und bringt ihn.
»Sag mir, Jonas, kannst mit dem Auge Maß nehmen, wenn jener nicht wissen soll, daß du von ihm Maß nimmst?«
»So mach ich's doch bei Euch, Rebbe . . . Eure Tochter – sie lebe hoch! – befiehlt, was zu nähen; ich komm und werf 'n Aug . . .«
»Und so auch bei Frauen?«
»Jederzeit, Rebbe!«
»Willst du etwas um meinetwillen schaffen?«
»Ein halbes Königreich, Rebbe!«
»'s ist gut! Da hält sich bei mir im Hause eine fremde Jüdin auf . . .«
»Aha, Trajne-Mirl meint der Rebbe.«
»Ja. Und ihr Sohn Davidl studiert bei mir im Lehrhaus. Geh und nimm von ihnen beiden Maß mit dem Auge . . .«
»Für welche Kleider, Rebbe?«
»Stell dir vor, Jonas, daß Davidls Verlobung sein wird. Da braucht er Kleider und auch die Mutter . . . und — gutbürgerliche . . .«
»Welche Ware, Rebbe?«
»Nimm die beste, auf meine Rechnung, Jonas . . .«
»Gut, Rebbe!«
»Aber es soll von heute an in genau einem Monat sein . . .«
»Keine Stunde länger, Rebbe . . .«

Abends, als ein Monat um ist, bringt der Schneider die Kleider. Baal Schems Tochter sitzt dabei, und der Baal Schem sagt zu ihr:

»Nimm die Kleider und gehe zu deinem Gast Trajne hinein, und sie soll sie anziehen; sage, ich hätt's befohlen. Und sie soll nicht aus dem Haus, sondern noch in deinem Zimmer warten, bis man sie rufen wird . . .«

Sie fragt kein Wort weiter, nimmt die Kleider und geht.

»Und du«, sagt der Baal Schem zum Synagogendiener, »nimm Davidls Kleider und trage sie ins Lehrhaus. Sage, ich hätte befohlen, er solle sich waschen und ankleiden, hereinkommen und bei der Mutter sitzen, bis ich beide rufen werde.«

Der Synagogendiener will schon gehen.

»Und danach«, sagt der Baal Schem noch, »sollst du mir augenblicklich unseren Nachbarn, meinen Beigeordneten, und den Schreiber herbeirufen, und rufe mir eine Zehnschaft Juden herein, aber gleich . . .«

Alsbald kommen alle Gerufenen; der Baal Schem bittet sie, sich zu setzen, und er befiehlt dem zurückgekommenen Synagogendiener, zur Tochter zu gehen und ihr zu befehlen, Speise und Trank vorzubereiten.

»Was für ein Essen, Rebbe?«

»Wie für eine Verlobung . . . wie für eine gehobene Verlobung.«

Der Synagogendiener geht, bleibt eine Weile fern und kommt zurück:

»Bereit!«

»Jetzt bringe Licht herein, mehr Licht!«

Der Synagogendiener führt es so aus. Und wie er Leuchter mit Lichtern hereinbringt und auf dem Tische aufstellt, fährt vor der Türe ein Wagen vor, von dem Samuel und der Deutsche nebst Frau und Töchterlein herabsteigen und in die Stube kommen.

Da erhebt sich der Baal Schem:

»Der Friede sei mit Euch, Abraham!« und reicht dem Deutschen die Hand.
»Willkommen, Frauen! Setzt euch.«
Sie erschrecken und erstaunen und setzen sich; die Deutsche mit der Tochter, versteht sich, an einen besonderen Tisch.
»Und jetzt, guter Deutscher«, lächelt der Baal Schem, »habt Ihr schon, wie ich in Euren Augen sehe, Glauben in mich . . . Erzählt uns ergo vor allem — wie Ihr denn reich geworden seid. Und du, Samuel, öffne ein bißchen die Türe«, lächelt ihm der Baal Schem zu, »mache sie einen Spalt auf, dort sitzt dein Weib Trajne-Mirl, und sie liebt es, durch einen Spalt zu horchen.«
Samuel befolgt es recht gerne, und der deutsche Abraham erzählt, deutschmerisch, aber man versteht ihn.
Vor Jahren war er ein ganz armer Deutscher . . . hatte etliche Taler und hatte Furcht, Geschäfte zu machen . . . Einmal bei Nacht, als er vor Sorgen nicht schlafen kann, klopft jemand ans Fenster . . . Es ist Sommerzeit; er steht leise vom Bett auf, damit er das Weib nicht wecke, und öffnet das Fenster. Es war ein Bekannter, der hinter der Stadt beim Meeresarm lebt . . . Jener sagt ihm folgendes: Eine Überschwemmung habe Nutzholz angetrieben . . . Bauern haben es mit Eisenhaken herausgezogen, und man könne es fast umsonst kaufen . . .
»Hörst, Samuel«, sagt der Baal Schem zu Samuel, der noch gar nicht von der Türe und dem Spalt weggetreten ist, »dein Nutzholz!«
»Ich höre, Rebbe, ich höre!« antwortet Samuel und wendet sich auch weiterhin nicht vom Spalt ab.
Und der Deutsche meint, er müsse sich rechtfertigen, und gibt zu verstehen, daß dem Gesetze gemäß so ein Nutzholz *herrenlos* sei . . . und erzählt, wie billig er das Holz kaufte . . . und wieviel er damit verdiente . . . ein schönes Sümmchen Geld . . .

»Und Geld«, unterbricht ihn der Baal Schem, »zieht ja Geld an ... Und alsbald wurde dir die einzige Tochter geboren ... Kein Böser Blick!, eine reizende Jungfer ... ein Mädel, wie man bei euch sagt, wie Gold ... Schon eine Braut?«

»Das ist doch, gettlicher Mann«, ringt der Deutsche mit den Händen, »mein Unglick ... Sie kann nicht verlobt werden!«

»Warum?«

Da erzählt der Deutsche, daß man seiner Tochter die schönsten und besten Heiratspartien vorgeschlagen habe, aber sie sei von einer Krankheit befallen worden. So man ihr einen Bräutigam weist, wird ihr übel, unwohl, und wenn man sie nicht schnell hinausführt, fällt sie in Ohnmacht ...

»So wie Ihr seht, gettlicher Mann, ist sie gesund und frisch ... aber kaum daß sie einen Breitigam sieht — kollabiert sie ...«

Er sei schon mit ihr bei den besten Doktoren und den größten Professoren gewesen oder habe sie zu ihr rufen lassen ...

»Ach so?« unterbricht ihn der Baal Schem mit einem Lächeln. »Das ist dein ganzes Leid und Unglück? Und ich – siehe, Abraham! – werde ihr einen Bräutigam zeigen, und sie wird nicht nur nicht kollabieren, es wird ihr nicht einmal übel werden, und sie wird ihm sogar mit ausgebreiteten Armen entgegenlaufen!

– Samuel, laß dein Weib und deinen Sohn herein.«

Trajne-Mirl läßt nicht auf sich warten und bleibt, wie an der Stelle neben ihrem Manne festgeschmiedet, stehen; nach ihr kommt Davidl herein! ... Und das Jüngelchen und das Mädchen erblicken sich und erschrecken, einer den anderen anstarrend, und werden blaß und werden wieder rot ... Und ohne es zu wollen, gehen sich das Jüngelchen und das Mädchen etliche Schritte entgegen und bleiben bestürzt stehen, verschämt, und können kaum die Augen mit Gewalt voneinander losreißen und lassen verwirrt die Köpfe sinken.

»Nun, Mädchen«, fragt der Baal Schem, »nicht übel? Diesen Bräutigam willst du?«
Sie zittert und bewegt bejahend den Kopf ...
»Und du, Davidl, willst die Braut?«
Und er gebietet ihm:
»Antworte, Davidl!«
Da antwortet Davidl ausdrücklich:
»Ja, Rebbe.«
»Und du wirst noch«, sagt der Baal Schem — »eine Predigt halten. Schreiber, setze den Verlobungskontrakt auf ...«

*

Und der Baal Schem befahl, in den Kontrakt hineinzuschreiben, daß Abraham Deutschs ganzes Vermögen der Tochter als Aussteuer zu geben sei ... und sowohl die Eltern des Bräutigams als auch die Eltern der Braut immer Kost bei den Kindern essen sollten.

Das hundsmäßige Passah-Abend-Fest

Zum Baal Schem pflegte einst ein hinaufgekommener Reicher zu fahren; es war mit ihm wirklich nicht auszuhalten. Ich werde ihn sogar mit Namen nennen, auch wenn er mich würgen sollte! Jockel Konskiwolljer hieß er. Der Baal Schem selbst war ja von Natur aus ein Diamant, obwohl er bei seinem Hereinkommen die Stirne zu runzeln pflegte. Die Leute fuhren aus der Haut. Erstens handelte es sich um keine ernste Angelegenheit. Er, der hinaufgekommene Reiche mit Schuppen wie die Reptile (auf den Schultern selbstverständlich!), hatte sich einst mit der Gemeinde und dem Rabbi an der Wahlurne wegen der Ehre zerstritten, weshalb er – ihnen zum Trotz – zum Baal Schem lief. Ein gewöhnlicher Mensch aus solch einem nichtchassidischen Städtl hätte sich nicht unterstanden, so etwas zu tun. Man hätte ihn zertrampelt und mit den Wurzeln vernichtet! Der aber hat die Pinkepinke, ist ein mächtiger Hitzkopf, drum macht er's zum Trotz. Zweitens war es eine grobe Angelegenheit, ein Materialismus, der enorm war, und dazu kam, daß er gleichzeitig ein impertinenter Kerl und Prahler war – wie alle hinaufgekommenen Reichen. Stellt man sich zum Gebete auf, strebt er zum Vorbeterpult hin; Hebräisch kann er! Will man segnen — nimmt er den Segensspruch vorweg. Redet man über eine Sache, fällt er mitten ins Wort: »Ich, meine Herren!, hab' ein Pferd gekauft!« und macht einen Schmatzer mit den Lippen, daß es nur so schallt. Einmal machte er den ganzen Tisch konfus wegen einer Peitsche mit einem goldenen Knauf, die er von einem Lakai des Chrabje Potocki bekommen hatte! . . . Neben all diesen guten Eigenschaften war er noch der größte Geizhals aller Geizhälse! Aus Angeberei nimmt er dauernd ein goldenes Tabakdöschen heraus, »rein damit!« – und tut, als schnupfte er! Zur Nase aber nimmt er nichts; GOtt bewahre, das wär' ja Tabakverschwendung! Und wenn jemand von der Seite einen Finger hineinsteckt, verschließt er das Döschen – und ein Stück des fremden Fingers mit. Von seiner Knickerei kann man gar nicht zu Ende erzählen ...

Einmal kommt er an den Zwischenfeiertagen des Passahfestes; er bleibt bis zum Sabbat der Zwischenfeiertage und sitzt am Tisch. Der Baal Schem läßt ihm keine Gelegenheit zu beschämen – also sitzt er bloß. Der Baal Schem spricht über eine hohe Angelegenheit: wie nämlich die Gebete zum Thron GOttes hinaufkommen, und sagt, daß nicht alle Gebete in derselben Zeit hinaufkommen, daß auch mal ein Mensch später betet und sein Gebet *früher* ankommt! »Es hängt davon ab, wie rein das Gebet ist! Das Gebet«, interpretierte er, »ist ein Leib mit einer Seele. Die Worte sind der Leib, die Intention ist die Seele; je mehr Intention und Spiritualität, desto geschwinder kommt das Gebet hinauf, desto besser steigt es und hebt sich empor wie der Rauch vom Altar ... Ist aber wenig Andacht im Gebet, kann es nicht gleich hinauf, sondern schleppt sich in Bequemlichkeit in der Länge und Breite dahin, wird von einem Wind auf dem Weg erfaßt, oder eine schwere Wolke trägt es nach einer Richtung hinweg und wirft es in höllische Schlingen hinab ... Manchmal gießt sich ein Gebet, das sich in einer Wolke verfangen hat, mit dem Regen aus ... auf Meere und Wüsten ... Aber einmal gelangt es dann doch hinauf: Nur die heiligen Zeichen heben sich in die Höhe. Jede Sache zieht es zu ihrem Ursprung ... Und schließlich kommt einmal die Zeit, wo die Atmosphäre rein wird, die Obstakel der Wolken und Winde aufhören und sich die Zeichen des Gebetes emporheben und zeichenweise vor den Thron GOttes fallen ... Ob früher oder später — Hauptsache, sie kommen! Und daher kommen ständig Gebete! Und das ist das Geheimnis des

Wortes: ›Nein, nicht schlummert und nicht schläft Er‹ — ständig fallen Gebete vor den Thron GOttes! Nichtchassidim hörten zu beten auf, Chassidim beten . . . dann folgen verspätete . . . und Tag und Nacht gehen sie, und die Gnade kann kein Auge schließen . . . Sie steht auf der Wacht!

Es trifft sich aber«, spricht er weiter, »daß ein Jude die 18 Segenssprüche ableiert und nur Korn und Weizen im Sinne hat! Schon wird das Gebet – der Barmherzige bewahre davor! – beschwert mit Materialität, mit Getreidesäcken, mit groben Substanzen . . . Und solch ein Gebet – der Barmherzige bewahre davor! – kann ziemlich spät ankommen: nach hundertzwanzig Jahren! Eine Person kommt in jene Welt hinauf, stellt sich vor den GÖttlichen Gerichtshof, der *Ankläger* legt Sünden auf Sünden auf die linke Schale der Waage — ganze Fuder Sünden; und der *Fürsprecher* steht mit leeren Händen da und hat nichts, was er hinauflegen könnte. Da schreit der Jude: ›Herr-der-Welt, ich hab' ja auf jeden Fall gebetet!‹ Aber sein Gebet ist noch nicht angekommen! Und damit er sehen soll, daß der Gerichtshof ein gerechter Gerichtshof sei, öffnet sich ihm ein Fensterchen des Himmels, und man befiehlt ihm, hinabzublicken . . . Er blickt und sieht, wie sich seine Gebete – der Barmherzige bewahre davor! – an irgendeinem Lokus herumwälzen . . .

Und wenn ein Jude gar – der Barmherzige bewahre davor! – sündige Gedanken beim Beten hat! und es jene Sache zu ihrem Ursprung zieht . . . dann nehmen die sündigen Gedanken die Gebete und schleppen sie in den Abyssus hinunter . . .«

Uns alle befällt eine Melancholie. Daher will er uns erheitern und sagt:

»Ich kann euch eine gute Nachricht künden! Ich habe eine Information, daß sich unsere Passah-Abend-Gebete nirgendwo aufgehalten haben, sie sind gleich nach oben, und

man hat sie dort mit wahrer Freundlichkeit angenommen! Der Schlußgesang mit der neuen Melodie hat besonders starkes Gefallen gefunden!«
Er, der Ungeschlachte, unterbricht ihn und fragt:
»Und *mein* Passah-Abend-Gebet, Rabbi?«
Er, der Baal Schem, runzelt die Stirne und antwortet:
»Dein Gebet kam noch nicht an! Es schleppt sich noch um meine Hütte herum und will zur Läuterung zu mir herein.«
Er, der Dummkopf, fragt:
»Wann werdet Ihr es hereinlassen?«
Er kann es nicht glauben . . .
Gelassen antwortet ihm der Baal Schem:
»Nach dem Sabbat-Ausgangs-Gebet!«

*

Aus derselben nichtchassidischen Stadt kam ein Schulmeisterlein über Passah. Dort sagte er: er fahre zur Gattin heim. Als der Konskiwolljer, der Reiche, kam, versteckte er sich vor ihm und kam nicht zum Tisch; so ein ungeschlachter Mensch! Er wird heimkehren und alles erzählen – man wird ihm das Zimmer wegnehmen und Bart- und Schläfenlocken ausreißen. So kommt er, das Schulmeisterlein, nicht zum Tisch, sondern sitzt in der Station, bis der Konskiwolljer abfahren werde. Wir haben Mitleid mit ihm, nehmen für ihn Überbleibsel der Mahlzeit und tragen sie und ein Fläschchen Branntwein zur Station . . . Wir fragen das Schulmeisterlein, was der hinaufgekommene Reiche beim Passah-Abend-Fest gewohntermaßen tut. Der ist jedoch böse auf ihn und sagt:
»Der Höllenfürst alleine kennt ihn! Dieser Mensch«, erzählt er, »wohnt hinter der Stadt, damit er nahe bei den Fürsten ist und früher als alle anderen Kaufleute dort sein kann — die Welt will er verschlingen! Er erzieht sich einige Hunde; damit man ihn nicht bestehlen könne,

kommt kein Jude zu ihm hinein! Sein Naturell ist so beschaffen, daß er am Sabbat und Feiertag dem Synagogendiener nach dem Abendgebet befiehlt, ihm zwei, drei bedürftige Gäste heimzuschicken. Auf sie warten kann er nicht; soll ihn der Deiwel fressen! Mitten unter dem Schlußgebet rennt er vom GOttesdienst davon. Anfangs schickte man ihm noch jemanden. Die armen Gäste aber kamen mit zerrissenen und zerbissenen Kleidern zurück ... solche Hunde hat er. Und schreie einer mal ›Mordio!‹ — wenn Türe und Laden verschlossen sind! So schickte man niemanden mehr zu ihm. Und er schert sich einen Dreck drum: ›Schickt‹, sagt er, ›soviel ihr wollt!‹ Vor dem Passahfest sagt er noch: ›Wer immer auch hungern muß, soll eintreten und essen!‹ In hebräisch kann er's!«

Wir hören alles an, was das Schulmeisterlein erzählt, und warten, was da nach dem Sabbat-Ausgangs-Gebet sein werde, weil uns der Baal Schem befohlen hat zu kommen, um die »Erzählung vom Auszug aus Ägypten« vom Konskiwolljer zu hören.

Wir warten also darauf. Schon ist es nach dem Sabbat-Ausgangs-Gebet; die Leute sind da; der hinaufgekommene Reiche sitzt. Er wartet. Es verdrießt ihn ein bißchen, daß seine »Erzählung vom Auszug« um fremde Hütten herumstreunen muß; aber ein bißchen kann er auch an die ganze Geschichte nicht glauben. Er sitzt und spielt mit dem goldenen Döschen, trommelt darauf ein und brummt vor sich hin: »Wir wer'n sehen, wir wer'n sehen ...«

Schon hat man die Sabbatgesänge zu Ende gesungen. Der Baal Schem erhebt sich und befiehlt, die Fensterläden zuzumachen und die Türe zu verschließen. Da wird dem in Rede stehenden Kerl gar nicht heimelig ums Gemüt! Er steht auf und hat Lust, sich auf die Socken zu machen. Man läßt ihn nicht! – Jemand packt ihn von hinten und setzt ihn wieder auf die Bank; er plumpst auf die Bank wie eine

Getreidegarbe. Er sitzt. Der Baal Schem befiehlt noch, die Lichter auszulöschen. Man löscht die Lichter aus, und es wird finster. So sitzt man einen Augenblick in der Finsternis. Ich sitze neben dem Reichen, dem Konskiwolljer, und fühle, wie er am ganzen Leib zittert. Der Gehülfe des Baal Schem ruft aus (der Baal Schem hat es ihm offenbar befohlen):

»Jockel Konskiwolljers ›Erzählung‹!, komme herein und lasse dich hören!«

Und — sie läßt sich hören! Alsbald erkennt man Jockel Konskiwolljers Stimme, nur mischen sich noch andere Laute darunter! – Laute von Hunden!

»Knechte waren wir — hauw, hauw! — nach dem Tumult in Ägypten — hauw, hauw! — und so weiter . . . Wer immer auch hungern muß — hauw, hauw! — soll eintreten und essen — hauw, hauw!«

*

Nachdem man die Lichter wieder angezündet hatte, war Jockel Konskiwolljer schon nicht mehr in der Hütte. Und er ließ sich nicht mehr blicken.

Das Glasstückchen

Humoreske

Es war einmal, irgendwo in einem abgelegenen Städtchen der Provinz, ein Goldschmied, der auch Brillantenschleifer war. Er, der Goldschmied, war eine Koryphäe in diesem Metier, hatte eine gesegnete Hand, war ein Genie in seinem Fache. Bis wohin sein Ruf einst reichen werde, wußte niemand: weder er noch seine Kunden. Er saß und stellte Schmuck für die Bürger her: Ohrringe, Ringe, Eheringe und dergleichen. Fast kein Einkommen hatte er! . . . Erst im Laufe der Zeit kam er groß heraus . . . und das durch Zufall. Es traf sich, um ein Beispiel zu geben, daß ein Bürger des kleinen Städtls sich in der Fremde mit einem Reichen aus einer größeren Stadt verschwägerte. Man fährt zur Hochzeit; und so erscheint des Goldschmieds Schmuck an einem vornehmeren Orte. Jener Reiche ist ein ziemlicher Kenner: als Kaufmann, der die Welt gesehen, ruft er aus: Ei-jei-jei! – Der Goldschmied beginnt auch dort berühmt zu werden . . . Schon bekommt er von dort Aufträge, und mit der Zeit zieht er gar in die größere Stadt; er hatte schon eine Menge Kunden.

Nun, zu einem Mächtigen der größeren Stadt kommt hie und da ein Graf: sei's eines Handelsgeschäftes wegen, aus purer Freude oder mal so am Sabbat auf gefüllte Fische — der Tisch ist ordentlich gedeckt, die ganze Familie herausgeputzt . . . Der Graf tritt herein; er ist ein noch größerer Kenner; etwas springt ihm in die Augen.

»Wo ward dies gekauft? Wer fertigte es?«

So wird man unter den Grafen den Goldschmied gewahr . . .

Wie man weiß, gibt einmal im Jahr jeder Gouverneur einen Ball für die Großen Leute. Das ist eben so der Usus. Auch jener Gouverneur gibt einen Ball; Grafen kommen nebst Gräfinnen und Töchtern. Man trägt des Goldschmieds Schmuck . . . Als der Gouverneur einen Ring oder auch eine Brosche oder ein Kollier sieht, staunt er. Noch nie hat er solch eine Arbeit gesehen . . .

»Wessen Werk ist das?«

»Dessen und dessen . . .«

»Ach so?«

Am Morgen schickt man nach dem Goldschmied, ihn zu rufen; er wird seine Dienste beim Gouverneur leisten.

Einmal fährt, um in der Provinz nach dem Rechten zu sehen, einer der Prinzen des Reiches vor, dem man Brot und Salz auf einem Tablett entgegenbringen muß. — Wer erzeugt dieses Tablett? — Natürlich unser Goldschmied. Das Tablett gelangt in die Kapitale, wo sein Ruf sich wie ein Lauffeuer verbreitet . . .

Nicht umsonst sagt der König Salomo: Besser ein guter Name als gutes Öl!

Da trifft es sich just, daß der alte König aus der Welt scheidet und man einen neuen König wählt. Jene Krone wandert in die Schatzkammer, und für den neuen König macht man eine neue Krone. Man sucht große Goldschmiede. Neben anderen läßt man auch unseren Goldschmied bitten. Er kommt, arbeitet mit und zeichnet sich sogar in der optimalsten Art und Weise aus . . .

Kurz – er erhebt aus dem Staub den Geringen!

Schon wohnt unser Goldschmied in der Residenz und leistet seine Dienste am Hofe. Er darf sogar des Königs Antlitz schauen. Ein gewöhnlicher Sterblicher, sogar ein kleinerer Fürst, könnte an ihn erst gar nicht herankommen . . .

Jedoch ist da in der Welt Fortunas kreisendes Rad und kann man höher nicht steigen (denn was gibt's Höheres als so einen Goldschmied), beginnt man zu fallen . . .

Dem Wohlleben hat er gar nichts Neues mehr zu bieten.

Das Alte wird langweilig. Die Augen sind, indem sie dauernd darauf blickten, müde geworden, das Herz erfaßt Begierde nach Neuem. Irgendwo taucht ein neuer Künstler auf . . . Und — wie der Lauf der Welt so ist — jener fällt und dieser erhebt sich . . . Der neue Künstler macht denselben Weg, den der alte machte. Und der alte Goldschmied macht — denselben Weg zurück: Aus der Kapitale zurück in die Provinz, aus der Provinz — in den Distrikt, aus dem Distrikt — nach Hause; vom König, heißt das, zum Fürsten, vom Fürsten zum Gouverneur, zum Grafen, zum Reichen, zum Bürger ins kleine Städtchen . . . zurück zu den Eheringen . . .

Tiefer kann man nicht fallen; die Armen brauchen keinen Schmuck. Bleibt man hängen in der Luft, streckt man die Zunge raus . . .

Und die Zeiten selbst werden schlecht. Keine Hochzeiten werden gehalten, und die Konkurrenz wächst . . .

Tja . . . Armut verleitet zu Sünden. Und es passierte (wenn was »passiert«, gibt's Unglück), daß ihn der Hunger bedrängte und es nichts mehr gab, es in den Mund zu stekken. Der Goldschmied geht ohne Beschäftigung herum; da stockt er und hebt vom erdigen Boden der Gasse ein Stückchen Glas eines zerbrochenen Fläschchens auf: war's für Wasser, Schnaps und vielleicht gar für Medizin, wer weiß? Nur ein gewöhnliches Stückchen Glas; damit geht er nach Hause und setzt sich nieder, es zu schleifen . . . und wie er so schleift, beginnt unter den Händen das Gläschen zu funkeln, zu glänzen . . . Ein Zauber: es sprühen alle Arten von Funken von ihm, es strahlt; selbst er staunt. Er wußte gar nicht, welch ein Künstler in ihm steckt! Dann nimmt er das Glasstückchen, setzt es in irgendein verlorengegangenes Ringlein, das er eben gefunden, ein und geht herum, die Welt zu täuschen! — Er geht. Das Herz pocht ihm wie einem Räuber! Da kommt ihm ein Bursche mit flammendem Antlitz entge-

gen; ihm fällt ein — vielleicht 'n Bräutigam, der 'nen Ring braucht? Hält er ihn auf. Er hat's beinahe getroffen: er brauche keinen Ehering, sondern ein Geschenk für die Braut — bon! 's könne auch ein Ring sein! Und wie ihm jener mit dem »Brillanten« in die Augen blitzt, reißt er beide Arme hoch und fragt: »Wie teuer?!«
Das Herz läßt es den Goldschmied nicht sagen – er war von Natur aus kein Schwindler –; er antwortet mit einer Frage:
»Wieviel willst du geben? . . .«
Der Bursche denkt: GOtt wisse, ob er an die Ware kommen werde? So holt er eine Münze hervor und macht sich einen Spaß:
»Einen Taler!«
Der Goldschmied drückt ihm den Ring in die linke Hand, nimmt ihm den Taler aus der rechten Hand und läuft in die Stadt hinein – den Wurm zu vergießen, das Herz einzuholen . . .
Wir wollen, versteht sich, den Goldschmied verlassen und dem Burschen nachgehen.
Der Bursche sinnt: »Iss wohl übergeschnappt? Na, 's iss seine Angelegenheit . . .« Und er geht mit dem Ring zu der Jungfer, der er den Hof machte . . .
Es gilt aber doch: Frauen sind leichtsinnig, und die Jungfer, welcher er den Hof macht, hat zwei Bräutigame: Er, ein bürgerliches Kind mit einem Paar Schläfenlocken und einem leeren Haus — ist einer —, und ein Husar (im Städtchen war Kavallerie stationiert), ein Husar mit einem Tschako und Schwert, Troddeln und Sporen, ein geschickter Kerl auf dem Pferd — der zweite. Zu wählen ist schwer; zumal: ein Husar ist heute da und reitet morgen weg . . . Sie überlegt alles. Inzwischen kommt der Bursche herein; mit williger Miene empfängt sie ihn. Gewiß, der Ring fesselt ihren Blick . . . Kurz und gut – man redet, man lacht, wie's so der Brauch ist . . . Aber die Zeit bleibt nicht

stehen; der Abend bricht herein; vom Markt, von der Husarenwache hört man eine Trompete, begleitet von einer Pauke; man beginnt das abendliche Hornsignal zu blasen . . . Meine Jungfer erinnert sich an jenen, wird unruhig und sagt unverzüglich: Spät, spät! Man werde, behüte GOtt!, über sie klatschen; und sie bietet ihm, um ihn loszuwerden, das Mündchen dar und stupst ihn aus der Türe hinaus. Und es war schon höchste Zeit: Kaum ist der Bursche die Treppe hinunter, über das Gäßchen und um die Ecke gebogen — tapp, tapp, tapp: ein Reiter von der anderen Seite! Jetzt ist er schon vorm Zaun; springt schon vom Pferd herab und bindet es ans Staket. Jetzt tönen schon Schwert und Sporen auf den Treppen, das Türchen springt auf . . .

Ich werde euch nicht lange davon reden: Über Nacht wurde aus dem Geschenk für die Braut ein Geschenk an den Bräutigam . . . Er brachte 's kaum auf die Spitze des kleinen Fingers . . .

Hier hört aber die Geschichte noch nicht auf; dem »Brillanten« war Besseres beschert . . .

Im Morgengrauen, sobald sich der Osten rötet – das Pferd stampft schon und scharrt mit den Füßen im lehmigen Gäßchen und wird von keinem gehört –, erwacht plötzlich in der weiten Stille der Klang einer Trompete . . . »Alarm« wird geblasen. Bei Nacht ist unversehens ein großer General gekommen; die Husaren werden geweckt, zum Exerzierplatz gerufen . . . Eine Parade wird sein — tra-ra-tra! Mein Held mit dem Ring springt auf, will laufen, aber dem Fischchen ist's nicht leicht, sich aus dem Netze loszureißen . . . Sie wirft ihm die weißen Arme um den Hals, er flicht sie auf, sie läuft und versteckt ihm den Tschako, das Schwert . . . und noch einmal Lebewohl sagen, und noch einmal . . . Die Treppe hinunter, aufs hungrige, aber erfreute Pferd hinauf, und paff — pfeilschnell zum Platz, die Kompanie steht — in die Stellung . . . und — stramm

salutieren! Der Eskadronskommandant steht Aug in Auge mit ihm und schaut, öffnet schon den Mund, um ihm die Leviten zu lesen . . .
Plötzlich aber blitzt ihm der Ring in die Augen. Er wird rot wie ein Zunder und nimmt ihm den Ring von der Fingerspitze herab.
»Gestohlen?«
Stammelt er: »Tja also, so und so . . . unbegründeter Verdacht; b'hüt' GOtt . . .«
Nun, die Wahrheit kann er doch nicht sagen. Er wird doch nicht die Jungfer aus bürgerlichem Hause verraten! Er platzt heraus:
»Gekauft!«
»Um wieviel?« fragt der Offizier streng.
Schlimm! Der Offizier denkt, es müsse doch etwas wert sein . . . und sagt auf Deiwel komm raus:
»Zwanzig Taler! . . .«
Ein Goldschatz für einen Husaren! Der Offizier öffnet schon den Mund zur neuerlichen »Levitenlesung« . . . In diesem Moment sprengt aber ein weißes Pferd daher, darauf — der General, hinter ihm — weitere Pferde — kleinere Generale.
Er selbst fragt:
»In Ordnung?«
Alle Eskadronen antworten: »In Ordnung!« Ein Donner, ein Gepolter! Die Erde bebt . . .
Und gleich — die Parade . . . Und weil es das Schicksal so will, zeichnet sich die Eskadron unseres Helden aus: gejagt wie auf Flügeln, auf die Pferde wie Dämonen gesprungen, die Zielscheiben in der optimalsten Art und Weise durchlöchert . . . bekommen die Husaren einen »Dank« und hoch die Gläser –: unser Offizier wird auf der Stelle – Oberst . . . eine Freude, ein Gaudium, Bankett und Festtag; man trinkt einen Monat, zwei . . . Der Husar hat inzwischen seine Dienstzeit abgeleistet und ist mit großer Freude heim:

Herauszukommen ohne irgend etwas – für ’nen lächerlichen Ring; wegen der Verspätung . . . Das Regiment und der Kommandant zogen bald in eine größere Stadt ins Lager . . . Und der Ring wäre gar vergessen worden, wenn sich nicht das, was sich weiter ereignete, zugetragen hätte:

Im Regiment kam es plötzlich zu einem Pferdesterben. Nun, das ist ja Tierquälerei; die fallen um wie die Fliegen. Es hat aber doch jeder Mensch Feinde, besonders ein Offizier, der so unversehens so hoch emporgekommen ist. Einer findet sich, der an das Gouvernement eine Denunziation wegen des Futters schickt! Der Hafer sei nämlich gar kein Hafer . . .

Da man gerade vor einem Krieg steht, ist die Sache streng. Das Gouvernement schickt prompt einen gar hohen General zur Revision herab. Er poltert herein, läuft gleich zum Magazin, beschaut den Hafer, rümpft die Nase, stürzt in die Kanzlei, läßt den Oberst rufen, der kommt, sitzend empfängt er ihn, streng, der Oberst steht untertänig salutierend . . . die Füße zittern unter ihm . . . Da mischt sich wieder der »Brillant« ein. Der General erhebt ein Auge — vom »Brillanten« schießt ihm ein Blitz ins Auge hinein, er springt sogleich auf und läßt einen Brüller wie ein Löwe los:

»Partitenmacher!«

In unserem Lande heißt das: Bestechlicher; denn wie käme ein Oberst aus nicht wohlhabendem Hause zu solch einem großen, teuren Brillanten? Er reißt ihm den Ring vom Finger, er werde ihn zu den Akten legen, und fragt:

»Wieviel bezahlt dafür?«

Der Oberst sieht, daß es eines großen Mannes Wort ist; die Wahrheit kann er nicht sagen, also platzt er heraus:

»Tausend Taler!«

Und als der General noch immer schaut, ungläubig, mit einem Auge, gibt er die Parole:

»Für tausendundeinen trete ich ihn ab . . .«
Der General senkt den Kopf und schreibt:
Erstens schreibt er einen Rapport fürs Gouvernement . . . daß der Hafer die reinste Perle sei. Zweitens: einen Eigenwechsel auf tausendundeinen Taler; sobald er in der glücklichen Lage sein werde, werde er ihn einlösen . . . Und er fährt wieder . . .
Jetzt muß das Wunderbarste geschehen . . .
Man weiß nicht wieso, aber der Ring gelangte an den Königshof! Einmal sitzt die Königin in Gedanken versunken da und verliert das Schnupftüchlein vom Schoß; eine Hofdame hebt es auf, eine junge, eben erst in Dienst getretene und eine Schönheit . . . und legt es zurück.
Die Königin hebt ein wenig die Brauen, will mit halbem Munde danken, wie es sich für eine Königin schickt, öffnet die zarten Lippen und – bleibt mit offenen Lippen sitzen. Was ist? Der Brillant am Ring der Hofdame hat es ihr angetan! Wahrlich verzaubert hat er sie. Sie nähert sich, ihn zu betrachten: Sie hat noch nie solch einen Brillanten an einem Ring gesehen. Weder in der Schatzkammer noch an der Krone des Königs . . . Sie fragt:
»Woher kommt ein Brillant zu dir?«
Die Hofdame wird rot und tot und zittert vor Angst und antwortet kein Wort.
Da muß doch etwas sein; und ein bißchen eifersüchtig ist die Königin auch, denn wer, wenn nicht ein König, kann so ein Geschenk kaufen? Sie erhebt sich, begibt sich zum König ins Kabinett und zeigt ihm den Ring. Sie möchte sehen, was er sagen werde . . . Er weiß durchaus von gar nichts und wird vom Brillanten verzaubert. Noch nie zuvor sah er solch einen klaren, reinen Brillanten, und einen so großen, und so ganz ohne eine Spur von Makel . . . Er reißt die Augen groß auf und kann sich nicht satt sehen. Erzählt ihm die Königin, soundso, die und die Hofdame habe das getragen. Sagt der König, er wolle nicht

wissen, woher der Ring komme, noch, was am Hof so vorgehe . . . Nur der Brillant passe für niemanden als für einen König. Der Hofdame werde er seinen Wert bezahlen . . . Und er nimmt den Ring an sich.
Bald holt man den Ring, graviert des Königs Namenszug und das Staatssiegel ein, und so wird der Ring: ein Reichssiegel. Der König signiert damit alle Papiere, sowohl das Zivil- als auch das Strafrecht als auch die Politik betreffend. Wer den Ring eine Weile am Finger trägt, kann eine Welt zerstören, hat das Recht, auszurotten und zu morden; wann und wen er will, in Ketten und in die Kerker zu werfen. In der Tat gibt ihn der König nicht vom Finger . . . Und um die Hofdame zu belohnen, läßt der König Experten rufen, damit sie den Wert des Brillanten schätzen sollen. Sie kommen . . . Der eine behauptet dies, der andere das! Einer sagt: ein Drittel, einer — die Hälfte, einer gar — das Ganze einer Million . . . Was tun? Der König erinnert sich an den früheren Hofgoldschmied und gibt einen Befehl:
»Bringen . . .«
Bringen heißt bringen!
Er ist verschwunden; man stellte exakte Recherchen an. Es dauert einige Zeit, bis man in Kenntnis gesetzt wird. Man schickt eine königliche Ambassade, wie es Brauch ist. Nun, wie die kleinen Fürsten des kleinen Ortes den Befehl erhalten, den Goldschmied an den König auszuliefern, was denken sie?: Er habe sicherlich die Schatzkammer einmal bestohlen und erst jetzt sei man draufgekommen. Man wirft den Kerl in Ketten und schickt ihn zum König – niedergeschlagen und vor Schrecken halbtot . . . Unter Leiden kommt er gerade an.
Man meldet dem König: Er wäre hier, aber . . .
Man will ihm sagen, man wolle ihm die Ketten abnehmen; doch der König ist böse, weil er schlechte Neuigkeiten vom Krieg erhalten hat; er erhebt ein Geschrei:

»'s gibt absolut kein Aber!«
So bringt man ihn also herein, wie er steht und geht.
Der König nimmt es nicht einmal wahr. Er zeigt ihm den Brillanten und fragt:
»Wieviel ist er wert?«
Jener antwortet: »Überhaupt nichts!«
»Wie beliebt?«
Und die Fürsten umher:
»Wie beliebt, das Reichssiegel . . . überhaupt nichts?«
». . . Und der größte Brillant der Welt!« staunen andere . . .
Der Goldschmied wundert sich gar nicht:
»'s ist kein Brillant«, sagt er.
»Was soll denn das, jene schätzen ihn doch auf mehrere Hunderttausend . . .«
»Ich weiß es besser!«
Der König wird schon unruhig und fragt – nicht mit seiner Stimme:
»Warum — besser?«
»Weil«, antwortet er, »ich ihn mit meinen Händen geschaffen habe . . .«
Und er will erzählen: wann und wie — aber er erzählte es nie . . .
Hinausgeschleppt und in den Kerker geworfen; und mit Recht!
Man fällte mit dem Brillanten so viele Urteile, gab und nahm so viele Güter, so viele Häuser, so viele Städte . . . erhöhte und krönte so viele Menschen, und andere schmiedete man an Ketten, warf sie in Gefängnisse, ins Wasser, ins Feuer und vierteilte sie . . . Die Urteile sind und müssen *wahr* bleiben, und auch der König muß es sein und bleiben, und wahr sein Siegel; des Königs Ring muß des Königs Ring sein, der Brillant — der Brillant . . .
So urteilte der große Minister.

*

Die Geschichte, die ich euch erzählte, ist, wie alle Geschichtchen, ein Gleichnis. Und, wie jedes Gleichnis, nicht in allem dem Verglichenen ähnlich; man muß doch noch etwas für das Volk hinzufügen . . . um die Geschichte auszuschmücken . . .
Aber eine Geschichte ist es!
Und sie stammt aus einer ehrwürdigen Quelle — aus der mündlichen Überlieferung des Herrn Rebbe Jonathan!

Der Dichter, das Buch und der Leser

I.

Zwei Wege sind dem Menschen gegeben, der sich von dem täglichen Leben, den Geschäften, der Jagd nach Brot entfernt: der Spaziergang und der Weg des Reisenden.
Der Spaziergang ist angenehm: am Ufer des süß und leise rauschenden Flusses, im Schatten der ebenmäßig zurechtgestutzten Alleen, auf Blumenwiesen ... Der Weg des Reisenden ist oft gefährlich: Von einer brennenden Sehnsucht nach der Höhe getrieben, sucht der Reisende seinen Weg zwischen Felsen auf den Spitzen der höchsten Berge, zwischen Gletschern und Abgründen. »Unnützlich« ist der Weg des Reisenden. Auf den Spitzen der hohen Berge wächst kein Weizen für Menschen, kein Hafer für Pferde ... Und gefährlich ist der Weg: In den Abgründen glotzt, ruft und lauert: Schrecken, Wahnsinn und Tod. Wie glitschig und steinig der schmale Pfad unter den Füßen doch ist! So spricht der Mensch, der spaziert.
Und manchmal geht ihr auf den hohen Bergen herum – zwischen alten langverlassenen Schlössern, Adlerhorsten und gefährlichen Edelweißplätzen, und der Abend bricht herein. Unten, im Tal, zwischen den Bergen, ist schon Nacht; oben bettet sich erst der Abend auf einen vielfarbigen Diwan, gewebt vom Abglanz der untergehenden Sonne. Aber nun verlöschen die Farben. Aus Spalten, Löchern und Abgründen kriechen Schatten, legen sich auch um die Füße. Und unten, den Bergen zu Füßen, im Tal, schmückt sich eine lustige Nacht. Verschiedenfarbige Flämmchen erwachen, flammen und zittern auf ... Das Tal ist illuminiert; Töne, wundersüße Klänge wiegen sich zu euch empor – auf den Wellen der kühlen Luft: Ein fröhliches Fest wird vorbereitet, und das Tal blinzelt euch

zu, fordert euch mit seinen Tausenden Lichtlein auf und lädt euch mit seinen süßen Klängen ein: O Mensch, komme herab von den leeren Bergen und nackten Felsen, von den Schrecken und Verzweiflung atmenden Abgründen, von den Adlerhorsten und Schlössern, wo das Leben längst verhallt ist, wo hohle Geister schweben ... Komme herab ins Tal und freue dich mit uns in unserer Festnacht. Und angezogen von Licht, Sang und Klang, verlaßt ihr die Höhe und steigt ins Tal hinab. Je tiefer — desto breiter und sicherer ist euer Weg! Mit Wein bebaute Felder kommen euch entgegen, und immer rauschender umschwebt euch das Fest des Tales, und ihr steigt rascher hinab: Musik, Spaziergänger, festliche Gesichter und Kleider; ein strahlendes, schallendes Fest ... Und euch umfließt das Geflüster spazierender Verliebter, in sich versunkener Paare. Und die Buntheit der festlichen Kleider blendet euch. Und ihr mischt euch unter die spazierende Leute ... Aber plötzlich, nach einem zufällig tieferen Blick, bleibt ihr von Schrecken umklammert stehen. Ihr seid auf einen Kurplatz herabgekommen. Hotels, Cafés und *cafe-chantants* sind illuminiert; die Musik spielt Operettenwalzer; Arm in Arm spazieren Paare mit glänzende Augen, unsteten Herzen, weichen bebenden Lippen. Aber — Kranke! Widerwärtig glühender Atem. Vom Tode gezeichnete Männer und Frauen schlingen ausgehungert die letzten Minuten des Lebens ein, trinken durstig die letzten Tropfen im Becher bis zur Neige! Und mitten drunter, wenn ihr Augen habt und seht, spaziert der Tod herum, ungesehen von seinen gezeichneten Opfern, und grinst.

Und es ergreift euch eine Sehnsucht nach den hohen Bergen ... Aber die Nacht ist schon hereingebrochen, und der Weg dort ist nicht sicher.

Zwei Wege sind dem Menschen gegeben, der sich von Geschäften und von der Sorge ums Brot losreißt: der

Spaziergang und der Weg des Reisenden, und auf den letzteren will ich euch führen . . .
Ich will mit euch über den Dichter, über das Buch und über den Leser sprechen — auf den hohen Bergen. Ich will euch nicht über Plätze führen, wo kranke Menschen ihren eigenen Schatten nachlaufen oder die Schatten der Dinge anstatt der Dinge selbst fangen, Schatten des Lebens anstatt des Lebens; wo vom Tode Gezeichnete, zur Vergessenheit Verurteilte, von Türe zu Türe gehen und lauthals betteln oder ihr noch nicht verdientes Lob ausborgen; wo der heruntergekommene Prophetenenkel den kürzlich erst gesäten Samen aus der Erde gräbt und ausgehungert den noch rohen und grünen ißt. Und — »Wie beliebt? — Was soll ich euch sagen? Was soll ich euch singen? Was soll ich euch reichen, das euch gefallen könnte? Soll ich euch Singvögelein fangen? Den goldenen Staub ihrer Federn in die Augen streuen? Wollt ihr tanzen? Ich kenn' Polka, ich kenn' Walzer; alter Mann, das Feuer ist im dürren Leib verloschen, dein Aug' ist wäßrig, es zittert deine knochige Hand — für 'ne Sekunde werd' ich dich lebendig machen, die lange schon gestorbene Lust erwekken . . . Eine Truthenne dem alten Mann; eine Stearinkerze dem verschämten Mädchen . . . Eine Büste der Frau des Bankiers, ein Portrait der reichen Häßlichkeit . . . He, wie beliebt?«
Eine Illumination im Tal: kleine Flämmchen, kleine Seelchen . . . die sich in Hotels, *cafe-chantants*, auf Promenaden . . . und zwischen vom Tode gezeichneten Spaziergängern ausbrennen . . .
Auf die hohen Berge will ich euch führen, zu den alten Schlössern, zu den Adlerhorsten.
Ich will mit euch über Dichter reden, die ihre Dichtung lebten, nicht schrieben und nicht auf den Markt trugen und verkauften; die ihre Ideen predigten und nicht wie getrocknete Blumen zwischen Blätter legten; ich will mit

euch über Bücher reden, die man von diesen Dichtern hat und unter ihren Namen schrieb, und über den Leser, dessen Name *Volk* ist.

Der »Künstler« ist frei, er darf den Aufgang und Untergang der Sonne malen; Meer, Sturm und Steppe; Sommervögelchen nachjagen, Funken des Kamins beim Schmied; Goldglanz der Augen in blassen Gesichtern besingen. Nicht frei ist der Dichter: Sein Weg ist der des Reisenden, der sich zwischen Felsen und Abgründen schlängelt – und zu der Höhe empor, wo die hohe menschliche Tragödie spielt, wo die größten menschlichen Probleme zwischen Schrecken, Gefahr und Wahn gewogen werden: Was ist Leben, was ist Tod? Wer bin ich, und wohin führt mein Weg?

Zum Berg Sinai will ich euch führen, zu Buddha in den indischen Hain, zum Galgen auf »Golgatha«; und das wird der Weg in die Vergangenheit sein. Wir werden die alten Gräber öffnen, die alten Riesen wecken und sie fragen: Was ist das Leben, was ist der Mensch? Und wenn uns ihre Antwort nicht befriedigen wird, werden wir uns der Zukunft zuwenden und auf den Dichter warten, der erst kommen muß, sein Dichtungsleben leben und mit seiner lebendigen Dichtung den Abgrund bestrahlen, und sie wird schon ohne Leser sein — die Welt.

*

Der Dichter war vor dem Buch; das Buch aß den Dichter auf. Der Dichter lebte seine Dichtung, nicht er, sondern seine Schüler und sein Volk schrieben Bücher über ihn . . .

Der wilde Stamm sah in seinen Vorfahren Helden; die Griechen — halbe Götter. Und zur Abendzeit erzählten die alten Frauen am Ufer des Flusses bei der Flamme des erlöschenden Feuers unter freiem Himmel ihre Geschichten und gaben ihre Heldendichtung weiter. Und dasselbe tat der griechische Künstler im Amphitheater vor dem griechischen Volk. Sie waren Künstler, solange sie erzählten und das Geschehene weitergaben; sie waren Dichter, als sie die Helden und Halbgötter schufen. Der Künstler ist der Imitator, ob er nun die Natur, die Gegenwart oder die Vergangenheit imitiert. Der Künstler ist frei, vor dem Werk und nach dem Werk ist er noch Mensch, und zur Arbeit kann er sich den Gegenstand auswählen und ihn, wo er will, aufspüren. Der Dichter muß Dichter sein. Die Dichtung muß Leben sein. Wir suchen den Dichter, wir suchen die Schöpfung. Und wir suchen auch beim Dichter – nicht die Vergangenheit, umsponnen und goldumwoben – wir suchen bei ihm das Neue Leben ... Der Dichter ist eigentlich Künstler. Nur ist der Lehm, der Marmor, der Granit in seiner Hand – das Volk, die Welt, das Leben! Sie verändert er, sie modelliert er, sie schafft er neu. Solche Dichter müssen wir in der Vergangenheit suchen, bevor das Buch noch geschaffen und Ware ward; bevor der Leser das Buch kaufen, zu sich nach Hause nehmen und sich daran ergetzen konnte, wie an etwas, das nicht Leben, nicht Brot und nicht Fleisch ist, sondern 'ne Zerstreuung im Leben, ein Zeitvertreib; ein Aperitif, um das Leben leichter zu verdauen, die Tragödie des menschlichen Lebens zu vergessen und den Wurm, der sich ins Hirn frißt, einzuschläfern. Wir wollen von Dichtern sprechen, von der menschlichen Tragödie und vom letzten Akt in dieser Tragödie: von Tod oder Erlösung. Die Zahl der Dichter wird gering sein, die Summe der Bücher klein; und wenn ihr sie mit den Fingern zählen werdet, werden euch an einer Hand noch Finger überbleiben. Die Zahl muß jedoch vergrößert werden, *ein* Dichter muß noch kommen, *ein* Buch muß noch geschaffen werden, und den Dichter des Letzten Wortes müssen wir hervorbringen ... Andere Völker haben die Sonne hinter sich, sie gehen aus dem Abend in die Nacht. Die alten Römer und

Griechen wußten um eine vergangene, goldene Zeit, nach der die des Kupfers und Eisens kam; die Modernen wurden schon erlöst: Nur unser Messias kam noch nicht, nur er hat noch zu kommen – und nicht bloß für sein Volk allein . . . Die Welt muß gerichtet und erlöst werden; die Welt muß von der menschlichen Tragödie befreit werden.

II.

Die Tragödie des menschlichen Lebens nahm das »Buch des Predigers« in sich auf. Der Held – Salomo, König in Jerusalem; seine Jugend — das »Lied der Lieder«: das Lied über Frauen und Liebe. Die goldene Jugend verlöscht, und im Schatten des kühlen Abends wird Salomo, der König von Jerusalem, weise und gibt Ratschläge, wie man so weise und ruhig leben könne. Spät bricht die Nacht herein, das Alter kommt daher; und wie er auf der Schwelle zwischen Leben und Nichtleben, zwischen Sein und Nichtsein oder zwischen Vergänglichkeit und Ewigkeit steht, wirft er einen Blick auf den zurückgelegten Weg zurück und fragt: Warum? Als er den langen Weg zurücklegte, gebar er immer neue Begierden, begrub sie am Weg und ging weiter. Vor sich sah er immer neue Ziele, erreichte sie und ging weiter. Auf diese Weise hatte er alles erfahren und lebte noch immer, ohne zu wissen, warum. Schon kann er nicht mehr lieben, schon schmeckt ihm kein Wein und kein Olivenöl mehr, schon lechzt sein Gaumen nimmer, gar nichts ist, was sein Auge sehen und sein Ohr hören will, und er lebt; und das Leben endet, und alles, was er erwarb und ansammelte, wird er zurücklassen, und er wird dahinscheiden. Er lebte nicht, weil er leben wollte; er wird nicht dahinscheiden, weil er sterben will; der Wille, der ihn hierher brachte und ihn irgendwohin hinwegführen wird, ist außerhalb seiner selbst. Jemand legte ihm die Welt ins Herz und hieß ihn, sie zu begehren; hieß ihn, zu sammeln, bauen, verschönern, vergrößern; und nicht für ihn und ihm zuliebe; denn er scheidet dahin und es bleibt anderen, und er wird vergessen werden. Und die anderen, die nach ihm kommen, werden wieder begierig sein, wieder verlangen, wieder arbeiten, bauen, verschönern und vergrößern und wieder dahinscheiden. Und die, welche nach ihnen kommen, werden das alles benützen und sterben und vergessen werden.

Alles um uns herum ist ewig: Die Sonne geht auf, die Sonne geht unter und erstrahlt am Morgen wieder; Gewässer und Ströme fließen ins Meer und kehren wieder. Alles, was war, wird noch einmal sein, das Dahinscheidende kommt zurück. Die Erde ist ewig. Nur er allein ist vergänglich, er allein scheidet dahin und kommt nimmermehr zurück. Und alles täuschte ihn. Schöner Schein ist das Ersehnte, wertlos das Erhaltene. Ohne Ziel und Zweck bleibt das Leben schrecklich. Im Ewigen muß Ziel, Zweck und Logik sein; das aber weiß nur Er, der da regieret, der Mensch weiß nichts, der Mensch wird nur ausgenützt und getäuscht! Und auf der Schwelle zwischen Sein und Nichtsein, während des Überganges, nach all dem Erlebten und vor dem Tode, befällt ihn der ungeheure Schrecken vor dem Ewigen, vor Dem, der da regiert; vor dem, der ausnützte; vor dem, der ihn täuschte; vor dem, welchem er, ohne es zu wollen, dienen mußte; und er handelte stets gemäß seines Begehrs, meinend, es wäre sein eigenes. Verloren! Hörig ist der Mensch, ein Knecht ist der Mensch, in Schrecken vor dem Ewigen lebt der Mensch! Und das ist das letzte schreckliche Wort dessen, der nur für sich lebte, der sich mit dem eigenen Leben nicht verband, der außerhalb seiner selbst sein Ziel nicht hatte und daher sein Lebensziel nicht erlebte.

Das ist der, welcher Weiber liebte, keine Familie gründete und in der Fortpflanzung die Ewigkeit nicht sah. Er glaubt nicht an Reinkarnation: Sein Vater sei er nicht; und sein Sohn werde er nicht sein. Und Sulamit war sein Genuß, seine sinnliche Welt, nicht aber sein Weib und nicht die Mutter seiner Kinder.

Das ist Salomo, der König von Jerusalem, der reiche und weise König: – nicht Alexander der Große, der die Welt erobern will und sein Ziel nie erreichen wird, der nicht nur Krone und Zepter und unterworfene Länder hinterlassen wird, sondern auch ein Testament, was weiter zu tun sei; Alexander der Große kann seine Arbeit nicht zu Ende führen . . . Das ist nicht der Salomo, der von GOtt weder Reichtum noch persönliches Glück erbat, sondern Weisheit und Aufrichtigkeit, über das Volk Recht zu sprechen; solche Ziele werden nicht erreicht, solche Ziele werden nicht erlebt. Menschen mit weitreichenden Zielen leben nicht über sich hinaus und fragen nicht: Warum? Die Menschen sind mit der Ewigkeit verbunden, verwoben mit der ewigen Arbeit, und fragen nie: Warum? Salomo im »Buch des Predigers« ist eine Tragödie eines Lebens für sich, des einzelnen Menschen. Der muß über sich hinausleben und als Nest von Vögeln voll Verlangen stehenbleiben, die sich in Würmer verwandelt haben und mit ihm zusammen fortgehen. Das ist die Tragödie des Lebens für sich, das Leben ist Knechtschaft . . .

*

Und bin ich ein Knecht, so werde ich ohne meinen Willen geboren und bin genötigt zu leben. Und muß ich dahinscheiden, wenn man's befiehlt, und alles zurücklassen — warum muß ich dann noch leiden?

»Weil du sündigst!« antwortet der Moralist.

Das letzte Wort des »Buchs des Predigers«: »Das Ende der Rede: Fürchte GOtt und halte seine Gebote . . .«

Es ist da über dir ein HErr, welchem du dienest und welcher strafet, wenn man ihm nicht gehorchet.

Aber Hiob gehorchte.
Hiob gehorchte und entrann der Strafe dennoch nicht; er hatte Weib und Kinder, Schafe und Rinder; er führte ein ruhiges, ehrliches Leben. Und plötzlich ward das Leben zerstört, sieben Söhne und drei Töchter, 70 000 Schafe, 30 000 Kamele, 500 Paar Ochsen, 500 Esel und eine große Wirtschaft – so wird das Glück geschildert – im »Buch Hiob« –
Dieser Mensch war größer als alle Großen. Er war ein stiller Mann, ein frommer Mann, ein GOttesfürchtiger, der das Schlechte mied; aber einmal – die Ochsen pflügten, die Esel weideten – griffen die Sabäer (eine Räuberbande) an, nahmen das alles fort und töteten die Knechte. Einer von ihnen bringt Hiob die Kunde – der alleinig Davongekommene. Und ehe dieser noch seine Rede beendet hatte, kam ein zweiter an und erzählte: Vom Himmel fiel ein Feuer herab und verbrannte die Schafe und Schäfer. Nur ich allein bin entronnen und komme, es dir zu erzählen. Und schon ist ein dritter da; der führt eine noch schrecklichere Kunde im Mund: Deine Söhne und Töchter aßen und tranken Wein im Hause ihres älteren Bruders . . . da drängte ein großes Feuer von der Steppe an, erfaßte das Haus an allen vier Ecken und warf es um; alle wurden erdrückt und getötet – zusammen mit der Dienerschaft. Hiob verlor alles, wurde arm und noch dazu krank: plötzlich wurde er von Kopf bis Fuß von ekelhaftem Aussatz heimgesucht; und der große, berühmte fromme Hiob wurde der kleinste, der ärmste, der unglücklichste . . .
Warum leidet Hiob?
Der »Prediger« ist die Tragödie des Lebens; Hiob — des Leides im Leben.
Warum leidet man?
Der Mensch fühlt sich bei Bewußtsein, sieht in seinen Taten eine Zweckmäßigkeit, er strebt nach Aufrichtigkeit, nach Moralität und kann dieselben Eigenschaften nicht

dem GOtt zuschreiben, der ihn und die Welt geschaffen hat; GOtt muß gerecht sein. Hat er Pein und Leiden geschaffen, so müssen sie gerecht und verdient sein. Nur als Strafe für Sünden sind Leiden und Pein möglich. Anders kann es der Hebräer nicht verstehen. Der Grieche sieht Götterspiel und Götterstreit in den Erscheinungen des Lebens; der Perser hat Ormuzd und Ahriman: der erste ist der Gott des Lichts, des Lebens, des Glücks; der zweite der Finsternis, des Todes und Leidens; die Welt ist die Arena für den Streit zwischen den zwei Göttern, und daher ist die Welt aus Licht und Schatten zusammengesetzt, aus Leben und Tod, Glück und Leid, Liebe und Haß . . .

Alle großen Götter entstanden aus kleinen, die kleinen aus noch kleineren Hausgötzen; die Hausgötzen aus Amuletten; wird aus Familien ein Stamm, so wird der Götze des Großen Hauses, des Hauses also, das über den Stamm herrscht, gepriesen und zum Stammgott erhoben; die anderen bleiben Hausgötzen. Und schließen sich Stämme zusammen und bilden ein Volk; und mischen sich Völker in einem Land, dann bleiben die Götter der gleich starken Stämme und der gleich starken Völker gleich stark; einer erlangt höchstens die Oberhand, und es kommt zur Vielgötterei.

Die Hebräer vermischen sich nicht; Eliezer macht eine weite Reise, um Isaak ein Weib von eigenem Fleisch und Blut zu bringen. In Ägypten leben die Hebräer abgesondert im Lande Gosen. In Palästina müssen alle fremden Völker vernichtet werden; man soll mit ihnen nicht in Berührung kommen; während der Erbauung des Zweiten Tempels werden alle aus der Diaspora mitgebrachten Frauen und die von ihnen geborenen Kinder vertrieben. Kleine Mischungen mit fremdem Blut, von einer Dalila und Schöngestaltigen und dergleichen Zufällen, sind nicht wichtig: einzelne Tropfen fremden Blutes werden assimiliert. Im allgemeinen ist der Stamm rein. Es sind die Kinder Abrahams, Isaaks und Jakobs; es ist ein Volk, das einsam lebt; ein Volk reinen Blutes mit seinem Alleinigen GOtt, der wächst – von einem Gott eines Hauses, Stammes und Volkes zum Welt-GOtt. Der Götterstreit ist da unmöglich. Aus *einem* GOtt kommt das Gute wie das Böse, das Licht wie die Finsternis, Freude und Pein, Liebe und Haß, Leben und Tod. Der Ein-einzige GOtt segnet und schilt; die Guten muß er segnen und die Schlechten schelten. Derselbe GOtt begünstigt und straft; die Frommen muß er begünstigen und die Sündigen strafen. Derselbe GOtt gibt Leben und Tod; dem GOttesfürchtigen muß er Leben und dem Widerspenstigen Tod geben; der hebräische GOtt ist moralisch; er vertreibt aus dem Paradies wegen Sünden, wegen Nichtbefolgung seines Gebotes; er stürzt den Turm um und vernichtet die, welche in seinen Himmel mit Krieg eindringen wollten; und er überschwemmt mit einer Sintflut die Welt, wenn sie in Sünde versunken ist. Sündig ist der Mensch, so sündig, daß es GOtt sehr oft bedauert, die Welt und den Menschen geschaffen zu haben; er bedauert es, strafen zu müssen; er muß aber, weil er ein gerechter GOtt ist; wäre ein Gerechter in Sodom, würde er Sodom nicht zu Fall bringen. Und den Noah, den Gerechtesten seiner Zeit, lehrt er die Arche bauen, die Sintflut durchschwimmen und überleben. Ich verlange nicht den Tod des Sündigen, sagt in Seinem Namen Ezekiel, ich strafe ihn. Er soll Buße tun und am Leben bleiben. Wenn der Mensch mit dem Leben zufrieden ist, hält er seine Existenz für logisch. Sucht er aber Gerechtigkeit im Leben und findet sie nicht, sieht er Leiden ohne Sünden, Pein, die er nicht als Strafe betrachten kann, so bringt ihm das die Tragödie des Hiob zu Bewußtsein.

Der »Prediger« ist die Tragödie des Lebens, des – wenn man es überhaupt so nennen kann – glücklichen Lebens. »Hiob« — die Tragödie der unverdienten, nicht zweckmäßigen Qual im Leben. Der »Prediger« antwortete auf das Problem des Lebens mit einem sanften, bleichen Schrecken vor dem Tod, indem er sich vor GOtt aufs Gesicht wirft: Der Mensch ist unwissend und muß leben und sterben, und solange er lebt – GOttes Gebote einhalten, denn das ist der ganze Mensch, dazu ist er geschaffen. Zu keinem besseren Resultat kommt Hiob! In die Debatte zwischen Hiob und seinen Kameraden, die bei ihm Sünden suchen und nicht finden, die die Leiden als Strafe rechtfertigen wollen und nicht können, mischt sich GOttes Stimme ein. GOtt allein antwortet aus dem Gewittersturm, er antwortet, aber er *sagt* nichts. Groß ist er und stark, und ewig, und gegen ihn ist der Mensch nur Staub, und Staub ist der menschliche Verstand. Wer war, als er die Welt erschuf, die Maße der Erde bestimmte, den Himmel ausbreitete, die Sterne hineinsetzte? Und wer gibt dem Vogel unterm Himmel Nahrung, wer versorgt das wilde Tier im Wald und auf dem Feld? Natürlich weiß er, was er tut. Und wieder fiel er auf die Knie vor dem großen Unbekannten, dessen Gerechtigkeit uns unzugänglich ist, dessen Weisheit von uns nicht verstanden werden kann, denn es ist möglich, daß GOtt wegen solcher Sünden strafet, um welche wir gar nicht wissen, und es kann auch sein, daß GOtt prüfet. Und wenn der Mensch die Prüfung besteht, steigt er in seiner Gnade. Alles, was Hiob hatte, bekommt er doppelt zurück . . . Das Problem des Lebens und Leidens bleibt jedoch offen.

III.

Zwei Berge: der Berg Gerizim und der Berg Ewel. Auf einem Berg wird gesegnet, auf dem zweiten — gescholten.

Gesegnet wird der, welcher GOttes Gebote einhält und

auf Seinen Wegen geht; und verflucht wird der Abtrünnige, der sich nicht an GOttes Gebote hält, der gegen Ihn widerspenstig ist. Der Segensspruch ist: Du sollest gesegnet sein in der Stadt und gesegnet auf dem Felde. Und gesegnet soll die Frucht deines Leibes und die Frucht deiner Erde und die Frucht deines Viehs sein, der Ertrag deiner Rinder und die Herde deiner Schafe. Möge der Segensspruch in deinen Trog und in deinen Korb hineingelangen und in alles, nach dem du deine Hand ausstreckst . . .

GOtt wird dem Guten Tau des Himmels und Fett der Erde geben. Aber Kupfer wird der Himmel über dem Kopfe des Abtrünnigen sein; Eisen die Erde unter seinen Füßen. Die Frucht seines Leibes und die Frucht seines Viehs wird verflucht werden. Er wird verflucht sein in der Stadt und auf dem Felde . . .

Er wird ein Feld bebauen, und ein anderer wird die Ernte erhalten; einen Weingarten wird er anlegen — ein Fremder wird den Wein trinken. Vor seinen Augen wird man seinen Ochsen schlachten, aber er wird von seinem Fleisch nicht essen.

*

So gehen Segen und Fluch auf Erden in Erfüllung. Ein Geschlecht kommt, ein Geschlecht geht — ewig besteht die Erde. Und will der Mensch in die Ewigkeit eintreten, muß er sich mit der Erde vereinigen. Er kommt vom Staube der Erde, zum Staub der Erde kehrt er zurück; und wenn er sich einen Turm baut, um den Himmel zu erstürmen, werden die Sprachen vermischt, die Erbauer über die Erde verstreut und versät.

Die Aufgabe des Menschen besteht in der Füllung der Erde; und allein in der Fortpflanzung, in ständiger Neugeburt, in Kindern und Kindeskindern besteht seine Ewigkeit.

Daher ist die Herrschaft über ein Land das größte Glück; Kinder und Kindeskinder, die Hoffnung auf Stämme und Völker — der schönste Traum von der Ewigkeit.
Heimatlos zu sein ist die größte Strafe; unstet ist Kain, der Mörder seines eigenen Bruders.
Die größte Strafe ist Ausrottung und Kinderlosigkeit — vom ewigen Leben abgeschnitten zu werden; die Welt wie ein Schatten durchschreiten und verschwinden. Kinderlosigkeit ist die große Tragödie in der Familie. Die Herrin, die dem GOtt ihr Denken verschlossen hat, übergibt dem Herren, dem Patriarchen, die Magd, damit die Familie nicht aus dem Buche des Lebens getilgt werde. Und wenn die Magd gesegnet wird und gebären muß, nimmt sie die Herrin auf ihren Schoß. Vielleicht wird sie von ihr aufgerüttelt.

IV.

Auf Ewel wie auf Gerizim wird nicht zum einzelnen Menschen geredet, sondern zum Volk. Das Volk wird gesegnet und gescholten. Der einzelne Mensch wird als geächtet vertrieben, wenn er mit Hiobs Krankheit, mit unheilbarem Aussatz, geplagt wird . . . Möge es GOttes Strafe sein, möge es eine Prüfung GOttes sein – das ist seine Sache. Die fette Erde, der Tau des Himmels und der Regen zur rechten Zeit. Die Erde, auf welcher GOttes Auge vom Anfang bis zum Ende der Jahre ruht, ist dem Volke versprochen . . .
Die Erde wird unter den Stämmen geteilt, und die Stämme — in Familien; über die Häuser herrscht die Familie; die älteste über den Stamm; über alle Stämme — ein GOtt!
Wird ein Vater einer Familie sterben und keinen männlichen Samen zurücklassen, so wird Moses sich vor GOtt

stellen und sich für ihn darum bemühen, daß sein Name nicht verklingen und vergessen werden solle, und sein Erbe werden seine Töchter bekommen, und die Töchter Zelofchads werden einen Abschnitt in der Tora haben. Und stirbt jemand gänzlich ohne Kinder, ohne lebendigen Samen, soll sein Bruder sich mit der Witwe paaren und den Samen lebendig machen, auf daß der Name des Gestorbenen auf seinem Erbe bleiben solle und in die Ewigkeit weiterklingen.

Ein Mensch lebt für das Volk, für Kinder und Kindeskinder. Dies ist das ewige Leben für den Menschen: die Familie, der Stamm, das Volk — sie können ewig auf der Erde leben ...

Und Moses, der in GOttes Namen das Volk aus Ägypten führte, von der Knechtschaft befreite, führt es durch die Wüste zum Gelobten Lande und erträumt für jenes ein Paradies auf Erden – in dem Gelobten Lande.

Es wird ein Land sein, wo Milch und Honig fließen.

Der Mensch muß arbeiten, doch solle ihm die Arbeit kein Fluch sein. Sabbate und Feiertage, an denen geruht wird – für den Herrn, für sein Hausgesinde, für seine Dienerschaft, für sein Vieh und seine Erde ... die Erde hat noch ihr Sabbatjahr, das siebente freie Jahr.

Jeder arbeitet für sich. Die Erde wird unter allen aufgeteilt, auf daß keiner seine Erde verlieren könne; die Erde ist GOttes, GOtt zieht die Grenzen zwischen Völkern, seinem auserwählten Volk hat er das rechte Land bestimmt, und auf ewig kann einer dem anderen nicht GOttes Erde abtreten: Nach einer Jobelperiode gelangt das Erbe wieder zu seinem Bürger, der es gemäß dem Lose aus GOttes Hand erhalten hat.

Ein freies Volk soll es sein. Der Alleinherrscher ist GOtt. Das Gesetz ist von Ihm. Zwischen Volk und GOtt steht der Stamm Levi, dieser dient dem Priester, und der Priester dient GOtt im Tempel und legt dem Volk das Gesetz aus, lehrt es und beantwortet seine Fragen, bringt seine Opfer dar und betet für es und vergibt ihm in GOttes Namen die Sünden, wenn es sich nur um eine Sünde gegen GOtt handelt. Ist ein Mensch bestohlen worden, so muß zuerst das Geraubte oder durch vorsätzliche Täuschung Erworbene zurückgegeben und der, welcher zu Schaden gekommen ist, entschädigt werden; dann erst wird GOtt die Sünde erlassen. Der Stamm, welcher zwischen dem Volk und GOtt steht, hat daher kein Recht auf Eigentum, kein Feld und keinen Acker.

Dem Arbeiter gehört die Erde; die geistige Aristokratie wird, wie in Ägypten, das Volk nicht seines Eigentums berauben ... und kein Herrscher, kein König und sein Hof — versklaven.

Der Herrscher ist GOtt ... Es wird keine Kluft zwischen arm und reich mehr geben: eine Jobelperiode – und das Erbe wird wieder angetreten. Das Sabbatjahr — alle Scheunen sind für alle offen, und während der ganzen Zeit — freie Versorgung aller Bedürftigen. Und der Zehent für die Armen. Und kommt jemand herunter und muß seine Arbeitskraft verkaufen, dann dient er nur sechs Jahre. Frei; aus mit der Knechtschaft.

Alle sind gleich, alle sind Brüder ...

Die heimischen Völker, die sich vor GOtt versündigt haben, werden vertrieben; Amalejk, der schlimmste — ausgelöscht. Ein GOtt, ein Gesetz, ein Volk und ein Land. Und auch der Fremde wird der Freiheit und Brüderlichkeit genießen. Liebe deinen Nächsten wie dich selbst, und liebe den Fremden. Gedenke, du warst ein Fremder in Ägypten. Ein Gesetz für alle. Ausgenommen das Passahopfer. An dem kann der Fremde nicht teilnehmen; er ist nicht aus Ägypten befreit worden.

Und du wirst nicht rauben, nicht töten, nicht täuschen und kein rachsüchtiger Mensch sein. Und wenn dein Bruder verarmt, stütze ihn. Und verirrt sich deines Freundes Esel,

führe ihn ihm zu. Und sei barmherzig gegenüber Witwen und Waisen. Ich bin der GOtt der Witwen und Waisen. Sagt GOtt. Und abgesondert sollst du sein und heilig, denn abgesondert und heilig ist dein GOtt . . .
Die Erde — nur Gerechtigkeit, Heiligkeit und Brüderlichkeit auf Erden. Den Fluch von der Arbeit genommen, die Leiden aufs äußerste vermindert, das Leben für heilig erklärt und mit Liebe beleuchtet . . .
Ein Paradies auf Erden.

*

So träumte Moses für sein Volk den Traum eines Paradieses auf Erden . . .
Er konnte das Land nicht mehr sehen.
Vierzig Jahre lang führte er sein Volk durch die Wüste, damit das knechtische Geschlecht, das Ägypten gedient hatte, aussterbe; ein freies Volk wollte er in das Land führen — aber auch er selbst sah das Land nur von weitem mit den körperlichen wie im Traume mit den geistigen Augen . . .
Nicht der ganze Traum ging in Erfüllung, teilweise — auch nicht für lange . . .
Amalejk wurde nicht ausgelöscht, alle sieben Völker, die das Land weggenommen hatten, wurden nicht vertrieben, das auserwählte Volk blieb nicht abgesondert.
Und nicht GOtt selbst war der Herrscher, und nicht lange stand der Priester zwischen Ihm und Seinem Volk.
Nicht alle bekamen Erde . . .
Und mit Philistern und anderen Völkern stand ein ewiger Krieg im Land.
Und das Volk verlangte einen König, der seine Kriege führen sollte . . . Zusammen mit dem König erschienen der Hof, die Kriegsheere, der Bruderkrieg und mit ihnen all die sozialen Leiden: Armut, Knechtschaft, Hunger und Not.

Die Grenzen zwischen Eigentum und Eigentum wurden verschoben, und das große Eigentum verschlang das kleinere. Familien verschwanden von ihrer Erde, und der Priester wurde verfressen und versoffen. Der Händler dringt in den Tempel ein, das Heiligtum wird entweiht, die Einheit zerrissen, der Bund zwischen GOtt und Volk platzt und blutet, und Schande bedeckt die Erde.
Und rundherum erheben Völker das Schwert; das kleine Land wird ein blutiger Weg zwischen kriegerischen Armeen fremder Völker und dann die Arena für ihre Schlachten, und das Volk wird vertrieben, aus dem Paradiese vertrieben —
Nicht nur Menschen — auch Völker können nicht für sich selbst leben . . . Die Welt muß erlöst werden . . .
Und da Gerechtigkeit die Erlösung von Schmerz und Pein ist, muß Gerechtigkeit über die Welt herrschen, und anstelle des weibischen Königs und fressenden Priesters erlangt der Prophet, der vor der Welt predigt, der im Namen GOttes und Seiner Gerechtigkeit zu der Welt spricht, die Herrschaft über die Gemüter. Das Amulett, das dann zum Familiengott wurde, zum GOtte Abrahams, stieg danach zur Höhe eines VolksGOttes, der den ungeheuren Schritt vom GOtte Abrahams, Isaaks und Jakobs zum GOtte Israels machte; und bald wird Er seinen eigenen Namen, der ihn von anderen Göttern bei anderen Völkern und anderen Ländern unterscheidet, verlieren; der Name wird verwehrt werden, auf daß er über keine Lippe komme, denn Er wird zum Welt-GOtt erhöht und gekrönt, weshalb Er keinen Namen mehr braucht – denn Er ist der einzige und regiert nicht über *ein* Land, und nicht für *ein* Volk gilt Sein Gesetz, und nicht zu *einem* Stamm redet in Seinem Namen der Prophet. Will aber der Prophet nicht nach Ninive gehen, das fremde Volk vor der Strafe nicht warnen und vor GOtt auf einem Schiff fliehen, dann jagt ihm GOttes Zorn nach; droht das Schiff unterzugehen,

wirft man den Propheten ins Wasser, und ihn verschlingt der Fisch.
Alle, welche Rufer sind in GOttes Namen, sind auserwählt — sagt der Prophet. — Das Volk ist nur auserwählt, um GOttes Wort der Welt zu verkünden; auserwählt ist Zion, damit von dort das Gesetz vor der Welt erscheine, von Jerusalem aus soll GOttes Wort der Welt erscheinen.
Wird das Volk zerstreut und leidet in der Diaspora, begleitet es die GOttesherrlichkeit und leidet mit ihm; Kanaan wird zu klein für GOttes Kinder sein, aber das Land wird sich über alle Länder ausbreiten.
Ist GOtt der GOtt der Welt und wird Sein Volk ein über die Welt zerstreutes Volk, so muß der Erlöser der Welt kommen, ein Messias für die ganze Welt.
Da endet dann der Traum der Erde. Der Fluch und der Regen der Erde . . . Wir erstürmen den Himmel . . .
Es beginnt der Traum des ewigen Lebens: Paradies, Auferstehung der Toten . . .

1910

Nachbemerkungen, Perez und die jiddische Literatur betreffend

Für Doris

Seltsam stumm mutet immer die lange Reihe der angegilbten jiddischen Bücher im Regal an. Eine verlorengegangene Welt träumt in ihnen vor sich hin; weiterexistierend nur noch in dem einen und einzigen Paradies, aus dem man nicht vertrieben werden kann –: in der Erinnerung, dem Gedächtnis ...

Es sind diese Bücher das Gedächtnis einer Geschichte, die in einer unsäglichen Katastrophe endete. Diese steht zwischen dem Heute und jenem Früher, mit dem so eng und beinahe unauflöslich die jiddische Sprache verknüpft ist, welche – wie Salcia Landmann schrieb – »in der gesamten Sprachgeschichte keine Parallelen (hat). Es ist ein Roman, geboren aus Blut, aus Liebe, aus Haß, geschrieben in den brennendsten Farben.«

In dieser Sprache ist jenes Früher bewahrt und lebt fort. Die, welche noch fähig sind, sie zu lesen, zu verstehen und ihre Tiefen zu erfühlen, wissen um ihr Verlorensein – allen Bemühungen zum Trotz, den »drohenden Untergang der jiddischen Sprache«, den »Tod der jiddischen Kulturwelt« (Landmann) zu verhindern. – Eine Sprache, die bald stirbt? – Das eher nicht; auf jeden Fall aber: – eine Sprache, welcher der Lebensraum, in dem sie sich entfaltete und zu höchster Ausformung gelangte, endgültig entzogen ist und ohne den sie wahrscheinlich zu einem bloßen Schattendasein verurteilt bleibt. (Und so sprechen manche schon melancholisch im Präteritum über sie: »Jiddisch war die Sprache des Leidens, der Inbegriff tausendjähriger jüdischer Geschichte und Trauer« – so Leo Rosten, dessen Worte wohl als Nachruf aufgefaßt werden wollen.)

Dieses *Einst* darf jedoch nicht dem Vergessen anheimfallen, damit man sich nicht plötzlich sagen muß: »Zu spät!« – Ein, wenn nicht *der* Weg, es dem Vergessen zu entreißen, besteht wohl darin, die Literatur, das Gedächtnis der verlorenen Zeit, »als immerfort mitlebend zu behandeln! —« (Arno Schmidt); und das heißt hier im besonderen: sie angemessen zu übersetzen; damit sollte nicht mehr allzu lange gewartet werden; die Zeit saust pfeilschnell dahin, aber es tut sich nicht sehr viel: Übersetzen wird zum Herüberretten des Bedrohten. (Dazu mehr am Schluß dieser Nachbemerkungen.)

Jiddisch, hört man, sei ja wieder *en vogue*. Zumeist scheint sich aber das Interesse auf eine oberflächliche Kenntnisnahme von »Folk-Songs« und Witzen in verwässertem Jiddisch zu beschränken. Das mag nun alles recht schön und gut und unterhaltsam sein; jedoch wird so der völlig falsche Eindruck vermittelt, man habe es dabei mit einem gutmütigen »Jargon« oder gar »Kauderwelsch« zu tun. Hier liegt ein durchaus erklärbares Mißverständnis vor, dem man am besten begegnet, wenn man kurz einiges Grundlegendes zu dieser Sprache mitteilt.

Die im 13. und besonders im 14. Jahrhundert aus Deutschland ostwärts fliehenden Juden (– das *Warum?* wird sich auch der, welcher in Geschichte weniger bewandert ist, leicht dazudenken können! –) nahmen aus ihrer alten »Heimat« *ihr damals hauptsächlich vom Mittelhochdeutschen geprägtes Idiom* mit –: welch eine vage, nebulose Definition, die ich nach zögerndem Erwägen hinzuschreiben wagte!, – es sollte aber bedacht werden, daß alle noch so ausgeklügelten Mutmaßungen über den Ursprung des Jiddischen das ihn umlagernde Dunkel bisher noch nicht wirklich zu erhellen vermögen. Gewiß war seine Nähe zum Deutschen, mit dem es ja in engstem Kontakt stand, noch völlig unverkennbar. Trotzdem –: betrachten wir z.B. das früheste, in ein hebräisches Gebetbuch aus

Worms geschriebene Sprachdenkmälchen (1272/73), so erkennen wir, wie aussichtslos es sein würde, wenn wir es, bloß mit einem Wörterbuch des Mittelhochdeutschen ausgerüstet, zu übersetzen versuchten (–: »gut tak im btag / swer dis machsor in bess haknessess trag«). Wie auch immer –: Im Laufe eines guten halben Jahrtausends, isoliert vom Deutschen und inmitten einer anderssprachigen Umwelt, entwickelte sich aus dem von den Juden in den Osten mitgebrachten und immer beibehaltenen »Judenteutsch« das, was heute allgemein als Jiddisch bezeichnet wird. (Dabei muß von diesem Ostjiddisch das ehemalige Westjiddisch unterschieden werden, das sich immer in zu großer Nähe zum Deutschen befand, um sich zu einer wirklich eigenständigen Sprache zu entwickeln. – Ich spreche im weiteren nur vom Ostjiddischen.)

Hatte diese Sprache, für deren Aufzeichnung man sich – wie auch sonst für alle Judensprachen – seit jeher keiner anderen Schrift als der semitischen bediente, schon immer eine starke hebräisch-aramäische und romanische Komponente, so begann die erstere nun rasch zuzunehmen. Das erklärt sich ganz einfach daraus, daß das intensive Studium der heiligen Schriften (im Originaltext) stets fleißig betrieben wurde – und zwar vom zartesten Kindesalter an (: Etwas Ähnliches würde auch bei uns nicht schaden: Altgriechisch oder Latein ab der Volksschule!); so flossen immer mehr Wörter und Redewendungen aus der »heiligen Sprache« ein (besonders traf das natürlich für fast den gesamten kultischen Bereich zu, wo sich um jedes Wort ein weitgedehntes Begriffsfeld erstreckt, aber auch für alles das Leben der Gemeinde Betreffende etc.). Neu bildete sich nun eine slawische Komponente aus – sie umfaßt vor allem Wörter aus dem Alltagsleben (: Kleidung, Nahrung, Kraftausdrücke etc. – was eben so zum Lebensnotwendigen und -verschönernden zu rechnen ist). In diesem Jahrhundert dann, bedingt durch die Auswanderungen nach Amerika, wurde aus dem Englischen so mancher Ausdruck des modernen Lebens entlehnt. – Häufig finden sich in einem Wort mehrere Komponenten vereint (z. B.: ein Wort hebräischer oder polnischer Herkunft mit einem deutschen Prä- oder Suffix etc.); dennoch entsteht trotz all dieser verschiedenartigsten Einflüsse nie der Eindruck eines Sprachmischmasches, was schon die ausgeprägte strukturelle und phonetische Eigenständigkeit des Jiddischen verhindert. Die »fremden Elemente« sind organisch integriert, den Eigengesetzlichkeiten unterworfen; die Verständlichmachung des bemerkenswerten Phänomens einer solchen Permeabilität, wie sie uns sonst nur in den »Privat«-Sprachen seltener Kunstwerke (wie Fischarts *Geschichtsklitterung* oder Joyces *Finnegans Wake*) begegnet, wäre aber letztlich nur durch einen tiefreichenden, komplexen Exkurs über die spezifische »Psychologie des Jiddischen« zu erreichen.

Wir wollen uns jedoch nun der jiddischen Literatur zuwenden, deren Anfänge im 14. Jahrhundert anzusetzen sind. Freilich finden sich viel früher schon einzelne Glossen, Glossare, Übersetzungen aus der Bibel und Folkloretexte; die älteste umfangreiche Handschrift aber stammt aus den Jahren 1382/83. Sie wurde 1896 in Kairo in einem »Büchergrab« (= Genisá) gefunden und wird in Cambridge aufbewahrt. (Anders als bei uns werfen die Juden die unbrauchbar gewordenen Bücher nämlich nicht zum Mist, sondern bestatten sie; eine Hochschätzung wohl des geschriebenen Wortes, die denen unbegreiflich bleiben wird, die Bücher sowieso als ohne weiteres für ihr Leben entbehrliches »Zeugswerk« betrachten.)

Die Cambridger Handschrift enthält neben einem *Dukus Horant*, abgefaßt in einer einmaligen, der Nibelungenstrophe ähnlichen Strophe, einigen »Gebrauchstexten« und einer Fabel vier kleinere Texte, die auf die Midraschim zurückgehen (z. B. über den Versuch Suleikas, der Frau des Pharaos, Joseph zu verführen, eine Verlockung, der dieser aber zu widerstehen vermag – dies natürlich allen Juden zum Vorbilde!).

Den Höhepunkt, die »Klassik«, erlebte die jiddische Literatur (und gleichzeitig die Sprache) 500 Jahre später, um 1900. Dazwischen entstanden in mehr oder minder kontinuierlicher Folge zahllose Schriften, die nach der Erfindung des Buchdrucks oft eine erstaunlich große Verbreitung erfuhren (Volksbücher, dramatische Dichtungen, Unterhaltungsliteratur, Gebetbücher . . .), bei deren farbiger Geschichte wir uns hier aber nicht aufhalten können, weil wir uns langsam unserem Schriftsteller, Jizḥok Lejb Perez, nähern wollen.

Um 1800 bahnte sich das Ende der älteren jiddischen Literatur an. Die Sprache wurde von den jüdischen Aufklärern als *unsittlicher* Jargon abgelehnt und bekämpft und »versank« tatsächlich »in einem literarischen Mist« (Landmann), den Kolportageromanautoren produzierten. Dennoch sollten Literatur und Sprache noch zu ihrer höchsten Ausformung gelangen – und zwar in einem solchen Maße, daß die Ignorierung, welche man ihnen angedeihen läßt und die sich unter anderem in der fast vollständigen Absenz greif- und brauchbarer Übersetzungen zumindest der allerwichtigsten Werke dieser überragenden Literaturepoche äußert (ganz zu schweigen davon, wie ungeheuerlich schwierig es ist, noch Originale aufzutreiben!), daß also die Ignorierung nicht nur tief bedauerlich ist, sondern auch einen großen Schandfleck in unserem geistigen Leben bedeutet, weil sie, abgesehen davon, daß eine ihrer Wurzeln wohl ein noch immer unbewältigter Antisemitismus zu sein scheint, die Auseinandersetzung mit einer eigen-artigen und schillernden Kultur und ihren Zeugnissen ersten Ranges, ihren literarischen Emanationen, unterbindet. Was uns dadurch entgeht, kann der wohl ermessen, der das verfügbare Material etwas genauer studiert hat und dessen Interesse über ein gelegentliches Anhören jiddischer Lieder hinausgeht. Er wird konsterniert sein, wenn er bei seinem Buchhändler etwa Scholem Alejchems *Menachem Mendel*, Mendele Mojcher-Ssforims *Taxe*, Perez' *Skizzen*, Scholem Aschs *Gott der Rache* bestellen möchte und erfahren muß, daß diese zum Schönsten und Besten nicht allein der jiddischen, sondern der Welt-Literatur überhaupt zu zählenden Werke seit Menschengedenken nicht mehr erhältlich sind.

In der zweiten Hälfte des 19. Jahrhunderts begann das Wiederaufleben der jiddischen Sprache und Literatur, welche nun besonders durch drei Schriftsteller ihre bisher vollendetste Form erhielten:
Der 1836 in Litauen geborene und 1917 in Odessa gestorbene Scholem Jakob Abramowitsch, der sich *Mendele Mojcher-Ssforim* (Mendele, der Buch-Händler) nannte, gilt als der »Großvater der neuen jiddischen Literatur«. Er war Talmudgelehrter, schloß sich früh der jüdischen Aufklärung an und schrieb anfangs nur in hebräisch (u. a. eine dreibändige *Naturgeschichte* und eine *Geschichte Rußlands*). Ab 1863 begann er – vorerst eher zögernd – auch in der jiddischen Sprache zu schreiben. Die ihr innewohnende Schönheit und Kraft und ihre Eignung, den Glanz und das Elend des Lebens der Juden in der osteuropäischen Welt in adäquater Form darzustellen, erkannte Mendele sehr bald: Und es gelang ihm, in seinen Werken das Jiddische zu einer geschliffenen, ausgereiften Literatursprache zu erheben und ein Stoff-Gebiet zu erschließen, auf dem sich die jiddische Literatur bis zu I. B. Singer, den man 1978 mit dem Nobelpreis, dem »Stigma der Mittelmäßigkeit«, wie ihn Arno Schmidt mit einigem Recht nannte, bedacht hatte, im wesentlichen »abspielte«.
Als »Mendeles ersten Enkel« bezeichnete sich selbst der dritte Klassiker: Schalom Rabinowitsch (– Perez ist der zweite –). »Schalóm Alechím!« ist ein hebräischer Gruß;

in jiddischer Aussprache: *Scholem Alejchem* – unter diesem Namen kennen wir Rabinowitsch (oder auch nicht . . .). Er wurde 1859 in einer kleinen Stadt in der Ukraine geboren. Sein wohlhabender Vater, ein Chassid, bankrottierte, die Mutter starb früh, und die dauernde Angst vor drohenden Pogromen begleitete ihn von Kindesbeinen an – kein Balsam für eine Kinderseele, kein »gesundes Klima«. Er besucht die jüdische Elementarschule und eine russische Schule; beginnt als Zwanzigjähriger in hebräisch und russisch zu schreiben; wirkt bis 1883 als Rabbiner; schreibt ab diesem Jahr in jiddisch; erbt Ende der achtziger Jahre ein größeres Vermögen; tritt als Literaturmäzen auf; spekuliert; verliert fast alles; geht nach Odessa, wo er sich in den verschiedensten Berufen versucht; kommt 1893 nach Kiew und flüchtet 1905 nach den Pogromen aus Rußland; mit seiner großen Familie zieht er rastlos durch Europa und Amerika. Auf seiner letzten großen Reise durch Europa erkrankte er schwer; Perez schrieb ihm, bestürmte ihn, gesund zu werden, lud ihn nach Warschau, wo beide die Passah-Woche des Jahres 1914 miteinander verbrachten – ihr letztes Zusammensein: »Wir durchstreiften gemeinsam Warschau der Länge und Breite nach, ließen uns zusammen photographieren, träumten vom Jüdischen Theater, von der Literatur, machten Pläne und bauten Luftschlösser wie in jungen Jahren – wer konnte damals sagen, daß dies meine letzte Woche mit Perez sein sollte? . . .«, schrieb Scholem Alejchem 1915, nach Perez' Tod, in seiner Schrift *Eine Woche mit J. L. Perez*. Nach dem Ausbruch des 1. Weltkrieges geht Scholem Alejchem nach Amerika zurück und stirbt 1916 in New York.

Ich habe das ruhelose Leben Scholem Alejchems kurz skizziert, um einerseits ahnbar zu machen, wie der ihm eigene Humor und die ihm nachgerühmte Fähigkeit, das Leben in satirischer Brechung darzustellen und mit Ironie und »gangbarem Sarkasmus« (P. Rosenhall) zu behauchen, immer Ausdruck der Bewältigung einer Realität sind, welche nicht nur für Scholem Alejchem, sondern für die in der Diaspora lebenden Juden zumeist überhaupt wenig bot, um ihr wohlig und zufrieden ins dräuende Gefratz sehen zu können –: mit fidelem Witzboldtum und augenzwinkerndem Blödeln, wie das einige Deuter nahelegen wollen, hat Scholem Alejchems satirischer Stil nichts gemein; eher überkommt einen bei der Lektüre seiner Schriften – bei allem bitterem Lächeln, zugegeben – ein nicht ganz greifbarer hektischer Schrecken, ein innerlich aufwühlendes Gefühl, daß es letztlich fiebrige Unrast und abzuwehrende Einbrüche lauernder Bedrohungen in ein verletztes Ich sind, gegen die Scholem Alejchem anschreibt – (: wem es gegönnt ist, in einem Antiquariat noch einen Roman von ihm aufzustöbern, der sollte einmal auf diese dunklen Untertöne achten – sie teilen mehr von Dichtung und Dichtern mit als 95 % aller Sekundärliteratur). — Andererseits sei bedacht, daß in diesem Leben ein 28 Bände umfassendes Werk entstand: Hunderte Erzählungen (wie die *Geschichten für jüdische Kinder* und die Erzählungen um das fiktive russisch-jüdische Städtl *Kasrilewke*); umfangreiche Romane (von denen hier nur die wichtigsten genannt seien: *Tewje, der Milchmann, Menachem Mendel, Motl Pejse*; die längst vergessenen, nirgendwo mehr erwähnten *Irrenden Sterne, Marienbad* und die Autobiographie *Vom Jahrmarkt*); Skizzen und theoretische Schriften; Dramen (z. B.: *Es ist schwer, ein Jude zu sein*); daneben Briefwechsel u. a. mit Gorki und Tschechow ...

Jetzt aber endlich zu Perez!

In der polnischen Stadt Zamość, 90 Kilometer südöstlich von Lublin, wurde er am 18. 5. 1851 geboren. (Hier kam 1870 auch Rosa Luxemburg zur Welt.) Seine Vorfahren, die im späten 16. Jahrhundert nach Polen kamen, waren

Sephardim: So werden die 1391 und 1492 aus Spanien vertriebenen und besonders ins große Reich des Sultans geflohenen Juden genannt, die das Spanische des 15. Jahrhunderts konservierten und zu einer eigenen Sprache, dem sogenannten »Spaniol«, weiterentwickelten. Perez studierte Rechtswissenschaft und eignete sich autodidaktisch ein umfangreiches Wissen in Geschichte, Philosophie, Soziologie und Naturwissenschaften an. Neben Polnisch, Hebräisch und Jiddisch beherrschte er unter anderem Russisch und Deutsch (– er übersetzte Heine ins Jiddische). Seit 1876 war er in Zamość als Advokat tätig, setzte sich besonders für Personen ein, die von der zaristischen Behörde verfolgt wurden, und betrieb massive soziale Agitation. 1888, nachdem man ihm deswegen die Advokatur entzogen hatte, ging er nach Warschau. Er hatte als Aufklärer bisher in hebräisch und polnisch gedichtet, begann sich aber nun des Jiddischen, mit dem er eine größere Zahl Leser erreichen konnte, zu bedienen, um besonders das Leben in den Kleinstädten, die er oft von Warschau aus besuchte, kritisch-realistisch zu schildern (*Bilder einer Provinz-Reise, Skizzen*). Von 1891-96 gab er die »Jüdische Bibliothek« und die »Jom-Tow-Blätterchen« heraus, deren Zielsetzung es war, Wissen zu vermitteln, Mißstände aufzuzeigen und zur politischen Bildung beizutragen. – Immer mehr jedoch wurde in seinen Geschichten die »Realität« von Mystischem, Traumhaftem durchwebt und überlagert – die Grenzen verschwimmen; die Menschen werden von einem nicht ganz faßbaren *Willen* getrieben, der sich ihrer Einflußnahme entzieht; eine Debatte über die »Freiheit des Willens« kommt erst gar nicht auf – man sieht ja, wie es damit bestellt ist. Und es kann sich sogar ein *Glasstückchen*, wie in der gleichnamigen Erzählung, als Motor einer leerlaufenden Ursache-Wirkungs-Folge erweisen. Aber wehe dem, der die Wahrheit kennt! – Er bekommt wie seit eh und je die Aggression *der vielen* zu spüren, die ihr Sein so fest auf Schein gegründet haben; »und mit Recht!«, fügt Perez hinzu; – das ist kein opportunistischer Sarkasmus, sondern Bitterkeit, welche die Bewandtnis, die es mit diesem »Recht«, von dem sie spricht, so auf sich hat, nur zu gut kennt.

Die beiden Zyklen *Chassidische Erzählungen* und *Volkstümliche Geschichten* (1889-1904) sind die bekanntesten und beliebtesten Schöpfungen Perez', der sich hier, in diesen vom Geist des Jüdischen inhaltlich und bis in die sprachlichen Kleinstrukturen am tiefsten durchdrungenen Erzählungen, vielleicht auch am ausgeprägtesten als »Mensch der Gegensätze«, wie er sich selbst nannte, zeigt. Die äußerlichen Erscheinungsformen dieser »Gegensätze« bewegen sich – als Abglanz tiefer wurzelnder Spannungen – immer zwischen je zwei Polen –: in der Horizontalen: Aufklärung auf der einen – Volkstümlichkeit auf der anderen Seite, zu der er hinhorcht, die er verständnisvoll und wehmütig zu deuten weiß als Mechanismen des Überlebens in einer Um- und Unwelt, in der die Ideale der Humanität schließlich als nicht mehr realisierbar erkannt werden müssen. Und das leise, stille Lächeln, mit dem er lebenserhaltende Träume und Gedankenspiele schildert, steigert sich nie zu einem Sarkasmus, wie er sich bei Mendele und Scholem Alejchem bisweilen findet, sondern zeigt immer auch das bittere Wissen um die *Notwendigkeit*, sich Metarealitäten zu schaffen, Fluchträume (= Fluch-Träume und Flucht-Räume) jenseits des Elends und der Entsagung . . . – In der Vertikalen: Hier Leben und Welt, nüchtern von Perez beobachtet, – dort, droben, in ewigem Geheimnis, göttliches Schalten und Walten; der Braus GOttes, welcher die Schöpfung durchhaucht und ihr wie eingekapselte Funken innewohnt (: die GOttesherrlichkeit [Sch'chinah], Leben und Welt verklärend, für den Sehenden als Widerspiegelung des *Droben* wahrnehmbar), bei Perez das mystische Element, die Verbindung mit dem »Ewig-Wirklichen« –: In der Hinwendung zu der Welt und dem Göttlichen in ihr wird versucht, die »Einung« zu erreichen; zum Gelingen dieser Bemühung können Gesang, Tanz und Ekstase nachhelfen. Manchem wird schon aufgegangen sein, daß es der Chassidismus ist, dem ich mich im eben Gesagten umkreisend näherte. Wie auch Martin Buber »erfaßte (Perez) die Bedeutung des Chassidismus für das Überleben der Juden, die ihm innewohnende Kraft und seinen poetischen Einfluß auf das allzu prosaische Leben« (Sol Liptzin). Es ist eine mystische Strömung, die zu Beginn des 18. Jahrhunderts als Reaktion auf vorangegangene Pogrome und das Versagen der Orthodoxen, den notleidenden Juden eine seelische Stütze zu sein, entstanden ist. Der Gründer, Israel-ben-Elieser, der Baal-Schem-Tow (= Herr des Guten Namens) genannt wurde, und seine Nachfolger, die »Zadikim« (= die Gerechten), waren Persönlichkeiten, welche es verstanden, dem Volk durch ihre praktischen Kenntnisse und religiösen Fähigkeiten die nötige Hilfe zu bieten. Allerdings sollte man nicht, wie Buber, dabei stehenbleiben, nur die positiven Aspekte des Chassidismus ins Auge zu fassen: Die Zadikim, dem ihnen zugesprochenen Charisma bisweilen auch durch wahrlich fürstlichen Prunk, den ihnen zugetragene Reichtümer zu entfalten ermöglichten, einen zusätzlichen äußeren Ausdruck gebend, waren bald daran interessiert, daß ihr »Amt« des »Wunderrabbis« (wie sie von den Spöttern genannt wurden) erblich sein sollte. So geschah es denn schließlich, und die Folge war, daß nun auch völlig ungeeignete Männer das Amt bekleiden konnten. Und wie das bei neuen Bewegungen nach einer bestimmten Zeit unausweichlich geschieht, erstarrte auch der Chassidismus in einem einseitigen Doktrinarismus, der sich ja im Festhalten an einem nicht mehr hinterfragten Regelsystem erschöpft, dem sich blind unterzuordnen unerbittlich verlangt wird. Aber das hier nur nebenbei. Bei Perez jedenfalls

läßt sich die Sicht des Chassidismus am besten als Ausdruck des philosophischen Postulats einer »Idee des vollkommenen Menschen« (Buber) verstehen und kommt wohl den Deutungen Bubers sehr nahe.
1907 erschienen die beiden großen Dramen *Die goldene Kette* und *Bei Nacht auf dem Alten Markt*, deren düstere, symbolträchtige Sprache den Einfluß Ibsens erkennen läßt und deren Bilder einen Vergleich mit Rembrandts Licht-Dunkel-Gegensatz durchaus nahelegen. Sie gehören zu den großartigsten Schöpfungen Perez' und werden sich als seine bleibendsten erweisen, auch wenn in einem DDR-Schriftsteller-Lexikon weiszumachen versucht wird, daß sich in ihnen bloß »die Resignation nach der gescheiterten Revolution von 1905 ausdrückt« –, was als ideologisierende Kritik aufzufassen ist, die sich gegen den vom schönsten Pessimismus bestimmten Tenor dieser Werke richten muß; aus dem Inhaltlichen lassen sich solche Äußerungen jedenfalls kaum rechtfertigen.
Im Jahre 1908 fand in Czernowitz die große Sprachenkonferenz statt, bei der »Hebräisch zu *der* jüdischen Nationalsprache und Jiddisch zu *einer* nationalen Sprache der Juden erklärt (wurde)« (Sol Liptzin): Perez, der an der Konferenz teilgenommen hatte, machte sich daraufhin mit einigen Schriftstellerkollegen daran, sich um die wissenschaftliche Aufarbeitung des Jiddischen zu kümmern, welche auch mit großem Fleiß in Angriff genommen wurde: Ein einheitliches »Bühnenjiddisch« wurde geschaffen, die Übersetzungs- und Forschungstätigkeit kam in Schwung und machte im Jahre 1925 die Gründung des »Jiddischen Wissenschaftlichen Institutes« (JIWO) in Wilna möglich und notwendig (heute in New York).
Von 1910 bis zu seinem Tode am 3. April 1915 war Perez der Vorsitzende der »Jiddisch-Literarischen Gesellschaft«. An seinem Begräbnis nahmen hunderttausend Menschen teil.

Vom Paradies

Ein ›Insel-Buch‹
Ausgewählt von Ralf Borchers
Etwa 350 Seiten. Leinen.
ca. DM 25,– (Sept. 87)

Das Paradies, das ist die Ahnung, daß alles einmal gut war, und der Wunsch, daß es wieder so werden möge. Mit ihm verbindet sich die Vorstellung einer üppig-fruchtbaren Natur, mit der die Menschen in Einklang sind, die Friedlichkeit des Zusammenlebens aller, die Abwesenheit von Not und Arbeit, Schmerz und Tod.
Mit Geschichten, Legenden, Märchen, Gedichten und Aphorismen geht das Buch dem Paradies nach: wie es entstand und verlorenging und eine Glücksvorstellung zurückließ, ohne die der Mensch offenbar nicht gewillt ist zu leben. Unter anderem enthält das Buch *Vom Paradies* Texte aus Europa und Asien, aus der Antike und aus der Moderne, Visionen von Dante, Goethe, Max Frisch, Jean Paul, Heine, Rilke, Oscar Wilde, Robert Walser, Ernst Bloch und vielen anderen.

Die sieben Gärten der Liebe

Eine Sammlung alter indischer Geschichten
Herausgegeben von Roland Beer
Mit fünfundzwanzig Miniaturen
Etwa 500 Seiten. Leinen.
ca. DM 48,– (Okt. 87)

Sieben mal sieben Geschichten aus dem unerschöpflichen Reservoir indischer Erzählkunst hat der kenntnisreiche Indologe Roland Beer in diesem Band zusammengestellt, in einem magischen Zahlenquadrat, wie es indischem Vorbild und dem Thema entspricht: zu einem Kompendium der Liebe, einem gewaltigen Lesebuch in Sachen Sehnsucht und Treue, Begehren und Verlust, Raffinesse und Glück. Vorbildlich und in breitester Auffächerung sind regionale, sprachliche und literarische Aspekte berücksichtigt. Märchen und Schwänke, Allegorien und Novellen, Rahmenerzählungen und Spruchweisheiten; Texte aus mündlicher Volksüberlieferung wie aus kunstvoll literarischem Stilwillen. Und weit wie der geographische erstreckt sich der Zeit-Raum: vom achten Jahrhundert stammt die älteste Quelle, aus dem zwanzigsten die jüngste. Aber was heißt bei diesem Thema schon »jung«?

St. Brandans wundersame Seefahrt

Nach der Heidelberger Handschrift Cod. Pal. Germ. 60 herausgegeben, übertragen und erläutert von Gerhard E. Sollbach
Mit Originalillustrationen
Etwa 220 Seiten. Leinen.
ca. DM 38,– (Okt. 87)

Um das Jahr 900 verfaßte ein irischer Mönch die Erzählung von der Meerfahrt des irischen Abtes und Heiligen Brandan (ca. 484-576). Diese »Mönchs-Odyssee« berichtet, wie St. Brandan und einige seiner Mönche mehrere Jahre über das Meer fahren und zahlreichen Gefahren und wundersamen Erscheinungen begegnen, bis sie schließlich das irdische Paradies erreichen. Das Werk, das Elemente des christlichen Glaubens mit antikem Bildungsgut und bis in die Vorzeit zurückreichenden keltisch-irischen Überlieferungen verbindet, war ein sofortiger Publikumserfolg und eines der beliebtesten und meistverbreiteten Bücher des Mittelalters.
Der in einer um 1460 entstandenen Sammelschrift der Universitätsbibliothek Heidelberg enthaltene und *hier erstmalig veröffentlichte mittelhochdeutsche Brandan-Text* bietet die ur-

INSEL

NEUE BÜCHER 2. HALBJAHR 1987

ANTHOLOGIEN
ROMANE UND ERZÄHLUNGEN
GROSSE BIOGRAPHIEN
TAGEBÜCHER · BRIEFE · LYRIK
KULTURGESCHICHTE · PHILOSOPHIE
ERANOS-JAHRBUCH · HESSEN-BIBLIOTHEK
INSEL-BILDERBÜCHER
INSEL-BIBLIOTHEK · INSEL-BÜCHEREI
INSEL TASCHENBÜCHER

sprünglichste »deutsche« Brandan-Version. Ihm ist eine textnahe hochdeutsche Übersetzung beigefügt. Außerdem werden in einer ausführlichen Einleitung nicht nur der historische Brandan und die Entstehung und Verbreitung der Brandan-Erzählung behandelt, sondern auch der für dieses eindrucksvolle Dokument der alten nordwesteuropäischen Spiritualität des Mittelalters unerläßliche mittelalterliche geistig-religiöse Hintergrund.

MARIA SIBYLLA MERIANS NEUES BLUMENBUCH

Nachdruck der 1680 in Nürnberg erschienenen Ausgabe nach dem Exemplar der Sächsischen Landesbibliothek in Dresden
Begleittext von Helmut Deckert
Format: 14x24 cm. Mit 36 Farbtafeln
130 Seiten. Leinen.
ca. DM 28,– (Sept. 87)

Maria Sibylla Merians *Neues Blumenbuch* erschien 1982 als – sechsfarbige – Faksimile-Ausgabe mit einem Begleittext. Angesichts des erstaunlichen Erfolgs soll das Werk neu aufgelegt werden: als Nachdruck, in einem Band und in geringfügiger Verkleinerung. Wenn es ein Werk verdient, aus der Distanz musealer Exklusivität in den Bereich persönlicher Aneignung erhoben zu werden, dann wohl das *Neue Blumenbuch* der Maria Sibylla Merian aus dem Jahr 1680 mit seinen 36 Farbtafeln. Kaum jemals wieder hat eine Blumenmalerin eine so weitgehende und durch die Jahrhunderte anhaltende Beliebtheit und Bewunderung erlangt wie sie. Eines der schönsten Stücke des sehr selten gewordenen Buches ist das hier zugrunde gelegte Exemplar der Sächsischen Landesbibliothek zu Dresden, dessen Kolorierung die Hand der Meisterin selbst erkennen läßt.

CHARLOTTE BRONTË ERZÄHLUNGEN AUS ANGRIA

Herausgegeben und mit einem Nachwort versehen von Jörg Drews
Aus dem Englischen übersetzt von Michael Walter und Jörg Drews
Mit etwa 20 Abbildungen
Etwa 320 Seiten. Leinen.
ca. DM 32,– (Okt. 87)

In der Abgeschiedenheit des Landpfarrhauses in Yorkshire, in dem Charlotte Brontë und ihre Geschwister aufwuchsen, dachten sich die Kinder ein umfassendes ›längeres Gedankenspiel‹ aus, das nach kindlichen und unbeholfenen Anfängen zu einem zusammenhängenden Gewebe von Erzählungen, Liebesgeschichten und Gedichten sich auswuchs, zu einer geschlossenen Fabel-Welt, die die Kinder bis in winzige Details sich ausmalten und ab 1829 auch niederschrieben. Vor allem Charlotte arbeitete mit geradezu süchtigem Eifer an der Ausgestaltung dieser Welt von ›Angria‹, bis zu ihrem 23. Lebensjahr. Aus den über 2000 Seiten der literarischen Fabel-Welt von Angria, deren letzte und noch nicht aus dem Manuskript transkribierten Teile erst 1972 in England im Druck erschienen sind, wurde für die vorliegende deutsche Erstausgabe ein Querschnitt von den ersten Skizzen bis zu den letzten Kurzromanen ausgewählt und mit ausführ-

AISCHYLOS
PROMETHEUS IN FESSELN
it 918. ca. DM 18,– (Okt. 87)

GESCHICHTE DES
KÖNIG APOLLONIUS VON TYRUS
it 977. ca. DM 8,– (Nov. 87)

ORTSTERMINE
Hrsg. v. D. Vogt
it 1021. ca. DM 8,– (Nov. 87)

MARIVAUX
DIE ABENTEUER
DES JUNGEN BRIDERON
it 1035. ca. DM 18,– (Nov. 87)

KLOPSTOCK
GEDANKEN ÜBER DIE
NATUR DER POESIE
it 1038. ca. DM 12,– (Nov. 87)

JULIUS MEIER-GRAEFE
HANS VON MARÉES
2 Bände in Kassette
it 1046. ca. DM 38,– (Nov. 87)

RAINER MARIA RILKE
SÄMTLICHE WERKE
6 Bände in Kassette
it 1101-1106. ca. DM 120,– (Nov. 87)
Auch einzeln erhältlich:
Werke I:
Gedichte. Erster Teil
it 1101. ca. DM 24,–
Werke II:
Gedichte. Zweiter Teil
it 1102. ca. DM 24,–
Werke III:
Jugendgedichte
it 1103. ca. DM 24,–
Werke IV:
Frühe Erzählungen und Dramen
it 1104. ca. DM 24,–
Werke V:
Kritische Schriften. Worpswede.
Auguste Rodin
it 1105. ca. DM 24,–
Werke VI:
Malte Laurids Brigge.
Kleine Schriften
it 1106. ca. DM 24,–

FRANÇOIS VILLON
SÄMTLICHE DICHTUNGEN
it 1039. ca. DM 16,– (Dez. 87)

THEODOR STORM
UNTER DEM TANNENBAUM
it 1042. ca. DM 10,– (Dez. 87)

NATHANIEL HAWTHORNE
DER MARMORFAUN
it 1043. ca. DM 18,– (Dez. 87)

LOU ANDREAS-SALOMÉ
RAINER MARIA RILKE
it 1044. ca. DM 12,– (Dez. 87)

BRIEFE AN DEN VATER
Ausgewählt von Jens Haustein
it 1045. ca. DM 16,– (Dez. 87)

FRIEDR. THEODOR VISCHER
AUCH EINER
it 1063. ca. DM 20,– (Dez. 87)

Fotonachweis: Ashkan Sahihi, Bildarchiv Preußischer Kulturbesitz;
weitere Nachweise: Insel Verlag.
Insel Verlag, Lindenstraße, Suhrkamp Haus, 6000 Frankfurt/M. 1
Preisänderungen vorbehalten. 6/87 (99111)

lichen Erläuterungen versehen. Ein Querschnitt, der das Erwachsenwerden des Stils nachvollzieht und damit auch gleichzeitig das Heranwachsen der Autorin, die sich in ihren Erzählungen nachhaltig verrät: Wünsche, Träume, verdrängte Leidenschaften, reale Erfahrungen erscheinen umgeformt in diesen Erzählungen. Der Entwicklungsroman einer Schriftstellerin, deren Werk wir heute mehr und mehr zu würdigen wissen.

SUSY
MEIN PAPA

Mark Twain im Tagebuch seiner dreizehnjährigen Tochter und seine Anmerkungen dazu
Erstmals vollständig herausgegeben und mit einem Epilog versehen von Charles Neider
Aus dem Amerikanischen übersetzt von Gisbert Haefs
Mit vielen Abbildungen
Etwa 200 Seiten. Leinen.
ca. DM 32,– (Sept. 87)

Gäbe es ein Modell für den Zustand eines Buches vor seinem ›erwachsenen‹ Auftritt auf dem Markt – das vorliegende Werk eines wachen und empfindsamen jungen, eben noch nicht erwachsenen Mädchens könnte es abgeben. Unnachahmlich scheint die Mischung von kindlicher Erzählfreude, kritischer Wahrnehmung und nachdenklichem Sentiment. Unnachahmlich erscheint aber auch der posthume, innige Dialog zwischen Vater und Tochter – und dies ist das Werk des Herausgebers, Charles Neider, der als einer der besten amerikanischen Kenner des Werkes von Mark Twain gelten kann und die hier vorliegende *erste vollständige Ausgabe* des biographischen Tagebuches der dreizehnjährigen Susy Clemens mit vielen Kommentaren von Mark Twain liebevoll ausgestattet hat.

NOEL R. FITCH
SYLVIA BEACH

Eine Biographie im literarischen Paris 1920-1940
Aus dem Amerikanischen von Angelika Schleindl
Mit Abbildungen
Etwa 500 Seiten. Leinen.
ca. DM 56,– (Sept. 87)

»Das Paris der zwanziger und dreißiger Jahre war wohl das größte geistige Abenteuer, das amerikanische Literaten je erlebt haben. Zu finden waren hier u.a. T.S. Eliot, Ezra Pound, Ernest Hemingway, Gertrude Stein, F. Scott Fitzgerald, Sherwood Anderson, John Dos Passos und William Carlos Williams.
Mindestens ebenso wichtig wie diese Schriftsteller war aber Sylvia Beach, die Gründerin der legendären Buchhandlung ›Shakespeare and Company‹, die Verlegerin von Joyces *Ulysses:* eine der geduldigsten und nachsichtigsten Frauen in der amerikanischen Geschichte. Ihre Buchhandlung wurde den Autoren zu einem zweiten Zuhause …
Sylvia Beach war trotz ihrer Bescheidenheit eine Botschafterin der amerikanischen Literatur in Frankreich. Sie überstand die Zeit der ›Großen Depression‹; sie überlebte mit Hilfe einiger Mäzene, vor allem von Gide und Valéry …
›Shakespeare and Company‹ schloß während der deutschen Besatzung, als ein deutscher Offizier damit drohte, den gesamten Bestand zu konfiszieren, wenn Miss Beach ihm nicht ihr eigenes – und ihr letztes – Exemplar von *Finnegans Wake* verkaufe…
Wahrscheinlich ist es die beste und umfassendste Geschichte dieser wichtigen Periode, in der amerikanische Schriftsteller mehr gefunden als verloren haben.«
Anatole Broyard

Goethe/Zelter
Briefwechsel
3 Bände in Kassette
it 950. DM 48,– (Juli 87)

Augenblicke
Deutscher Lyrik
Gedichte von Martin Luther
bis Paul Celan
interpretiert durch Gerhard Kaiser
it 978. DM 20,– (Juli 87)

Charlotte Stieglitz
Gedichte und Briefe
it 986. DM 12,– (Juli 87)

Blätter aus Prevorst
Hrsg. v. Hermann Hesse
it 1019. DM 12,– (Juli 87)

Und Buddha lacht
Anekdoten aus dem alten China
Erzählt von Franz Kuhn
it 1027. DM 7,– (Juli 87)

Marcel Proust/
Eugène Atget
Ein Bild von Paris
it 669. DM 16,– (Aug. 87)

Heinrich Heine
Die romantische Schule
it 910. DM 10,– (Aug. 87)

Christian Garve
Über die Moden
it 989. DM 14,– (Aug. 87)

Charles Dickens
Eine Geschichte
aus zwei Städten
it 1033. DM 18,– (Aug. 87)

Rainer Maria Rilke
Briefe
3 Bände in Kassette
it 867. ca. DM 32,– (Sept. 87)

Virginia Woolf –
Leben und Werk
in Texten und Bildern
Hrsg. v. R. Wiggershaus
it 932. ca. DM 16,– (Sept. 87)

Theodor Fontane
Von Zwanzig bis Dreissig
it 985. ca. DM 16,– (Sept. 87)

Friedrich Nietzsche
Die Geburt der Tragödie aus
dem Geiste der Musik
it 1012. ca. DM 10,– (Sept. 87)

Achim von Arnim
Erzählungen
it 1018. ca. DM 12,– (Sept. 87)

Friedrich Hebbel
Erzählungen und
Tagebuchblätter
it 1029. ca. DM 12,– (Sept. 87)

George Sand –
Leben und Werk
in Texten und Bildern
Hrsg. v. G. Schlientz
it 565. ca. DM 18,– (Okt. 87)

Liebe und Tod in Wien
Hrsg. v. J. Gyory
it 815. ca. DM 14,– (Okt. 87)

Conrad Ferdinand Meyer
Jürg Jenatsch
it 862. ca. DM 14,– (Okt. 87)

Poetische Grabschriften
Hrsg. v. W. Segebrecht
it 951. ca. DM 10,– (Okt. 87)

Molière
Der eingebildete Kranke
it 1014. ca. DM 7,– (Okt. 87)

Julius Meier-Graefe
Vincent van Gogh
it 1015. ca. DM 18,– (Okt. 87)

Arm und Reich
Ausgewählt von Ralph Borchers
it 1031. ca. 14,– (Okt. 87)

Hermann Lenz
Bilder aus meinem Album

Etwa 160 Seiten. Leinen.
ca. DM 34,– (Sept. 87)

Über mich und mein Photoalbum schreibt Hermann Lenz: »In meinen Büchern mischen sich Gedanken, Gefühle, Empfindungen und werden zu Bildern meiner Erinnerung. Und wer meine Sätze liest, der macht sich wiederum ein neues Bild von allem, was ich beschrieben habe. Deshalb ist's möglich, daß er enttäuscht ist, wenn er diese Photographien anschaut, weil er sich alles, was er von mir aus meinen Büchern weiß, anders vorgestellt hat. Wie's aber ›in Wirklichkeit‹ war, das weiß niemand.
Lassen wir's also auf sich beruhen und begnügen wir uns mit den Photographien, die Menschen gemacht haben, denen ich begegnet bin. So, wie Sie mich hier sehen, werde ich denen wohl erschienen sein. Schließlich kann man mich in natura nur von Angesicht zu Angesicht kennenlernen.«

Andrej Belyj
Ich, ein Symbolist

Eine Selbstbiographie
Aus dem Russischen übertragen und herausgegeben von Sigrun Bielfeldt
Mit etwa 20 Abbildungen
Etwa 250 Seiten. Leinen.
ca. DM 32,– (Sept. 87)

Autobiographien sind häufig »Abrechnungen«. Thema, nein, Summe der Abrechnung ist das »erinnerte Ich«, die erkämpfte Figur, das zugeschnittene Profil eines einzelnen.
Die vorliegende, erstmals auf deutsch erscheinende Selbstdarstellung des russischen Schriftstellers und Philosophen Andrej Belyj (1882-1934) könnte einen Wendepunkt in dieser – sehr männlichen – Wahrnehmungspraxis des eigenen Selbst bedeuten. Ungewöhnlich kompromißlos in Stil und Aussage, entwirft Belyj, dessen riesiges Werk noch zu entdecken ist, eine private Geistesgeschichte als – Sozialgeschichte im utopischsten Sinne des Wortes.
Als Sohn eines Naturwissenschaftlers schon früh mit allen erdenklichen Philosophemen vertraut, erfüllt vom pubertär »wuchtigen Wunsch, das Universum von zuunterst zuoberst zu kehren«, wird aus Belyj dennoch kein

pompöser Gedankengeneral und Systemkaiser. Seine Liebe gilt – der Liebe, und zwar im sozial-religiösen, ursprünglich kommunistischen Sinne.
Einen »Kommunismus der Erfahrungen« wünschte er sich; eine Esoterik, die »das Intime, das Hoffen, den Traum von der Kommune« einschlösse. »Symbolismus« war ihm der Name dafür: das Lebendigste, was er sich vorstellen mochte, vor-rational, unallegorisch, vielmehr messianisches Einverständnis erzeugend.

Hessen-Bibliothek

PETER ASSION
VON HESSEN IN DIE NEUE WELT
Eine Sozial- und Kulturgeschichte der hessischen Amerikaauswanderung mit Text- und Bilddokumenten
Etwa 400 Seiten. Kartoniert.
ca. DM 48,– (Okt. 87)

Insel-Bilderbücher

MONIKA BEISNER
DIE VERKEHRTE WELT
Bilder und Verse von Monika Beisner
Vierfarbendruck
32 Seiten. Pappband.
ca. DM 18,– (Sept. 87)

WILHELM SCHLOTE
SARAH'S SCHREIBHEFT
Geschichte und Bilder von Wilhelm Schlote
Vierfarbendruck
32 Seiten. Gebunden.
ca. DM 18,– (Sept. 87)

Insel-Bibliothek

FRIEDRICH RÜCKERT
AUSGEWÄHLTE WERKE
Herausgegeben von Annemarie Schimmel
Zwei Bände in Kassette
Etwa 800 Seiten. Leinen.
ca. DM 78,–
Leder. ca. DM 148,– (Okt. 87)

JOHANN CHRISTIAN GÜNTHER
GEDICHTE
Mit einem Nachwort von Herbert Heckmann
Etwa 180 Seiten. Leinen.
ca. DM 28,–
Leder. ca. DM 68,– (Okt. 87)

Insel-Bücherei

THOMAS BERNHARD
IN HORA MORTIS
Insel-Bücherei Nr. 1035
ca. DM 12,– (Okt. 87)

JOSEPH VON EICHENDORFF
WANDERLIEDER
Mit einem Nachwort von Karl Krolow und Bildern von Almut Gernhardt
Insel-Bücherei Nr. 1040
ca. DM 16,– (Okt. 87)

ES KOMMT EIN SCHIFF
Gedichte und Bilder zu Weihnachten
Ausgewählt von Gottfried Natalis
Mit farbigen Abbildungen
Insel-Bücherei Nr. 1041
ca. DM 16,– (Okt. 87)

Nachauflage
VOM MORGENLÄNDISCHEN FLOH
Dichtung und Wahrheit über den Floh bei Hebräern, Syriern, Arabern, Abessiniern und Türken von Enno Littmann
Mit Radierungen von Marcus Behmer
Faksimiledruck der 1925 im Insel Verlag erschienenen Ausgabe
Insel-Bücherei Nr. 966
ca. DM 14,– (Okt. 87)

Neuauflage
GIOVANNI DI BOCCACCIO
DAS LEBEN DANTES
Aus dem Italienischen von Otto Freiherr von Taube
Mit einem Nachwort von Werner Bahner
Titelbild nach Enea Vico
Insel-Bücherei Nr. 275
ca. DM 16,– (Okt. 87)

Andrej Belyj
Die silberne Taube

Roman
Etwa 420 Seiten. Leinen.
ca. DM 39,80 (Sept. 87)

Andrej Belyj
Petersburg

Roman
Etwa 450 Seiten. Leinen.
ca. DM 39,80 (Sept. 87)

Andrej Belyj studierte zunächst Philosophie und Mathematik, bevor er sich der Literatur zuwandte: als Lyriker zunächst und enger Freund Aleksandr Bloks, als erklärter Symbolist und glühender Anhänger des Anthroposophen Rudolf Steiner und last not least als Romancier. Die beiden Romane *Die silberne Taube* (1910) und *Petersburg* (1913), die der Insel Verlag anläßlich des Erscheinens von Belyjs Autobiographie *Ich, ein Symbolist* erneut in der Übersetzung von Gisela Drohla vorlegt, zeichnen ein Panorama der vorrevolutionären, der zerrissenen russischen Gesellschaft, die – das weiß der Romancier eher als der Philosoph – natürlich nicht in reinlich geschiedene Parteien zerfällt.
Unnachahmlich und weit ins 20. Jahrhundert weisend hat Andrej Belyj in seinem berühmtesten Roman *Petersburg* die Stimmung im alten Petersburg eingefangen: zuckend zwischen Lächerlichkeit und Wahnsinn, Messianismus und Massenbewegung. Ein Portrait, dem die unerhörte Erweiterung der epischen Stilmittel in nichts nachsteht. Filmische Einstellungen mit leuchtenden Farben und scharfen Konturen wechseln mit detaillierter Seelenanalyse, leitmotivischer Symbolismus mit Traumsequenzen und parodistischem Übermut; doch immer wieder tritt auch der Erzähler gelassen vor den Vorhang seiner Bühne: Erinnerung ans 19. Jahrhundert.

Lao She
Rikscha-Kuli

Ein Roman
Aus dem Chinesischen übertragen
von Florian Reissinger
Etwa 300 Seiten. Gebunden.
ca. DM 36,– (Sept. 87)

1936 verfaßte Lao She (1899-1966), der Pekinger Schriftsteller und Dramatiker, seinen Roman *Rikscha-Kuli:* einen der weltweit bekanntesten chinesischen Romane der Zeit zwischen 1919 und 1949.
»Die Geschichte stellt (obgleich niemals vordergründig) eine Allegorie dar auf das Schicksal Chinas. Der Held des Romans, jung, kräftig und ungebildet, aber doch voller Hoffnung, nimmt in Peking seine Arbeit auf: er zieht einen gemieteten Rikscha-Wagen. Er träumt von dem Tag, an dem er seinen eigenen Rikscha-Wagen besitzt, und an dem er eine liebenswerte Frau findet, die seine Kinder gebären wird. Doch als einzelner vermag er nicht zu überleben, ungeachtet

INSEL-ALMANACH AUF DAS JAHR 1988 HAMANN

Herausgegeben von Oswald Bayer, Bernhard Gajek und Josef Simon
Mit Abbildungen
Etwa 250 Seiten. Kartoniert.
ca. DM 16,– (Okt. 87)

Johann Georg Hamann (1730-1788) sei der Autor gewesen, von dem er am meisten gelernt habe. So urteilte Goethe über den Philosophen, Theologen und Literaten. Für Søren Kierkegaard galt Hamann als Vorbild in Stil, Denken und Glauben.
Hamanns Leben und sein Tod entbehrten der großen Welt. Als Hofmeister und Diplomat erfolglos, fristete er ein bescheidenes Dasein im Dienst der preußisch-französischen Zollverwaltung. Das sicherte und beschränkte sein Leben und trieb ihn dazu, Staat, Philosophie, Kirche und Kunst seiner Zeit zu prüfen und zu durchleuchten – scheinbar vorbehaltlos, in Wirklichkeit unter der folgerechten Voraussetzung, daß das Leben, die Geschichte und die Vernunft des Menschen Geschenke Gottes seien.
Der Insel-Almanach, Hamanns 200. Todesjahr zugedacht, will den neugierigen Leser verlocken, Hamann zu lesen, und will anleiten, ihn zu verstehen.

HEINRICH HOFFMANN GESAMMELTE GEDICHTE, ZEICHNUNGEN UND KARIKATUREN

Herausgegeben von G. H. Herzog und Helmut Siefert unter Mitarbeit von Marion Herzog-Hoinkis
Mit zahlreichen, erstmals gedruckten Zeichnungen und Karikaturen, davon acht in Farbe
Etwa 480 Seiten. Leinen.
ca. DM 58,– (Okt. 87)

Der vorliegende Band enthält Heinrich Hoffmanns *Gesammelte Gedichte* von 1842 und 1873; *Weinlieder für Naturforscher und Ärzte, Das Breviarium der Ehe,* 1853 zum ersten Mal in Leipzig erschienen, wozu Ludwig Richter ein Titelbild entworfen hat. Ferner eine Epigrammsammlung, eine Reihe von Grabschriften humoristisch-satirischen Inhalts, die im Jahre 1858 unter dem Titel *Allerseelenbüchlein* bei Rütten und Loening erschienen sind; ferner auch Beispiele aus den Sitzungsprotokollen (Vedas) der Gesellschaft der ›Tutti Frutti‹, deren Initiator und Gründungsmitglied Heinrich Hoffmann war.
Der zweite Teil des Bandes enthält eine Auswahl seltener, zum Teil hier erstmals gedruckter Zeichnungen und Karikaturen.

Eranos-Jahrbuch

SPIEGELUNG IN MENSCH UND KOSMOS

Human and Cosmic Mirroring
L'homme et le cosmos en miroir
Eranos-Jahrbuch 55 – 1986
Etwa 460 Seiten. Leinen.
ca. DM 88,–
Subskriptionspreis:
ca. DM 68,– (Okt. 87)

der Stärke seines Körpers und der Klarheit seiner Träume. ...«
Jonathan Spence

Der Roman *Rikscha-Kuli* ist als Vorabdruck in der *Frankfurter Allgemeinen Zeitung* erschienen.

José Rizal
Noli me tangere

Roman
Aus dem philippinischen Spanisch von Annemarie del Cueto-Mörth
Etwa 600 Seiten. Gebunden.
ca. DM 48,– (Okt. 87)

1887 erschien in Berlin ein spanisch geschriebenes Buch mit dem lateinischen Titel *Noli me tangere* (Rühr mich nicht an!). Autor war der junge philippinische Schriftsteller José Rizal. Der Erscheinungsort Berlin ist kein Kuriosum. Wie so viele wache und begeisterungsfähige Köpfe jener Zeit suchte Rizal die Verbindung von wissenschaftlicher Aufklärung und ›deutschem Idealismus‹. Sein Roman, der von der spanischen Kolonialherrschaft der Philippinen als politisch brisant betrachtet werden mußte, war »mit Herzblut geschrieben«, wie Rizals deutscher Freund, der Gelehrte F. Blumentritt, schrieb.

Die spanische Kolonialmacht erkannte sofort die – ganz wörtlich – subversive Kraft des Romans. Noch im Erscheinungsjahr 1887 wird der Roman verboten; Rizal, den es zur Tätigkeit in seinem Land gedrängt hatte, muß die Philippinen wieder verlassen. 1892 kehrt er dann doch nach Manila zurück und wird sofort festgenommen. Am 30.12.1896 wird er als geistiger Urheber der philippinischen Freiheitsbewegung exekutiert.

Mit seinem Leben und Werk ist José Rizal den nach hundert Jahren noch immer und wieder gepeinigten Philippinen revolutionärer Schriftsteller und Freiheitsheld zugleich.

André Kaminski
Schalom allerseits

Tagebuch einer Deutschlandreise
Etwa 240 Seiten. Kartoniert.
ca. DM 22,– (Sept. 87)

Am Anfang war ein Buch mit dem Titel *Nächstes Jahr in Jerusalem*, mit dem André Kaminski gewissermaßen

über Nacht bekannt wurde, eine Geschichte, die mit ihrer Komik und ihrem so ernsten Hintergrund die Leser begeisterte – und André Kaminski hatte das Glück, das nur wenigen Autoren beschieden ist: seine Leser kennenzulernen. Auf einer langen, langen Reise quer durch Deutschland. Und in vielen Nächten, in denen er – auf der Reise – über das Erlebte nachdachte, entstand sein Tagebuch »Schalom allerseits«.

André Kaminski will sehen und hören, was ist – nicht, was irgendwelchen Vorurteilen entspricht. Und so hat er am Ende seiner Deutschlandreise Menschen kennengelernt, die ihm nicht fremd sind, Menschen, die leiden und lieben, hoffen und bangen, denken und fühlen, Gerechte und

Solche Öffentlichkeit sucht auch die vorliegende Textauswahl. In Aphorismus und Räsonnement, Urteil und Sentenz, Anekdote und Syllogismen bewegt sich Schopenhauer um sein systematisches Lebenswerk, *Die Welt als Wille und Vorstellung*, herum. Und nach dessen Themenfolge ist auch das Brevier angelegt: chronologisch entlang der gesamten Schaffenszeit des Autors. Die Bücher, die deutsche Gelehrtenrepublik, der Wille zum Leben; Kunst, Geschichte, Gesellschaft, Religion und die Philosophie des Leidens – kurz alles, was über und von Schopenhauer zu wissen not tut, ist hier in unverbrauchten, aber nicht weniger brillanten Formulierungen aufs neue versammelt.

ARTHUR SCHOPENHAUER KRITZELEIEN

Herausgegeben von
Alfred Estermann und Karl Riha ·
Mit 57 Abbildungen
und einem Nachwort
Etwa 128 Seiten. Leinen im Schuber.
ca. DM 120,– (Okt. 87)

Wie seine Originalbibliothek zeigt, die sich zum guten Teil erhalten hat, war Arthur Schopenhauer ein eifriger Bücherkritzler. Wir finden Ausrufezeichen und Fragezeichen als Randvermerke, kombiniert mit ›ah‹ und ›falsch‹ – und mitunter einfach das Etikett ›Esel‹ oder ›Ochse‹. Daneben stoßen wir auf ausführlichere Anmerkungen und Kommentare. Die Hauptsache machen jedoch kleine Skizzen und Zeichnungen, die Schopenhauer meist auf den Innendeckeln der von ihm studierten Bücher hinterlassen hat.
Erstmals werden hier Schopenhauers *Kritzeleien* vors Auge des Lesers gestellt. Eine bibliophile Ausgabe in limitierter Auflage.

RAINER MARIA RILKE BRIEFWECHSEL MIT REGINA ULLMANN UND ELLEN DELP

Herausgegeben von Walter Simon
Etwa 440 Seiten. Leinen.
ca. DM 48,– (Okt. 87)

Der Briefwechsel Rilkes (1875-1926) mit Regina Ullmann (1884-1961), der 1908 einsetzte und bis zu Rilkes Tod währte, gibt Einblick in die Künstlerfreundschaft zweier eigenwilliger Naturen. Rilkes stete Anteilnahme am Schaffen der heute weitgehend vergessenen Erzählerin und Lyrikerin gründete auf ehrlicher Bewunderung ihrer Arbeiten, die er durch ermutigende Kritik zu fördern suchte und für deren Veröffentlichung er sich beim Insel Verlag wiederholt einsetzte.
Für die Biographie beider Dichter geben die bisher meist ungedruckten Briefe Aufschluß, besonders für die Münchner Jahre der Kriegszeit. Andererseits haben aber die persönlichen Begegnungen in München den Briefwechsel hin und wieder zum Erliegen gebracht, oder er kam während Rilkes Schweizer Aufenthalt infolge seiner Zurückgezogenheit ins Stocken, so daß das Bild dieser Freundschaft an Konturen verliert. Daher wurden auch andere Korrespondenzen aufgenommen, die geeignet sind, Fehlendes zu ergänzen; so vor allem der Briefwechsel mit Ellen Delp-Schachian (*1890), der ›Wahltochter‹ Lou Andreas-Salomés und langjährigen Freundin Reginas.

Arthur Schopenhauer
Eine Biographie in Briefen

Zusammengestellt und herausgegeben
von Angelika Hübscher
Etwa 400 Seiten. Leinen.
ca. DM 44,– (Okt. 87)

Aus der Gesamtheit der nun zugänglich gewordenen Briefe Schopenhauers, seiner Familie, seiner Freunde ist es möglich geworden, ein klares Bild seines Lebens und seines Wesens zu gewinnen: eine faszinierende Schau, in der die zahllosen Vorurteile zurechtgerückt, manche Klischees einer feindseligen Tradition entfernt werden können.
In unserer Briefbiographie – der ersten ihrer Art – zeigt Schopenhauer sich temperamentvoll und melancholisch, hart und freundschaftlich zugleich, wobei für die verlorenen Briefe, insbesondere aus seiner Kindheit und Jugend, die Gegenbriefe stehen müssen: als deutliche Spiegelungen der so wichtigen frühen Entwicklungsphasen.

Arthur Schopenhauer
Die Welt als Wille und Vorstellung

Faksimiledruck der
ersten Auflage von 1819
Mit einem Essay von Rudolf Malter
Etwa 740 Seiten.
Fadengeheftete Interimsbroschur
im Schuber.
ca. DM 98,–
Vorzugsausgabe Halblederband
mit Beiheft im Schuber.
ca. DM 198,– (Okt. 87)

Mit der Jahreszahl 1819 erschien im Dezember 1818 im Leipziger Verlag Brockhaus Schopenhauers Hauptwerk *Die Welt als Wille und Vorstellung.* Das Buch, das längst zu den Grundwerken der abendländischen Philosophie gehört, brauchte ungewöhnlich lange, um die Wirksamkeit zu erlangen, die seinem Autor den Rang eines philosophischen Klassikers eintrug.
Der Insel Verlag legt anläßlich des 200. Geburtstags Schopenhauers 1988 die Erstausgabe als Faksimile in limitierter Auflage vor.

Kleines Schopenhauer-Brevier

Gedanken aus dem
Handschriftlichen Nachlaß
Auswahl und Nachwort
von Rudolf Malter
Etwa 250 Seiten. Pappband.
ca. DM 12,– (Okt. 87)

Ein Nachlaß, der sich zum gedruckten Werk wie der Rumpf zur Spitze des Eisbergs verhält; ein Bergwerk, eine Entwicklungsgeschichte jenes philosophischen Denkens, das neben dem Hegelschen unter allen deutschen Philosophien die wohl größte außerakademische Breitenwirkung erzielt hat.

Ungerechte – wie überall. In kurzweiligen, mal heiteren, dann wieder bissigen, mal reflektierenden, dann wieder zügellos erzählten Geschichten zeigt er, wie das ist, wenn einer in die Fremde fährt – und schließlich sagen kann: *Schalom allerseits.*

Isaak Leib Perez
Der Prozess mit dem Wind

Jiddische Geschichten und Skizzen
Ausgewählt, übertragen und mit einem Nachwort versehen von Armin Eidherr
Etwa 250 Seiten. Gebunden.
ca. DM 34,– (Sept. 87)

Isaak Leib Perez gilt als einer der Klassiker einer eigenständigen jiddischen Literatur, geprägt von den Leiden eines Volkes, seiner Gläubigkeit und seinem Überlebenswillen. 1889-1904 erschienen seine beiden Zyklen *Chassidische Erzählungen* und *Volkstümliche Geschichten* und zeigten den Autor als »Mensch der Gegensätze«: tief in der Aufklärung, im sozialkritischen Denken zu Hause, aber ebenso innig der religiösen Welt des Chassidismus verbrüdert. Ein vielseitiges Werk entstand aus dieser Spannung: Prosa, Dramen, Essays, Reiseskizzen, Rezensionen und Memoiren. Die vorliegende Auswahl gibt einen Querschnitt durch das Werk in mehr oder minder chronologischer Folge; mit bisher unübersetzten, vor allem auch szenischen Texten.

Goethe im zwanzigsten Jahrhundert

Spiegelungen und Deutungen
Herausgegeben von Hans Mayer
Etwa 680 Seiten. Leinen.
ca. DM 78,– (Okt. 87)

Im Nachwort Hans Mayers heißt es: »Die Beiträge sind weit mehr als das, was herkömmlicherweise im Begriff ›Sekundärliteratur‹ zusammengefaßt wird. Diese einundzwanzig Studien sind selbst deutsche Literatur im zwanzigsten Jahrhundert.«
Der Band enthält Beiträge von Thomas Mann, Ernst Bloch, Max Kommerell, Theodor W. Adorno, Hermann Hesse, Emil Staiger, Hugo von Hofmannsthal, Rudolf Alexander Schröder, Walter Benjamin, Siegfried Unseld, Adolf Muschg, Eduard Spranger, Wolfgang Schadewaldt, Heinrich Wölfflin, Erich Trunz, Ernst Robert Curtius, Georg Lukács, Leo Kreutzer, Gottfried Benn und Werner Heisenberg.

Mircea Eliade
Die Prüfung des Labyrinths

Gespräche mit Claude-Henri Rocquet
Aus dem Französischen
von Eva Moldenhauer
Etwa 300 Seiten. Kartoniert.
ca. DM 36,– (Okt. 87)

Kaum jemand, der sich mit dem schier unerschöpflichen Werk von Mircea Eliade (1907-1986) beschäftigt hat, hätte die Chance vertan, an diesen »Balzac unter den Religionswissenschaftlern« Fragen zu stellen: nach dem Verhältnis von Autobiographie und Motivation, Dichtung und Wahrheit, erlebter Ekstase und intellektueller Arbeit; Fragen auch aus kritischer Gesinnung, nach der ethnographischen Methode, nach der Symbol- und Begriffsbildung, nach dem Verhältnis zur Moderne.
Stellvertretend für solche Neugier hat Claude-Henri Rocquet Ende der siebziger Jahre eine Reihe von Gesprächen mit Eliade geführt: »Ich ging auf einen Menschen zu, dessen Werk meine Jugend erleuchtet hatte, und ich traf einen aktuellen Denker.«

Soweit das Datengerüst zur Biographie. – Um jedoch dem Portrait etwas mehr Plastizität zu verleihen, möchte ich noch ein paar kürzere Passagen aus Scholem Alejchems Schrift *Eine Woche mit J. L. Perez* wiedergeben, die zumindest als authentisches Zeugnis eines ja nicht unbedeutenden Freundes von außen Licht auf Erscheinung und Charakter werfen:

»Perez war im allgemeinen von Natur jeder Kleinlichkeit feind. Ein großes warmes Herz, ein kolossaler Kopf, als Mensch ein Riese – das war der Eindruck, den er machte; und hauptsächlich – ein weiser Mann, mit den Augen eines Talmud-Gelehrten (tiefe, funkelnde, große Augen); ein weiter strahlender Blick und ein Mund, aus dem Worte perlten, Gedanken, die brausten, Sätze wie aus einer Quelle und solch schöne und geflügelte Worte, daß es nur so ein Wunder war, woher unsere sogenannte ›arme Sprache‹ so viele feine gerundete perlende Wörter nahm . . .«

»Wer Perez persönlich kannte, weiß, daß er von Sentimentalität weit entfernt war (. . .), ja, zeitweise war er kalt wie Eis, streng wie ein Rabbi und schneidend wie ein Messer. –: ›Geh' stiefelputzen!‹ – So konnte er einen jungen Verse-Macher, der mit einem ›Bündelchen Poesie‹ zu ihm kam, niedersensen, daß jener nicht mehr wußte, wie man eine Türe öffnet. Wenn er aber andererseits spürte, daß er Talent vor sich habe — dann hob er ihn bis zum Himmel empor und ließ (. . .) in der Stadt verkünden, daß ein Shakespeare unter den Juden geboren wurde, ein Prophet Jesajas, ein Messias!« (So war Scholem Asch eine seiner »Entdeckungen«.) »Im Umgang mit Geld war Perez (. . .) ärger als ein Kind«, und um das »Schicksal« seiner Schöpfungen kümmerte er sich nicht. In seinem Kollegen und rührend rührigen Freund Jakob B. Dineson, dessen Person und Werk einmal gebührende Würdigung verdienten, fand er seinen »Finanz-Minister und Business-Sekretär«. Es *scheint* zu diesem Bild zu passen, was Scholem Alejchem von Perez' Arbeitsweise mitteilt: »Es stank ihn an, etwas zu schreiben und sich nachher schwelgerisch daran zu vergnügen, etliche Male herumzufeilen und -polieren, bevor er's aus der Hand läßt, und, wenn er's herausgibt, wie um ein teures Kind darum zu zittern, sich darin zu spiegeln, Mängel zu suchen und es nochmals zu glätten (...). Auf diese Art schuf Perez nicht. Mit einer ungeheueren Schnelligkeit schleuderte er, wenn der ›Hl. Geist‹ über ihn kam, eine Novelle nach der anderen aus sich heraus.« Solchen Behauptungen ist zu mißtrauen. Sie leisten bloß der naiven Vorstellung vom feurig inspirierten, fast automatisch dahinschreibenden Dichter Vorschub und verkennen, daß ein großer Teil dessen, was das seltene Phänomen »Genie« ausmacht, in der Fähigkeit, mit großer Ausdauer und das entstehende Werk überblickender Konzentration zu arbeiten, besteht. Und auf *diese* Art schuf Perez! Obwohl er der Vielseitigste von den drei Klassikern ist – er schrieb Lyrik, Prosa, episch-narrative Poeme, Dramen, Essays, Reiseskizzen, Literaturkritiken, Memoiren –, ist sein Werk quantitativ das am wenigsten umfangreiche; mit Schreibfaulheit hängt das jedoch nicht zusammen –: Vielmehr hat Perez mit höchster Genauigkeit und Überlegung gearbeitet, was die feine Komposition seiner Schriften, die sich bei wiederholter Lektüre mehr und mehr erschließt, und die Tatsache, daß verschiedene vorhandene Fassungen einzelner Texte sehr wohl ein gezieltes »Herumfeilen« erkennen lassen, bezeugen. – Wenden wir uns nun aber den Problemen der Übersetzung aus dem Jiddischen zu.

Zu Perez merkt Salcia Landmann an, er sei »nicht ganz leicht ins Deutsche übertragbar. (...) Die Schwierigkeit bei Perez kommt vor allem vom Inhaltlichen her. Der Außenstehende braucht für das Verständnis zu viel Kommentar.« Jedoch wird dem Leser dieses Buches schon das Fehlen von Fußnoten und Anmerkungen aufgefallen sein.

Was habe ich also angestellt, um ohne Kommentare auszukommen? – Die Ausgangsidee war, das Jiddische einmal wirklich als völlig eigenständige Sprache zu behandeln und als solche mit den sich aus dieser Betrachtungsweise ergebenden Konsequenzen möglichst wortgetreu ins Deutsche zu übertragen. Das mag vielleicht selbstverständlich und nicht besonders originell erscheinen, – solange man einiges nicht bedenkt –: Zuallererst wurde mir die Notwendigkeit dieses Ansatzes beim Vergleich vorhandener Übersetzungen mit den Originalen augenscheinlich; selten vermittelt eine einen adäquaten Eindruck von diesen. Sehen wir einmal davon ab, daß die Voraussetzungen für diese Übersetzungen, die zumeist in den Jahren zwischen 1905 und 1930 entstanden sind, andere waren als die heutigen (: So konnten sie noch mit einem Publikum rechnen, das über ein halbwegs großes Hintergrundwissen über jüdisches Leben und Brauchtum verfügte.) Daneben wimmelt es in ihnen aber von Fehlern und formalen Verfälschungen, so da sind: Auslassungen schwieriger Stellen, seitenweise Kürzungen, durchgehende kommentierende Umschreibungen, wo man z. B. im Original einen Stil der Komprimierung und Andeutung antrifft, und das Fehlen der Bemühung, dem bisweilen stark lyrischen Rhythmus der Sprache gerecht zu werden. Diese fast überall mehr oder minder ausgeprägt anzutreffenden Übel suchte ich in der vorliegenden Übersetzung zu vermeiden. Sie hält sich sehr genau an die Texte, ohne sie »bearbeitet« darzubieten oder den Autor auf irgendeine Art zu »korrigieren«, was selbst dann nicht angeht, wenn man meinte, es würde dem Werk vielleicht nur nützen, oder wenn gewisse Anschauungen des Autors mit denen des Übersetzers nicht übereinstimmen (ich denke z. B. an einige Passagen in *Der Dichter, das Buch und der Leser*), und man etwa in Versuchung geraten könnte, zart zu ironisieren, wo die Intentionen des Autors ganz andere sind.

Eine gänzliche Eindeutschung von jiddischen Texten und der Verzicht auf Kommentare, wie es hier versucht wurde, ist natürlich nicht so ganz unproblematisch, wie immer, wenn einige Konzessionen an das Verständnis der Leser gemacht werden müssen: Die fremde Begriffswelt setzt die Kenntnis kultureller, religiöser und philosophischer Hintergründe voraus, zu deren Erhellung andererseits bloß stichwortartige Anmerkungen nichts beitragen können (–: da könnte das Stichwort auch gleich anstatt des kommentierten Wortes eingesetzt werden); nur umfangreichere Erläuterungen wären sinnvoll, um dem Leser über die spezifischen »Schwierigkeiten« wirklich hinwegzuhelfen.
Nur ein Beispiel: Ich nehme es aus dem *Taschenspieler*, wo der Leser folgenden Satz findet: »'s muß das achte Weltwunder sein . . .« Dies ist die gänzlich freie Übertragung des Satzes des Originals, der jeden Übersetzer zur Verzweiflung bringen kann: »di finfte kasche zu ›ma nischtane!‹ . . .« – »Kasche« wäre noch so recht und schlecht mit *schwere Frage* zu übersetzen; was es aber mit »ma nischtane!« und einer fünften Frage dazu auf sich hat, läßt sich nur in einem ausgedehnten Kommentar erklären, der folgendermaßen knapp zusammengefaßt werden kann: »*Ma nischtane* . . .« (= »*Wodurch unterscheidet sich* [diese Nacht von allen anderen Nächten?]«) lauten die Anfangsworte der »Vier Fragen«, die der jüngste Knabe während der *Abend-Feste der ersten zwei Passah-Tage* (Seder) stellt, worauf ihm der Vater antwortet und ausführlich die symbolische Bedeutung der Zeremonie des Sedermahles erläutert. Eine fünfte Frage gibt es gar nicht, – und dennoch steckt noch mehr hinter der Anspielung. Sie bezieht sich ja auf den Taschenspieler, der zum Schluß der Geschichte als der Prophet Elias erkannt wird. – Von jedem Juden werden während des Passah-Abends zum Segensspruch (= Kidesch) vier Gläser Wein getrunken, die den ersten

vier Zeitwörtern über den Auszug aus Ägypten im 2. Buch Moses 6,6f. entsprechen; über das fünfte Zeitwort und die damit verbundene Hoffnung auf Erlösung und Rückkehr nach Zion wird diskutiert, denn die endgültige Entscheidung aller diesbezüglichen Fragen wird erst beim Erscheinen des Messias offenbart werden – von niemand anderem als dem Propheten Elias! Der größte, unberührt am Sedertisch ruhende Pokal gemahnt daran; er bezeichnet das fünfte Glas (das »Elias-Glas«), und es ergeht der Zuruf: »Türen auf, daß einziehe der Prophet Elias, der die Erlösung verkündet, der Wein harret seiner ...« – Wie ersichtlich, kommt man wirklich nicht darum umhin, *ausführlich* zu kommentieren, wenn der Außenstehende solche »Spezialitäten« verstehen soll – so beim angeführten Beispiel, eines der wenigen Beispiele, gewiß, deren extreme Bedeutungsbeladenheit zu einer ganz freien Übertragung zwingt, und so auch an vielen anderen Stellen.

Der Erwähnung bedürfen auch die zahllosen Wortspiele, auf die, wo sie sich nicht übersetzen lassen (also recht häufig), zumindest in einem Anmerkungsteil hingewiesen werden müßte. Auch hierzu nur ein Beispiel, das gleichzeitig *einen* Aspekt der Unsinnigkeit, jiddische Texte in unser Alphabet zu transkribieren, verdeutlicht: In der Erzählung *Der Pächter* sagt der Graf (in der Übersetzung): »Gehe Er doch zum Rabbi«; Rabbi heißt im Jiddischen Row – und *genau so* wird auch das Wort für »Graben« *ausgesprochen* (geschrieben sind die Wörter freilich ganz eindeutig unterscheidbar). Welche zynische Zweideutigkeit durch den Gleichklang der beiden Wörter entsteht, kann man beim Lesen des 5. Kapitels leicht nachvollziehen. Die Überschrift des 6. Kapitels (»Vom Graben zum Rabbi [...]«) *hört sich* auf jiddisch so *an*: »fun row zum row«, wobei sich anhand der Transkription nicht entscheiden läßt, was »row« jeweils bedeutet. (Ähnliche

Wortspiele finden sich sehr häufig: Das Jiddische ist dafür ausgesprochen gut geeignet.)

Noch einige Hinweise zur Übersetzung:

Der Holländer in *Sieben gute Jahre* ist im Original ein Deutscher. In einer deutschen Übersetzung kommt aber manches nicht zur Geltung, wenn man ihn einen Deutschen bleiben läßt: so z. B. das Fremdartige, leicht Unheimliche; macht man einen Holländer daraus, ist es wieder nachvollziehbarer (: die Assoziation [bw. oder ubw.] mit dem Fliegenden Holländer kommt gelegen). Und da sich das jiddische Wort für »Deutscher« auch als »datschl« aussprechen läßt, ist der Schritt zum »Dutch-Man« über die phonetische Brücke ein gar winzig-kleiner.

Ganze hebräische Sätze – also besonders Zitate aus dem religiösen Schrifttum – ließ ich nur dann als solche stehen (in der jiddischen Aussprache), wenn sie im jiddischen Text selbst erläuternd übersetzt werden; ansonsten wurden sie ohne besondere Kennzeichnung eingedeutscht.

Namen gab ich – soweit möglich – in der uns geläufigen Form wieder: also Tobias statt Tojbje, Jonas statt Jojne, Moses statt Mojsche etc.

Das Spiel mit den Sprachkomponenten ist kaum zu vermitteln (auch so ein Fall für einen Kommentarteil): Wunderbar sind z. B. die Gespräche zwischen dem jiddisch sprechenden Samuel und dem deutschen Juden Abraham (in: *Der Baal Schem vermittelt eine Heirat*), die sich anfangs nicht verstehen und nur vorsichtig tastend langsam sprachlich aneinander anpassen. Man hätte zwar auch hier einen Holländer aus dem Deutschen machen können, was aber dann doch zu anmerkungsbedürftigen Komplikationen geführt hätte.

Mit alldem oben Gesagten konnte hoffentlich eine Ahnung von den Eigenheiten jiddischer Texte vermittelt werden, denen zu begegnen der eine, schon geschilderte Weg ermöglicht, welchen ich mit dieser Übersetzung beschritten habe. Der andere, heute einzig auch noch mögliche Weg besteht gewiß darin, die Übersetzung so zu gestalten, daß sie von einem großen, in der gebotenen Ausführlichkeit geschaffenen Anmerkungsteil, der ein gutes Drittel der Textmasse ausmachen würde, gestützt sein müßte. Zwar würde das die Lektüre, die alle paar Zeilen, wenn auf den Kommentarteil verwiesen wird, unterbrochen werden müßte, ziemlich stören; andererseits wäre es dadurch aber möglich, sich ein ziemlich genaues Hintergrundwissen über die (ost)jüdische Kulturwelt anzueignen und die wunderlichen Tiefen der Texte besser auszuloten. Vielleicht aber ergibt sich dereinst die Möglichkeit, dergestalt eingerichtete Bücher vorlegen zu können.

Einige Worte sind noch zu den Kriterien der hier versammelten Schriften zu sagen. Das Hauptanliegen war, einmal, soweit dies jedenfalls der Umfang dieses Bandes zuließ, einen halbwegs repräsentativen Querschnitt durch Perez' Schaffen zu bieten und viel bisher Unbekanntes, zuvor noch nicht Übersetztes aufzunehmen.

Die Anlage der Auswahl gliedert diese in drei größere Blöcke, denen je eine – soweit man das so nennen kann – »theoretische Schrift« voransteht. (*Das Erbe* wurde als eine Art Präludium an den Anfang gestellt, und *Der Dichter, das Buch und der Leser* – durchaus nicht als »letztes Wort« oder »wuchtiges Finale« aufgefaßt – bildet den zerfahrenen Ausklang.)

Sind die hier aufgenommenen Erzählungen thematisch zumeist im Bereich und Umfeld des Chassidismus angesiedelt, so ist der »sozialkritische Perez« eher mit kurzen dramatischen Skizzen (die den mittleren Block ausmachen) vertreten, in denen er, wie auch in vielen seiner früheren Erzählungen, besonders die oft triste Situation der jüdischen Frau, welcher es kaum möglich war, sich von den starren, bisweilen unsinnigen, aus Konventionen,

Gesetzen und lebenstötender Moral geflochtenen Banden zu befreien, aufzeigt und radikal in Frage stellt.
Es sollen aber jetzt keine Interpretationen zu den einzelnen Schriften abgegeben werden; das empfinde ich immer als sehr störend und als Bevormundung des Lesers, der es gewiß nicht nötig hat, daß ihm jemand für seine Lektüre die Bahnen vorzeichnet, *wie* er ein Werk genau zu verstehen habe. Er möge also dieses Buch offen, sich seine eigenen Gedanken darüber zu machen, lesen. Weckt es seine Neugierde und das Verlangen, mehr von Perez' Werken, von denen bislang erst ein kleiner Teil – etwa ein Viertel – in unsere Sprache übersetzt wurde, kennenlernen zu wollen, dann wäre einem weiteren und nicht dem geringsten Anliegen Genüge getan –: aufmerksam zu machen auf einen der wichtigsten Repräsentanten einer Literatur, die einen eigenen geistigen Kosmos in sich birgt und es nie und nimmer verdient, dazu verurteilt zu bleiben, einfach in einem Nichts der Vergessenheit oder Verdrängung seltsam stumm vor sich hinträumen zu müssen.

Es bleibt mir nun noch, drei Menschen Dank zu sagen: Allen voran meinem geschätzten und gütigen Lehrer Dr. Wulf-Otto Dreeßen aus Stuttgart, dessen Hilfe ich mir stets gewiß sein konnte, wenn sich Schwierigkeiten bei der Übersetzung ergaben; weiters meiner Kollegin Beatrix Koll aus Linz, die mir bei der Erstellung der Reinschrift half; und schließlich Herrn S. C. Nadler aus Haifa, der so gefällig war, für mich in Antiquariaten nach jiddischen Büchern zu suchen, und mir ein Köfferchen davon überbringen ließ. Ohne seine Gabe wären mir manche Texte, die sich in diesem Buch finden, nicht zugänglich gewesen.

Wels, April 1987 *Armin Eidherr*

Editorische Notiz

Dem Übersetzer stand zur Zeit seiner Arbeit an dieser Übersetzung noch keine geschlossene Gesamtausgabe der Werke Perez' zur Verfügung. Obwohl dem inzwischen nicht mehr so ist und es möglich wäre, die Vorlagen alle nach einer einzigen Ausgabe nachzuweisen, wird er selbstverständlich hier nur die von ihm verwendeten anführen, da anders mögliche Textvarianten und Lesarten der Originale zusätzlich überprüft und gerechtfertigt werden müßten.

Das Erbe; Der Pächter; Der Prozeß mit dem Wind; Herr Johanan, der Synagogenverwalter; Der Baal Schem vermittelt eine Heirat; Das Glasstückchen
aus: J. L. Perez, *Ojssgewejlte Werk*, Band V, Warschau 1958. (S. 48-50; 110-126; 154-161; 106-109; 133-153; 61-69)

Gedanken über Literatur; O Elend, Elend; Was fehlt unserer Literatur?; Der Dichter, das Buch und der Leser
aus: J. L. Perez, *Ale Werk*, Band VII, New York (»CYCO« Bicher-Farlag) 1947. (S. 263-269; 174-177; 270-279; 283-298)

Der Mond erzählt
aus: J. L. Perez, *Ale Werk*, Band II, New York 1947. (S. 314-315)

Der Taschenspieler; Der Schatz; Sieben gute Jahre; Wunder am Meer; Eine Buße; Das hundsmäßige Passah-Abend-Fest
aus J. L. Perez, *Ojssgewejlte Werk*, Band IV, Warschau 1958. (S. 133-137; 183-186; 92-95; 125-132; 81-91; 143-147)

Er und sie; Auf dem Platz; Vor der Türe; Früh am Morgen; Es brennt; Nach dem Begräbnis; Eine Friedhofsnacht; Jenseits
aus J. L. Perez, *Ale Werk*, Band VI, New York 1947. (S. 33-35; 297-303; 55-58; 281-295; 15-31; 315-320; 379-389; 373-378)

Die drei Näherinnen
aus J. L. Perez, *Ale Werk*, 10. Band, Wilna o. J. (zw. 1925 und 1929). (S. 123-124)

Wenn nicht noch höher
aus: J. L. Perez, *Ale Werk*, Band IV, New York 1947. (S. 98-102)

Eine Woche mit J. L. Perez (Ausschnitte)
aus: Scholem Alejchem, *Ojssgewejlte Werk*, Band II (dritter Teilband), New York 1959.